闲话红楼

大观园的后门通梁山

十年砍柴
———
著

中国出版集团　现代出版社

图书在版编目（CIP）数据

闲话红楼：大观园的后门通梁山 / 十年砍柴著 . — 北京：现代出版社，2020.4
（2022.7 重印）

ISBN 978-7-5143-8393-5

Ⅰ . ①闲… Ⅱ . ①十… Ⅲ . ①《红楼梦》研究 Ⅳ . ① I207.411

中国版本图书馆 CIP 数据核字 (2020) 第 029078 号

闲话红楼：大观园的后门通梁山

作　　者：十年砍柴
责任编辑：谢　惠
出版发行：现代出版社
通信地址：北京市安定门外安华里 504 号
邮政编码：100011
电　　话：010-64267325　64245264（传真）
网　　址：www.1980xd.com
印　　刷：三河市宏盛印务有限公司

开　　本：710mm×1000mm　1/16
印　　张：19.75　　　　　　　　字　　数：233 千
版　　次：2020 年 4 月第 1 版　　印　　次：2022 年 7 月第 3 次印刷
书　　号：ISBN 978-7-5143-8393-5
定　　价：49.80 元

再版前言

本书收录的文章大部分在2005年撰写，陆续发表于《中国国土资源报》副刊。2009年4月，经整理、润色后在语文出版社出版。

这些文章，并非寻常意义的读《红楼梦》笔记，即分析其人物、情节、结构，或考证其版本、源流，云云。确切地说，我是通过解读《红楼梦》中人物的性格、命运，以及宁、荣二府走向衰落的过程、原因，表达了我对中国社会、中国文化的认知。这种认知有针对历史的，也有针对现实的。或者可以说，我读《红楼梦》的感想，折射的是彼时我的世界观、价值观和人生观。

日居月诸，一转眼就十余年过去了。这十余年，在历史的长河里只是白驹过隙的一瞬间，但对中国社会的发展与变迁而言，则是非常重要的一个时期。当下，中国的经济总量，已跃居世界第二；中国民众的生活之富足，已远超以往任何一个时期；中国的城市化进程加速，农耕时代已渐行渐远。总而言之，过去的十余年，中国社会发生了巨大的变化。对我个人来说则更是如此，我从一个血气方刚的青年，变成了一个虽不油腻但总有几分萧瑟心思的中年人，而对历史和现实的看法不可能不随时移而变化，与当时写这些文章的心境和思想自然是有一些差别的。

如今，重新修订这本书稿，虽对当时自己的笔调时而激愤、表达有时不无轻佻、观点略显幼稚感到一点惭愧，但总体说来我对这些文章是满意的，也自认为我当时的一些认知经历了过去十多年的检验，至今看来亦不过时。世态纷繁复杂，人事变幻无常。但在朝夕有变、四时不同的河流水波之下，隐藏的是静穆的、稳定的礁石与河床。所以，对具体的个人来说，基本人性不会因时而变；对中国社会而言，透过喧嚣的表层，或许能看到那些顽固的文化基因。

就中国历史和社会而言，《红楼梦》给我们提供了一个很恰当的文本。自这本文学巨著诞生以来的两百多年间，它被一代代中国人捧读、诠释，其艺术感染力从未因时易世变而衰减。我以为原因就在此，虽然在科学技术、社会制度、生活方式等层面，今天的中国和曹雪芹写《红楼梦》时的古代中国差异甚大。当下，大都市写字楼的"90后"白领接受的是现代教育，其人格、经济上之独立远非《红楼梦》中宝玉、黛玉那些青年男女所能想象的，而《红楼梦》中的大家族生活对于他们来说也早就是只能在书本和影视剧中才能看到的昔日陈迹。但即便是这样一代中国的新新人类，他们读《红楼梦》也毫无阅读上的隔膜，书中人物的言行举止、人际关系的微妙，依然会像前辈读者那样引起强烈的共鸣和共情。这种感觉和观看英国电视剧《唐顿庄园》是很不一样的，虽然《唐顿庄园》也是讲述一个庄园里的古老家族的故事，但文化的差异让中国观众总觉得那些人和事与自己并非在同一个世界，而这就是文化圈的不同使然。虽然《红楼梦》所写的时代离我们已遥远，但文化对一个民族的影响是习焉不察的，在时间轴上也很难在某处截然割断，其润物细无声地影响着一代又一代的中国人。

鲁迅先生曾说，一部《红楼梦》，"经学家看见《易》，道学家看见淫，才子看见缠绵，革命家看见排满，流言家看见宫闱秘事……"（《鲁迅全集·集外集拾遗补编·〈绛洞花主〉小引》）。不同的中国人之所以能以不同的角度去欣赏《红楼梦》，乃是因为这部伟大的作品对中国人的集体性格、中国社会的复杂、中国文化的丰富有着精准而宏大的描摹和再现，每个人在里面都能找到精神、审美和价值观的自我投射。这是《红楼梦》可以超越时代的巨大生命力之所在，也是我深信自己这本看"红楼"观世情的文集仍然有一些价值的信心之源。

当然，今天的我比起十几年前毕竟阅世更深一些，对历史和现实的思考也不可能停留在昔时。在青涩的学生时代，我读《红楼梦》，最吸引我的是宝、黛的爱情，为深爱的人被家族势力强行分开而叹息；待及壮年，涉世略深，我再看《红楼梦》，对造成宝、黛爱情悲剧的社会原因、文化背景有了更多的思考，对大观园中无数小人物的命运予以更多的关注。如今，我再读《红楼梦》，则对诸多人物有着同情之理解，更能品出人在时代大势下的无奈与渺小。

这种同情之理解，我以为不是人到中年的苟且，而是深入历史的幽微处设身处地去感受一个人的不得已。我从来不会对贾雨村这种不讲任何道义的伪君子有丝毫同情之理解，因为他的行为在任何时代都是缺德的，都是应该被鄙视的。但是对贾政，随着年岁的增长，则越来越能理解。譬如，贾政对待宝玉的态度，虽然我坚决反对家长对孩子的家暴行为，对贾政暴揍宝玉的粗暴行为当然不能赞成，但在那个时代亦可体谅。贾政终究是爱宝玉的，他希望宝玉能在科场上有所出息，长大后出仕做大官，成为家族的顶梁柱。这种传统中国式的父爱很沉重，但也是古代中国的制度和文化的产物。为了家族和儿子的未来，做父亲的不得不如此，所以该谴责的当是旧制度而非单个的父亲。去年秋天，我在常州的古运河边看到一个亭子里立着上书"毗陵驿"的石碑，想起了这是《红楼梦》最后一回中出家的宝玉在大雪中拜别贾政、了却尘缘的地方。可以想见，作为父亲的贾政，当是多么伤心呀！

宝玉对出嫁的女人有这样的评价："只一嫁了汉子，染了男人的气味，就这样混账起来，比男人更可杀了！"（《红楼梦》第七十七回）我年轻时读到这句话时，深以为然；而今依然觉得宝玉说得不错，但对女人出嫁后行为的变化，亦有着同情之理解。其实，哪个出嫁的女人没有过充满梦想的少女时代呢？但在男权社会，社会资源几乎都由男性掌控，多数女人的命运是"在家从父，出嫁从夫，夫死从子"。当出嫁女进入另外一个家族，成为妻子和儿媳，她要生存下去就必须适应男权社会的规则，进而成为维护这个社会运行规则的一员。由于她们没有男人的地位，往往表现得比男人更"进一步"，即"比男人更可杀了"，才能维护自己的利益。黛玉如果嫁给宝玉，有了儿子儿媳，那么她变成王夫人当是大概率的事，而紫鹃自然也就是另一个周瑞家的了。

以我的个人体验为例，《红楼梦》不折不扣的是一部可以终身一再阅读的作品，同一个人在自己不同的年龄段完全可以读出不同的味道。如此，我希望能陪伴各位朋友继续把《红楼梦》读下去，而我也自信能把阅读的体会和感悟继续写下去。

最后，感谢现代出版社的信任，让我得以把这部书稿修订再版。同时，感谢责任编辑谢惠的认真负责，她对再版提出了很好的意见，并订正了原书稿中的不少错讹之处。

十年砍柴

2019年岁末于北京

初版代序　宝遁黛死，浊世不容自由魂

2008年某天，我参加凤凰卫视《一虎一席谈》栏目，充当嘉宾。那一期的话题是少年儿童要不要读《三国演义》。我认为这是个见仁见智的问题，但讲到四大古典名著的比较，我当时说，只有《红楼梦》具有现代性。

何谓现代性？显然不仅仅指器物层面的。美国在建国时，尽管没有今天这样的高科技，蒸汽机还未普遍使用，但这个国家一诞生就具备现代性；同理，有飞机大炮火车互联网的社会不一定就是现代社会。就文学作品而言，所反映的现代性，我以为最重要的就是要有人道主义的关怀，对普通人的命运要有大悲悯，尊重普通人的尊严和自由。

《三国演义》里多讲权谋，价值取向乃是"尊刘贬曹""汉贼不两立"这样的宏大叙事；《水浒传》中讲造反，讲招安；《西游记》借神佛世界展示官场的规则。这三部小说固然各有各的精彩，有好的故事，有很好的人物形象，但和《红楼梦》相比，就是没有对生命特别是卑微者生命的尊重。在前三部小说里，普通兵卒、小喽罗、小妖怪的生命犹如草芥，只是大人物斗法的垫脚石。尤其是女性，在《三国演义》《水浒传》两部书里，几乎没有做人的资格。

《红楼梦》里的人，特别是当奴仆的小人物，活得也不好，他们为了生存必须忍受各种耻辱，但各色小人物，不像前三部小说那样，是沉默的大多数，他们各有各的性格，各有各的生存之道。曹雪芹是以尊重、理解的情怀来写这些小人物的。心比天高，不甘于当奴才的晴雯固然值得尊重，但适应环境游刃有余的标准丫鬟袭人也并不讨厌。甚至赵姨娘、王善保家的等中年女人，属于宝玉超级讨厌的类型，其可叹可悲可怜亦有缘由。可以说，《红楼梦》中每一个人都得到了尊重。

　　宝玉、黛玉作为《红楼梦》的男一号、女一号，在这部书里他们是"大人物"。但这样侯门的金枝玉叶，在中国几千年的皇权史中，他们是小人物，他们挣脱不了大时代的枷锁。

　　宝、黛之所以能心心相印，这对恋人为什么那样可爱，是因为他们的人格是独立的，灵魂是自由的，他们珍惜自己内心的独立与自由，不愿意受到俗世规则的羁绊，他们也尊重所有人的人格。宝玉眼里，没有主子和奴仆之分，只有可爱不可爱之分；宝钗八面玲珑，下人喜其宽厚，但这是她处世之术，她心中主仆畛域分明，一点也不能僭越。黛玉看起来刻薄多疑，但她待人不重其身份而重和自己是否志趣相投，她对自己的丫鬟紫鹃和薛蟠抢来的小妾香菱一片真心。

　　具有现代人平等意识的宝、黛，如果是今日中产者一员，他们在一个平等、开放、民主的社会，可以成为一对过着庸常的幸福生活的小夫妻。因为有制度保障了他们自食其力，独立生活。但在前现代社会，无论他们内心多么独立，精神上何等自由，他们在现实生活中要么依附于官府，要么依附于家族。宝玉痛恨"八股取士"，痛恨官场的龌龊，向往纯净自在的生活。然而，他优渥的生活却须臾离不开他所痛恨的东西，贾府的繁荣建立在占有权力的基础上，贾府的衰落是因为权力场上的角斗失败了。贾府一旦丧失了宝玉、黛玉所不喜的权力，两人就没有了生存的土壤，只有一死去、一出家。这是宝、黛的人生悲剧，也是中国历史上那些精神自由却在现实中无法如愿的先知者的悲剧。比如明末的李贽，辞官后潜心于学术，可家族对他寄予厚望，他再不敢回泉州老家，一生颠沛流离，寄寓在僧寺或朋友家。

有一个和曹公同时代的苏州文人沈三白，写了一本被林语堂赞叹不已的《浮生六记》。沈三白和他的妻子芸娘相爱相知，犹如贾宝玉和林黛玉。三白和芸娘比宝、黛幸运得多，他们得以结缡，并育有儿女，两人有过一段幸福的婚后时光，芸娘曾女扮男装和夫君一起游虎丘。他们的世界，似乎要比宝、黛所在的大观园宽阔得多。然而，幸福总是短暂的，追求自由独立的三白夫妇不容于大家族，几乎是被沈父赶出家门。三白未能入仕，那种性格又不能成为一个合适的师爷或西宾，最终生活潦倒，芸娘英年早逝。读《浮生六记》，最震撼我的便是"坎坷记愁"一章。宝玉、黛玉若真能走到一起，建立小家庭，他们还会有年少时"双玉读《西厢》"的快乐吗？没有了大家族的庇护，他们的生存状况或许还不如沈三白与芸娘。

自由的精神，独立的生活，是需要一种合适的土壤承载的。宝、黛那个时代显然没有这样的土壤。我看《红楼梦》，为宝、黛爱情悲剧而伤心，更为他俩所在的那块土壤而伤心。

至于宝、黛之外的那些奴才，他们要追求自由和独立更是痴人说梦了。焦大这样年老功高的仆人，指责主子也是大逆不道的。晴雯、芳官这样的丫鬟更不能容于大观园。宝玉不能理解姑娘未出嫁冰清玉洁，一出嫁就俗不可耐。这是沉重的生活使然，少女时代暂居在娘家，可以有各种梦想，一旦出嫁就是"归"，归位于一个妻子、一个母亲。晴雯要生存下去，迟早会变成刘姥姥或周瑞家的。那男性的奴仆呢？最好的结局是在大观园谋个不错的位置，当个顺奴了却终生。如果连这个愿望都不能满足，那么在贾府衰败时，他们很可能和外面的强盗勾连在一起，打起主子的主意，比如卖了巧姐儿、掳了妙玉。《红楼梦》中除了薛蟠转述在平安州遇险柳湘莲搭救那一段外，很少直接写到强盗的世界。在大观园内，花红柳绿，俊男靓女徜徉其间吟诗作画，可这个繁华平和的大观园外面，恐怕到处是"平安州"，所以我说"大观园的后门通梁山"。连奴才都做不稳的人，他们只能做暴民。奴才没有自由，那么暴民有吗？除了当炮灰的暴民外，成功的暴民当了主子，他们第一件事就是奴役原来的同道者，建造起属于自己的大观园。从大观园到梁山水泊，便是中国残酷的历史循环。

在《闲看水浒》的前言中，我说过要"告别梁山"，我也希望中国人能告别大观园。只有大观园外不再是梁山水泊的秩序和规则，贾宝玉和林黛玉才能和那些可爱的男女，一起走出大观园，而不至于被残酷的人世吞噬。

十年砍柴

2008年12月9日

目　录

第四章　边缘人空隙中的生存

第一章　园林与人间命运

贾府的管事奴才赖大劳苦功高，他的儿子赖尚荣通过主人的运作，保举为一个县官。为表示谢恩，赖大家摆酒唱戏，请贾母带着王夫人、薛姨妈及宝玉姐妹过来赏光。赖大家也有一个园子，《红楼梦》中描绘道："那花园虽不及大观园，却也十分齐整宽阔，泉石林木，楼阁亭轩，也有好几处惊人骇目的。"（《红楼梦》第四十七回）

赖大只是一个贾府家奴，但富裕以后也要盖豪宅、修园林，当然他家没有财力和胆量修个花园超过大观园。但不论主仆，家族的威风似乎都要用园林和豪宅来烘托，就如富贵人衣锦还乡一样，修建园林不仅仅是主人家用来享受的，而是向社会显示自己社会地位的最好方式。

所以说，园林不仅仅是自己看的，更是给外人看的。尽管那时候大户人家的园林不对公众开放，但用一堵高墙圈起一座园子，就是用无声的语言在说：咱家家运正隆，势力甚大，过往人等小心点。

贾府修大观园，和乾隆爷修圆明园，慈禧太后重修颐和园差不多；也和北方农村一个富了的老乡花钱修门楼一样的道理。

中国园林之胜，独步天下，虽然经过白云苍狗的世事变幻，许多园林成了废墟，"最是楚宫俱泯灭，舟人指点到今疑"（唐杜甫《咏怀古迹·其二》），供后人抒怀古之幽情。另一些园林今天还存在，已经成了全体人民的财产，被有关部门圈起来向人民售门票赚钱，但又有多少人知道这些犹存的园林几番易手？当初的主人是谁？

以前我总以为中国人爱修园林是因为天性爱美，后来才渐渐明白，爱美之心对修园林的动机来说，根本不是主要的，主要就是来张扬主人家的气派。元春省亲就停留半天，贾府却要花巨资修那样一个豪华的大观园，尽管当时贾府财政状况已显窘境，然而大观园非修不可，这笔钱在当时的政治生态下不能节省。同样的道理，号称"十全老人"的富贵皇帝乾隆爷在位时，清朝国力强盛，他集中了能工巧匠修建了让国内外人士赞叹不已的圆明园；慈禧太后当国时，大清的国势一天不如一天，但为了老佛爷的六十大寿，哪怕挪用办海军的钱，也要重修颐和园；明清时扬州赚了大钱的盐商，苏州退休回家的大官，也大多不惜花巨款修建园林。

中国古代的政治其实真正是"以人为本"的，但这个"人"当然不是普通大众，而是大人物，即拥有权力、一言九鼎的人，一切的活动都必须围绕他转，而修园林就如今天的妙龄女郎买时装一样，是一种给自己长脸添彩的奢侈性消费。因此，贾府就是东借西挪也要把大观园修起来，来显示贾府依然有公侯之家的气派，也显示对皇家的忠诚。大清哪怕内忧外患不断，当家人老佛爷的生日是不能简单了事的，因为老佛爷有面子就等于大清国有面子，这颐和园非得重修不可。那些发财的商人、致仕的官员，要在地方显示自己的地位，获得别人尊重和艳羡，也是修园林。

世上是否真有大观园我不知道，但贾府败落后，它要么废弃要么落入新贵的手中。北京城里尚存的恭王府、明珠府等园子，它们的历史就是一个个显赫家族的败落史。乾隆的圆明园再美丽，也挡不住在他后代的手中让英法联军一把大火烧个干净；颐和园的太平景象也改变不了黄海上大清帝国北洋水师的败局。据说朱元璋带领淮西一帮老兄弟打下江山，定都金陵，各勋臣亲贵争相建豪宅、修园子。比如从龙首功之臣的徐达，家里人对建筑工人说，干活好一点，房子给我盖结实，别住着住着就塌了。一位老工人回答说，我参加修建的宅子数不胜数，没有一家是好好住着而房子塌了，大多是宅子还好得很，那家就败落了，大宅子换了主人。

唐人杜牧当年面对西晋首富石崇的金谷园遗址，感慨万千地写了首绝句《金谷园》：

繁华事散逐香尘，流水无情草自春。
日暮东风怨啼鸟，落花犹似坠楼人。

这大观园和世上所有园林一样，它们的命运确与主人的命运关系甚大呀。

元春省亲：一束盛世焰火

《红楼梦》中最重要的两个回目，我认为其一是贾宝玉梦游太虚幻境一节（《红楼梦》第五回），这点和我有同感的朋友想必不少。此节不但交代了红楼中诸多女子的命运以及贾府败亡的最终结局，也定下了这"红楼一梦"的基调——幻灭。其二是元春省亲一节（《红楼梦》第十八回），则以欢乐之表象写悲哀之实质，以盛世之笔墨写末世之真相。

省亲这段，曹公花费了很多的笔墨，详细地写了贾府这个钟鸣鼎食之家，在朝廷中的最大利益维护者贾妃衣锦还乡时的繁华、强盛之象。曹公在文中感叹道："说不尽这太平气象，富贵风流。""金门玉户神仙府，桂殿兰宫妃子家。"（这上联金、玉，下联桂、兰大有嚼头。上联和宝玉、宝钗的"金玉良缘"暗合，下联是否指贾桂、贾兰"中兴"贾府"兰桂齐芳"？）

可惜这一切，只是贾府兴盛的回光返照。正如元妃回宫后，命太监送回谜底为炮仗的那则谜语暗示的："能使妖魔胆尽摧，身如束帛气如雷。一声震得人方恐，回首相看已成灰。"（《红楼梦》第二十二回）

这贾府为了筹办元妃省亲，可以说举全家族之力，花费这么多钱和精

贾母合族迎贵妃

力，无非是买了一堆大炮仗、好焰火，热热闹闹办了个贾府的联欢会。可再火爆的场面，再浩大的气势，也改变不了贾府走下坡路的局面。

然而，在那样的政治文化背景下，花大钱买热闹、护面子的接驾行为不能说没有作用。皇权政治就是一种礼仪政治，更古老的氏族政权靠巫术营造的神秘恐怖气息来显示权威、震慑人心。这种礼仪政治可以看作其遗留，皇帝花大量的财力、物力封禅、祭天地、阅兵、修巍峨的陵墓和宫殿，表面上看起来仅仅是营造盛世强大的王朝气魄，实质是通过这种气魄来向臣民做暗示——"普天之下莫非王土"，任何挑战权威的力量在巍巍皇权下都是难以生存的。

朝廷如此，那么各王侯将相，乃至州县官吏，也必定加入这个造盛世之势的大合唱，谁也不甘愿落后。贾府此举既为朝廷的政治昌明、百姓富足的公关形象造势，也为自家圣眷依旧、忠心不贰的公关形象造势。

对于贾府这种"王老二过年一年不如一年"的状况，其实大伙儿心照不宣。老祖宗贾母明白，自己多年攒点钱准备败落时救急；管家的王熙凤、贾琏和代理一段时间内务的探春更是明白。贾府曾经"奇货可居"的秦可卿，也很明白。（秦可卿身世显赫，绝不是一个穷文官抱养的弃婴，这点许多人都曾论述过。贾府保持权势所仰仗的是明暗两大靠山：明则是元妃，暗则是可卿。宁府傍可卿，荣府仰元妃。可卿死后，贾府大悲，觉得多年经营血本无归；马上便接元妃省亲的大喜。这两个女人死后，贾府真正变成无本之木了。）秦可卿死前托梦给王熙凤，是对整个贾府的告诫："还有一件心愿未了"，"如今我们家赫赫扬扬，已将百载，一日倘或乐极悲生，若应了那句'树倒猢狲散'的俗语，岂不虚称了一世的诗书旧族了！"（《红楼梦》第十三回）如果按照明面上可卿的地位，只是贾府第四代孙媳妇，哪有如此教诲全家族的口气？只有一种解释，她有皇家血统，她的父亲或曾是贾府的保护人？但非得指明他的原型是某位太子，就有点过于穿凿附会了。一个落魄子弟柳湘莲，都明白贾府只有门前两个石狮子是干净的；连冷子兴这个贾府仆人的女婿，对贾府的萧疏都洞若观火。贾府已开始步入末世衰败，已是朝野公开的秘密。只是谁也不愿意说出来，贾府只能拼命地用盛世景象为自己衰败的身体注入强心剂。

曹雪芹本人在权倾东南、深受康熙爷恩典的江宁织造府里长大，他家有过一段不折不扣的盛世。他所处的时代，也是被一些后人津津乐道的"康乾盛世"，他在书中对宝玉投身的地方作了交代："昌明隆盛之邦，诗礼簪缨之族，花柳繁华地，温柔富贵乡。"（《红楼梦》第一回）——这不是"盛世"是什么？

中国历史上，老百姓颠沛流离、饱受苦难的时候多，过安稳日子的时候少。偶尔有几段"盛世"，接下来马上便是动乱不已、民不聊生的乱世、末世。开元盛世是最为华人自豪的，可一下子就"渔阳鼙鼓动地来"（唐白居易《长恨歌》）。清代皇帝在闭关锁国和自我满足中营造的"康乾盛世"，经不起万里外驶来的几艘军舰炮击。

曹公后来在茅椽蓬牖、瓦灶绳床之间写元妃省亲那段盛景时，不知做何感想？

可以说，《红楼梦》是中国古典小说的顶峰，杜甫的《秋兴八首》则是中国格律诗的顶峰。二者都是在末世时追忆盛世，写出来便是满纸的悲凉。"蓬莱宫阙对南山，承露金茎霄汉间。"（《秋兴八首·其五》）"珠帘绣柱围黄鹄，锦缆牙樯起白鸥。"（《秋兴八首·其六》）开元时大唐是何等繁华，可一转眼呢？"闻道长安似弈棋，百年世事不胜悲。"（《秋兴八首·其

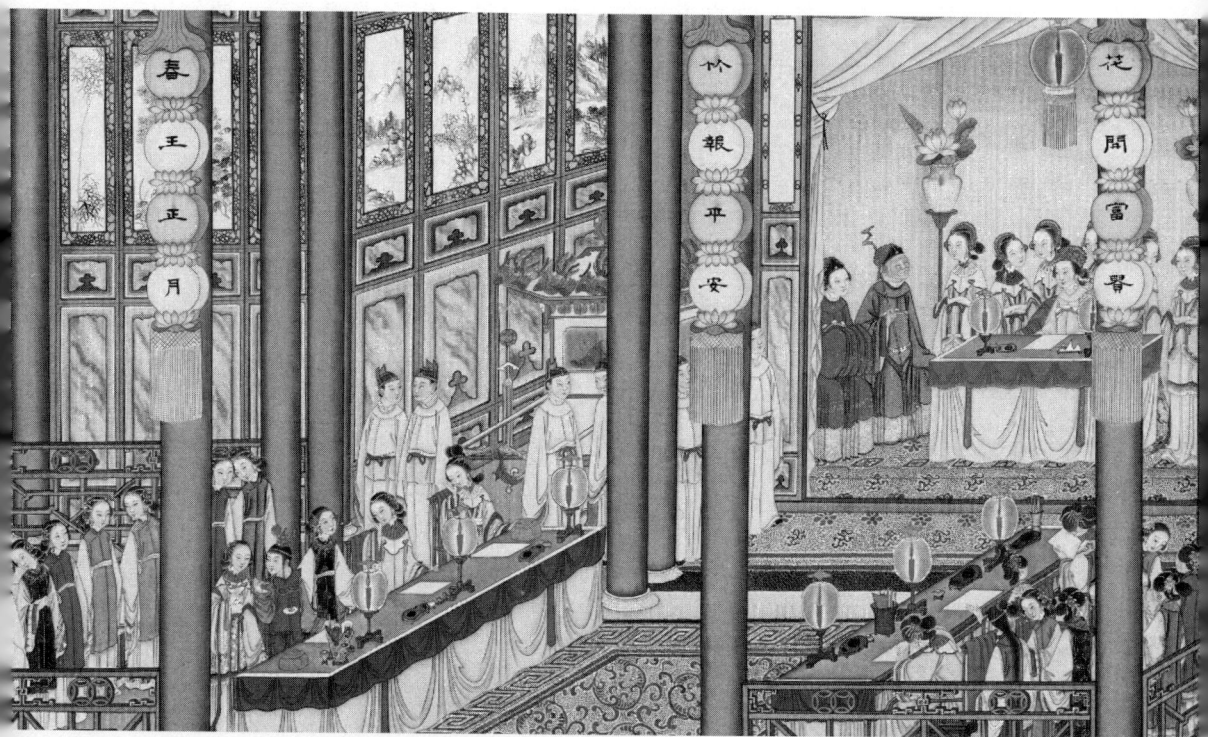

皇恩重元妃省父母

四》）"回首可怜歌舞地，秦中自古帝王州。"（《秋兴八首·其六》）

看《红楼梦》，若对照杜甫的《秋兴八首》，便觉得盛世的焰火越绚烂，末世的哀痛便越沉郁。

王熙凤梦中秦可卿所言，已明明白白点出对盛世焰火后末世的担忧："眼见不日又有一件非常喜事，真是烈火烹油、鲜花着锦之盛。要知道，也不过是瞬息的繁华，一时的欢乐，万不可忘了那'盛筵必散'的俗语。此时若不早为后虑，临期只恐后悔无益了。"（《红楼梦》第十三回）

大观园为什么非盖不可？

　　《红楼梦》中的"一号形象工程"无疑是为了迎接贾元妃回乡省亲，而兴建的大观园及其配套工程。这是个不折不扣的"政治工程"，但按照现在某些经济学家的理论，它依然具有非常重要的经济价值，对拉动"长安城"的内需、提高当地的经济增长率有不可忽视的贡献。

　　大观园花钱多少，书中没有写出明确的数目，但肯定其预算是个天文数字。仅其中一项小小的配套软件，即从姑苏城请聘教习、采买唱戏的女孩、置办乐器，书中借贾蔷的口交代："赖爷爷说，竟不用从京里带银子去，江南甄家还收着我们五万银子。明日写一封书信会票我们带去，先支三万，下剩二万存着，等置办花烛彩灯并各色帘栊帐幔的使费。"（《红楼梦》第十六回）那么整个工程的竣工，其花费之巨可想而知。

　　如果按照寻常人的算法，贾元妃鸾驾回家，一共待了不到半天，而贾府为此忙了大半年，银子像流水一样花出去，太不值得了。但到了贾府那种人家的地位，成本和收益就不是寻常人那样简单了，他们首先要算政治账。

　　接驾工程的政治意义分析起来有这些：其一是表达贾府对皇恩浩荡的

奢华过费大观园（局部）

感谢和忠诚，也算是一项政治投资。因为接驾工程搞得如何，直接体现了贾家对皇家的态度。这一点皇家在圣旨中已经作了暗示。太上皇和皇太后的旨意是："凡有重宇别院之家，可以驻跸关防者，不妨启请内廷銮舆入其私第。"（《红楼梦》第十六回）虽然贾府是钟鸣鼎食之家，原有的房屋一点不寒碜，让贵妃驻跸半日毫无问题，但贾府的人不至于傻到不明白皇家办事的潜规则，放弃这个千载难逢的效忠机会。何况周贵妃、吴贵妃的家都在忙接驾工程，贾府安能在这场比忠心的竞赛中落后？大观园的豪华，书中用元妃眼中景象写出："元春入室，更衣毕复出，上舆进园。只见园中香烟缭绕，花彩缤纷，处处灯光相映，时时细乐声喧，说不尽这太平气象，富贵风流。"（《红楼梦》第十八回）这位尚俭朴、唯勤慎的贵妃娘娘都忍不住默默叹息奢华过费了。可贾府这接驾工程接的是回娘家的贵妃，而不是嫁给普通人家的女儿，其真正的目的是给皇家看的。正如皇帝出巡前，总要敕文各地，要求轻车简从、不可奢华浪费，可接待的地方官要是真的把这旨意当真，搞个"四菜一汤"招待皇帝，那他就是天下第一傻瓜。所以，几乎所有的官员都会"抗旨"，把场面搞得越大越好，也许皇帝事后会批评两句——"爱卿何必如此！"，但内心其实很受用，而受到温和批评的地方官心里也甜蜜蜜的，要是没有受到这种批评，他们心里反而会"十五个吊桶打水——七上八下"，寻思着哪点怠慢了皇帝及其身边的人。这种投资的成本收益不能简单地按照现代经济学方法计算，看似浪费钱财，是资源闲置，但若龙颜大悦，贾氏家族所能得到的好处远非收租、做买卖能比的。

其二是表现贾府的赫赫权势，提升贾府的社会地位。贾府尽管累世公侯，但到了贾赦、贾政这一代，用周旺家的女婿冷子兴的话说："如今的这宁荣两门也都萧疏了，不比先时的光景。"(《红楼梦》第二回）对于家族的今不如昔，贾府的当权者是有起码认识的。元春封为贤德妃，不啻为给矛盾重重、江河日下的贾府注入了一针强心剂，他们希望以元春的得宠为契机，使贾府走上中兴之路。就如古代一些王朝一样，政权越是危机四伏，天下越是民不聊生，皇帝越热衷于举行各种向天地祈福的盛大仪式，希望用盛大的庆典来粉饰太平、自我刺激一下，以求这种人为的繁荣变成真实。贾府利用浩大的接驾，向外部宣布：皇帝还是眷顾贾家的，贾家在宫中有强大的奥援，从而在社会上继续维持一种"烈火烹油""繁花簇锦"的公关形象。

除去这些政治意义外，接驾工程还有其经济价值。它实质上是一种用公家投资来刺激经济增长的方式。这么浩大的工程修建，首先刺激了当地的建筑业，建材价格飙升、建材企业的"股票"暴涨是肯定的。除此之外，花卉、苗圃、家具、养殖等多种行业得到了拉动。还有一点，接驾工程还创造了不少就业机会，建房子的、搞装修的、搞绿化环卫的、维持安全秩序的，能解决多少人的饭碗呀。政治、经济价值之外，从姑苏买来那十二个唱戏的女孩子，请来妙玉等一干尼姑，也间接地促进了文化、宗教事业的发展。

这样一个在政治、经济、文化方面都有重大意义的工程，要立项自然是一路绿灯，而拆迁、施工、验收等事宜也肯定是"特事特办"。

这个工程上马更重要的作用是，只有搞重大建筑项目，才能给一些如凤姐这样的当权者以及依附当权者的人提供弄权、分肥的机会。贾母、贾政、王夫人等对接驾工程的考虑也许更多是从巩固贾家的地位出发，而贾琏、凤姐、贾蓉这些管事者未必这样想。这么重大的工程，对贾府来说，也是可遇不可求的，不趁机捞一把，就是十足的冤大头。

大观园还未正式立项，元妃省亲刚刚传出风声，贾府的上下就开始走门子、托关系，活动开来。贾琏的奶妈赵嬷嬷最先找到凤姐，说："这如今又从天上跑出这一件大喜事来，那[哪]里用不着人？所以倒是和奶奶来说是正经，靠着我们爷，只怕我还饿死了呢。"（《红楼梦》第十六回）赵嬷嬷求凤姐给她的两个儿子找个差使干干。

这接驾工程的种种分工，看似无意，实际上在遵循着"利益均沾"的原则。大总管王熙凤和主管外交的贾琏这一对夫妇当然最具发言权，可其他势力也不能完全不顾，在一块大蛋糕面前，不可能一人独吞，否则就会打破平衡。因而采办省亲乐队这一肥差，总负责的是贾蓉推荐的贾蔷。贾蔷虽然是旁支，但和贾珍、贾蓉父子关系非同一般，甚至有同性恋的传言，王熙凤要给长房一个面子。但这个差，宁府也不可吃独食。单聘仁（谐音"散品人"）、卜固修（谐音"不顾羞"）两个清客是陪贾政老爷吟诗作对的"篾片"，而贾政贵为元妃的父亲，他的人必须给予关照。那大观园的具体施工是哪些人呢？"贾政不惯于俗务，只凭贾赦、贾珍、贾琏、赖大、赖升、林之孝、吴新登（谐音"无心灯"）、詹光（谐音"沾光"）、程日兴（谐音"成日行"）等几人安插摆布。"（《红楼梦》第十六回）这接驾工程中最重要的项目自然是修建大观园，在这个肥肉的分配中，明显荣府占了便宜。贾赦、贾琏父子是核心人物，荣府的管家林之孝以及代表贾政的几位清客都进了工程指挥部，宁府只有贾珍和管家赖大、赖升。毕竟元妃出自荣府，论功行赏也得荣府出一头，但在别的方面给宁府一点补偿，如贾蔷去姑苏采办，贾蓉专管打造金银器皿。

因为工程浩大，凤姐夫妇的权力达到空前。贾蔷得到肥缺后，凤姐向

贾政游大观园（局部）

他塞上赵嬷嬷两个儿子。贾蔷心中未必愿意，他也许只想带上自己信得过的人，可他哪能得罪凤姐呀？这个聪明人便送了个顺水人情，"贾蔷忙陪[赔]笑道：'正要和婶婶讨两个人呢，这可巧了。'"（《红楼梦》第十六回）这位会办事的蔷哥儿还不忘巴结贾琏这个实权派，"这里贾蔷也悄问贾琏：'要什么东西？顺便置来孝敬叔叔。'"（《红楼梦》第十六回）——这种分肥的游戏规则，不论亲疏必须遵守。

其他的旁支，如贾芹、贾芸，也通过送礼、请托，谋上了管尼姑庵和绿化工程的差事，于是皆大欢喜。根据手中掌握的权力和在府中的地位，决定着贾府的上下谁吃肉、谁啃骨头、谁喝汤，一个食物分配方案如此出台。幕后的建筑队招标、采办大宗物资的回扣等种种猫腻，不用说大家都明白。

当然，有人会说这接驾工程最后成了"负资产"，那么多的钱砸在大观园里，元妃转了一圈就完事，没别的用场。后来，还是贵妃开恩，让宝玉和姐姐妹妹们搬了进去，投资巨大的"一号工程"最后成了俊男靓女们办诗社、比赛作诗的小资场所，似乎回报率太低。但如果让贾琏、凤姐等人总结起来可能不是这样，他们会说大观园的修建不但政治上意义重大，而且经济、文化上的意义也很不可小觑。

贾珍在乌进孝进贡庄园地租时说到省亲带来的债务，好像贾家为此做了笔亏本买卖。但在贾琏、凤姐、赵嬷嬷的闲谈中说起当年接"圣驾"，有意比较了贾府、王府的实力那一段很有意思，可看出贾家未必亏本。赵嬷嬷说："那时候我才记事儿，咱们贾府正在姑苏扬州一带监造海舫，修理海塘，只预备接驾一次，把银子都花的[得]淌海水是的！"凤姐连忙接上话荏儿："我们王府也预备过一次。那时我爷爷单管各国进贡朝贺的事，凡有的外国人来，都是我们家养活。粤、闽、滇、浙所有的洋船货物都是我们家的。"最后赵嬷嬷这个当奶妈的一语道破天机："告诉奶奶一句话，也不过是拿着皇帝家的银子往皇帝身上使罢了！谁家有那些钱买这个虚热闹去？"（《红楼梦》第十六回）

那么皇帝家的银子从哪里来？当然是"取之于民"，皇帝的钱袋就是全体臣民呀。

从《红楼梦》的过节说起

《红楼梦》所处的那个时代，没有法定节假日这一说。所谓法定节假日，是现代国家才出现的概念，用法律形式固定下来，在统一的法律体系下的公民都具有某种权利，比如说不用去上班照样拿工资，如果要人家牺牲这种休息权，必须用更高的价钱去赎买，即工资之外再给予加班费。

在中国长达几千年的农业文明时代，节假日是民俗的范畴而非由成文法律规定——当然也可以视为一种习惯法。在中国古代，过年过到正月十五。除夕前，衙门要举行"封印"仪式，此后不再办公。过完元宵节，再"开印"，恢复日常办公。本质上说，我以为生日和节日是一样的，都是有着很浓的人格化因素在里面，比如一个人出生后，他一生中过生日都是固定的，他有着私人化的节日，这个节日对他而言具有象征意义，每年强调一下自己的生命在这个世界上存在着。除夕是一年的结尾，春节是一年的开始。中国人把一年的春夏秋冬看成一个人的诞生、成长、兴旺，乃至走入暮年。历史学家蒋廷黻说过："在中国，较大的节日都是关于人的节日。"（《蒋廷黻回忆录》，岳麓书社，2003年版）其实，全世界都差不多。有些节日是关于宗教人物的，如圣诞节、佛诞节。有些是关于传说中的文化人物的，如端午节、七夕节。有些是现实中对某种人伦价值强调的节日，如中秋节的团圆，重阳节的尊老。还有在中国帝制时代，某个人私人化的节日会成为全民的节日——如皇帝的生日是天长节，因为中国皇帝有些"政教合一"的特点，他是天的儿子，是代表天来管理万民的，因此他的生日自然被政治化，已不属于私域。

《红楼梦》中写节日和生日最多，有除夕、元宵这样的大节日，有花节这样的小节；有丫鬟们过的生日，也有贾宝玉、王熙凤这样重要人物过的生日，从中可以窥见贾府诸多人事瓜葛以及那个时代的文化或制度背景。且以第五十三回宁国府除夕祭宗祠、荣国府元宵开夜宴，以及第六十三回宝玉生日群芳夜宴来说明之。前者可以视为政治层面上贾府最后的辉煌，而宝玉的生日则隐含着大观园众女儿最后的辉煌：群芳即将凋零，肃杀的秋天马上就要来了。除夕和元宵是一个象征着家族兴旺、老少和睦的家庭聚会，宝玉的生日则是一场青春狂欢。

贾府的除夕大聚会，首先是准备的政治条件。贾蓉从朝廷领来了皇帝赐予的祭祖银两，贾珍说："咱们家虽不等这几两银子使，多少是皇上天恩……咱们那[哪]怕用一万银子供祖宗，到底不如这个又体面，又是沾恩锡福的。"（《红楼梦》第五十三回）然后，需要预备的是聚会的成本——"乌庄头几千里外来送租子"。——这是大聚会的经济支持，没钱他们什么也干不了。

政治、经济两方面条件具备了，贾府的大家长贾母才能带着一干老少祭祖。可见，在《红楼梦》的时代，节日的政治性含义是寄托在民俗中间的，也就是说，朝廷不会重新单选一个日子来彰显其政治意图。因为，在中国，从周代开始，尤其经过董仲舒等人"天人合一"学说的弘扬光大，

荣国府宝钗做生辰

植根在农耕社会的民俗和政治几乎可以天然一体。因此，我们看历代王朝更迭，很难有专门的"建国日"，他们占了前朝的龙廷，正式改正朔必定是新年（农历春节）的开始，此前的日子只是暂时坐龙椅。到袁世凯所谓做了八十三天皇帝，实质上只是筹备时期，他没等到第二年的元日正式祭天登基就呜呼了。我的分析是，那时候王朝更迭连皇帝也不认为自己是开天辟地，无非是前朝某姓天命已尽，上天青睐自家，让自己"奉天承运"，所以不能任意定一个日子作为本朝的开国日。因此，正式的新朝开始于新年，同一朝代的老皇龙宾上驭，太子马上即位，但天下换新主的年号，必定是新年后才能更新（中国历史上也有几次例外）。

现代国家肇始，新政权的建立标志不可能是皇帝的祭天即位，而是催生新政权某一重要事件发生的那天。如美国的7月4日，法国的7月14日，国民政府则是武昌起义的那天——10月10日。可以说，中国古代新朝不管受胎于何时，其诞生日必定和民间公认的新年开始时间重叠，没有谁敢说"时间开始了"，而以前的岁月都是千年"黑暗"。现代国家理念被广泛接受后，受胎日便成为诞生日。

现代的节日依然具有浓厚的人格化因素。国家的诞生或受胎的那天便是她的生日，其他的节日如劳动节、妇女节、儿童节、教师节等，都是政治化的节日，因此容易获得法定的地位。民俗的节日，因为已经和政治剥离，纯粹成为民间自娱自乐的特定日子了，便没有了法定的地位——除非是哪个当权者也很难否定的极其重要的民俗节日，必须给予尊重而赋予法定地位，如中国的春节、西方的圣诞节以及中西方合流的元旦节。

因此，当一些文化、民俗专家纷纷撰文，认为清明、端午、中秋这些节日历史悠久、文化积淀深却不能放假，而五一却有长假不太合适时，我总是阅后一叹：这些人不是很懂得政治和文化的区别。

（注：写此文时，清明、中秋尚未成为法定假日，后经专家和媒体不断呼吁，终于"法定"。这一变化，或可视为"传统"在执政者心目中分量加重，而其原因耐人寻味。）

贾府的"大而全"之弊

旧时的大家族便是个小社会，此无疑义。一旦成为一个社会，家族便追求大而全、万事不求人，方显出这个家族的富有和气派，而成本考虑则是等而求其次的小问题。

比如说元妃省亲时，为了迎接贾府上下"一号政治任务"，采取了许多临时性救急措施，包括集合了一班道士和和尚来做法事。这项"政治任务"完成了，临时聚集的和尚、道士理应遣送，贾政也有意把他们"发到各庙去分住"。但管事的凤姐便劝说王夫人："这些小和尚道士万不可打发到别处去，一时娘娘出来就要承应。倘或散了，若再用时，可是又费事。依我的主意，不如将他们竟送到咱们家庙里铁槛寺去，月间不过派一个人拿几两银子去买柴米就完了。"（《红楼梦》第二十三回）凤姐是打着承应娘娘这类"政治正确"的幌子将这班临时性宗教机构保留的，而实质上是谋私。贾芹之母周氏，平时巴结凤姐，此时凤姐想派这个管理和尚、道士、尼姑的差事给贾芹，将临时机构变成常设机构，便于长期安插私人。

假公济私的行为，其名目却总是冠冕堂皇的。可是像元妃省亲这类大事，多少年也碰不到一回，这个道理贾府上下并非不明白，但在这样一个大幌子下，谁也不能明确地表示反对。一则有被上纲上线为"不忠于娘娘和皇上"的可能；二则会得罪王熙凤这样的实权派。贾芹管理贾府家庙的效果如何，我们在后文都看到了。他克扣银两、行为不堪，搞得声名狼藉，舆论沸沸扬扬。

不单单是和尚、道士这个临时班子被保留下来了，而且整个大观园在元春省亲后，其他的临时性措施都作为成例固定下来了。比如说贾蔷去姑苏买的戏班子，盛事完毕后，十二官也留在了贾府，引起了许多风波；还有要维护大观园的日常运行，又要聘请一干绿化、环卫等工人。这些加起来，都不是小数目，对财政发生困难的贾府来说是雪上加霜。

"文革"时期，极左派当政时发生过一场"东风轮"风波。极左派攻击当时具有世界眼光和成本意识的领导人的论调是"洋奴哲学"，因为这些实事求是、具有真正治国之才的高层人士说过"造船不如买船，买船不如租船"，说这是长帝国主义的威风，灭社会主义的志气。这其实是强词夺理和断章取义，说这番话的人从来不否定自力更生，也一直重视国家的自有核心技术创新和自主品牌的打造。但在一些并不涉及国家安全的产业上，是需要讲成本意识的。如果一味地强调自己制造，很多时候会造成低效和浪费。

贾府的"大而全"的后果是效率低下和资金浪费。比如作法的道士和尚、唱戏的伶人，在元春省亲的时候，完全可以临时租用外面的专业团体，付给高报酬，事毕后这些道士、和尚、戏子拿了钱该干吗就干吗去，贾府何必背这样沉重的包袱？这类包袱最后越来越重，想甩包袱就难上加难，看探春的改革才牛刀小试，就引发了那么多矛盾。养了唱戏的班子费钱惹事而无多大用处，可这些买来的十二官又赶不走，不能让她们下岗去社会上自谋生路，不得已只好让她们转行，一个个分发到宝玉和众姐妹房中做丫鬟。

这种"大而全""家族办社会"的弊端，贾府中未尝没人知道。但还是要花钱维持这类无用的虚架子，这是公侯之门要面子的表现，而更重要的原因则是，在这个大家族中，责、权、利不清晰，几乎没多少人有追求利润最大化、最大限度压低成本的自觉，因为大家族的节省成本和自己个人的小利益没有必然的联系。那么，管事的宁愿选择浪费公家钱财而为自己谋利。凤姐都这样，那么其他管点事的人可想而知。

在这样没有科学的成本控制体系的家族里，机构的设置非常随意，往往因人设事。一个临时性机构设立后，就会养活一大帮人，如果要撤销这些无用的临时性机构，必然会损害某些人的利益，那么就会招来重重阻力，弄不好牵一发而动全身，很少有当家的敢下决心去捅马蜂窝。因此，机构越来越臃肿，机构之间扯皮的现象越来越严重，效率也越来越低。最终这个庞大的"企业"便不可逆转地亏损下去，直到难以为继。

守法因人而异的恶果

探春在王熙凤生病休假时，暂时代理荣府内部大总管之职，采取一系列兴利除弊的措施，准备一展身手。可是没想到，她的"施政方针"遭到的最猛烈的反击，竟然来自自己的生母赵姨娘。

这场母女风波源于赵姨娘兄弟赵国基的丧事。姨娘的亲人死了，按照贾府的家法，必须赏赐银两。给银两这个具体的行为由当家的探春实施，但是探春刚刚大权在握，改革的措施遭遇很大的阻力，大家都在瞅着她的一言一行，找她的茬儿。她必须秉公执法，尤其事情涉及自己的生母，更得谨慎从事，以免授人以柄。帮助探春管家的李纨很聪明，提出一个很折中的办法："前儿袭人的妈死了，听见说赏银四十两。这也赏他[她]四十两罢了。"（《红楼梦》第五十五回）按照最新的"判例"办，照说没什么毛病，但探春非同常人，她知道贾府几位老姨娘家里人死去，家里的（家生丫鬟收为妾）、外头的（纳外面的女子为妾）规矩不一样，要求详细了解同类事件发生后的处理规定。最后一查旧账，结果是：家里的赏过二十四两，外面的赏四十两；还有两个外面的，一个赏一百两，其中六十两是隔省迁父母的灵柩；赏六十两的是本地人，其中二十两用来买坟地。

这个规定应当说很合理，充分考虑家养的和外面的姨娘办丧事所要花费成本的差异。赵姨娘是"家里的"，按规矩只能赏二十四两。探春为了显示大公无私，决定赏二十两。这时矛盾爆发了，赵姨娘看到自己女儿管事，受到的赏赐还不如一个丫头片子袭人，于是大吵大闹。

照理说，袭人不是家养，是外面买来的丫鬟，她成了姨娘后母亲死了才能被赏赐四十两。当时袭人虽然和宝玉有了云雨之情，贾母和王夫人也默许她和宝玉的关系，但没有正式成为姨娘，赏赐四十两银子实则是"法外施恩"。当时违反这类规定的是谁呢？是王熙凤，她要巴结的当然是贾母和王夫人。探春面对赵姨娘的问罪，解释说："不但袭人，将来环儿收了外头的，自然也是同袭人一样。"（《红楼梦》第五十五回）这个解释显得有些牵强，毕竟此时袭人并不是姨娘。当然，探春不能指责前任凤姐违法，只能"我说我并不敢违法犯理"。当平儿也来和稀泥，建议探春再给赵姨娘添一些，探春回答说："叫我开了例，他[她]做好人，拿着太太不心疼的钱乐的做人情。你告诉他[她]，我不敢添减混出主意。他[她]添他[她]施恩，等他[她]好了出来，爱怎么添添去。"（《红楼梦》第五十五回）探春这句话清晰地表明态度：我在任时绝不能违反规定法外施恩，我卸任后管事的爱怎样我没法左右。

这场风波，实则折射出帝制时代守法因人而异所带来的不良后果。那个时候并不是无法可依，规矩多得很；也并不是大家不遵守规矩，问题是有些人可以遵守，也有些人可以不遵守。就拿贾府来说，王熙凤可以拿公家的钱送人情，袭人没有姨娘的名分却能享受姨娘的待遇。那么贾母、王夫人呢？她们更能法外施恩。贾母说一，贾府没人敢说二。

那么，在这样的体制下，法律的严肃性完全建立在掌握权力者特别是

嫌隙人有心生嫌隙

最高权力者个人品德的基础上。朱元璋当了皇帝后，生怕官员贪墨、宦官专权，涉及很多制度，甚至用严刑酷法来防范。他是个叫花子出身的皇帝，知道民间疾苦，江山来之不易，自己有治国的本领，也非常勤政，他在任可以保证大明法令的严肃性。可他死后呢？明朝出了那么多混蛋皇帝就是个最好的答案。混蛋皇帝们自己就不遵守洪武帝传下来的规矩，那怎么能单单责怪太监弄权呢？

电视连续剧《汉武大帝》收视率曾创下新高，我看完后感觉很悲哀。汉律很精严，几乎穷尽了王朝这个庞大机器运转的各个方面，比起后世靠圣谕治国，我得为中国政治制度的早熟而自豪。但是，律法再完备，执法再严明，小人物把这个敲门砖应用得再顺手，都改变不了王朝由皇帝乾纲独断的本质。那时候，小吏通律法可以做到公卿那样的高官。汉武帝可以踢开外朝，用内廷的亲信来行政，可以随便赋予绣衣使者以及名义上管理园林的水衡都尉极大的权力。

只要有一个人不受律法的约束，哪怕他是皇帝，这个律法就变成了上司整治下属、官吏整治百姓的工具，是杀人之刀而非护民之盾。国如此，家亦如此。贾府并非没有规矩，而是贾府掌握权力的人可以自坏规矩，如此贾府焉能不败？

贾府女人当家的解读

近日翻看北大李零教授的《花间一壶酒》，他说，中国的人情小说，有三种角色很常见：一种是不能齐家的男主人公，一种是令他无可奈何的泼妇，一种是她们惯坏的败家子。三种表现连在一起，体现的是阴盛阳衰。由此，李零说，《红楼梦》是一部败家史。此说深得我心。

《红楼梦》讲贾府的衰败过程，只要看过这部书的人都知道，这不是什么新观点。第二回里冷子兴就说了："如今的这宁荣两门，也都萧疏了，不比先时的光景。"但仔细琢磨阴盛阳衰，女人当家和家族败落之间的关系，倒是篇有意思的文章。

《红楼梦》基本上是一部写女性的小说，里面的女人无论是高贵的小姐还是卑贱的丫鬟，都各有各的可爱，而里面的男人，相比之下就猥琐不堪，难怪宝玉有"男人是泥做的，女人是水做的"感叹。但这种评价只是道德的或审美的，贾府败落真正的表现是：里面的男人多是今朝有酒今朝醉的纨绔，毫无经济之才能，也没有忧患意识，任凭家族日薄西山；而里面的女子，反而清醒地看到种种隐患，试图改变家族衰亡的命运。但终究无力回天，因为在传统的政治文化中，一旦出现了女人当家或当政的局

王熙凤协理宁国府

宁国府除夕祭宗祠

面，大多是因为极不正常的情况出现，整个政治环境出现了畸形甚至毒化，当家的女主人即使再能干，也挽救不了败亡的命运。

我不是个大男子主义者，并不认为女人当家或当政有什么不对。在现代的民主制度下，谁都可能被选票选到重要的位置上。因此连东亚和南亚也出现了女总统，这没什么不正常的。但在中国传统社会里面，政治资源天生由男人掌握，而经济权力和话语权也同样由男人垄断。整个"齐家治国平天下"的程序架构，都是为男人设计的。比如参加科举做官，皇位和家产的继承，只有男人才有资格。那么如果出现了女人掌握着本为男人准备的各类资源，一定是整个系统出现了严重问题，要么是有资格的男人太小或者没出息，要么是女人太强势，而强势女人的成长必定是以弱势男人的存在为基础的。

我们来看贾家宁、荣二府。荣府有贾母这个精神领袖式的"女王"存在，起着安稳人心的作用。她的两个儿子，贾赦一味地"高乐"，过着奢靡的生活，根本不管全家人的生计；贾政虽然行为上比他哥哥正派得多，但基本上是个没什么主意和手腕的儒士，除了和清客在一起扯淡外，对家族的发展基本上起不了什么作用。孙子辈贾珠早亡，贾琏也就是办点实际事务，宝玉只能在脂粉堆里混。整个荣府的命运寄托在三个女人身上：贾母、凤姐和元妃。元妃是他们的政治靠山，一旦元妃暴亡，贾母衰老而死，凤姐搞得众叛亲离，荣府也就走到末路了。这荣府还有几个女人撑着，宁府连这样的女人都找不到，本来贾蓉的老婆秦可卿有可能执掌宁府事务，但早早地死了。整个宁府只能让贾珍父子等一干人胡折腾，因而曹雪芹说："漫言不肖皆荣出，造衅开端实在宁。"（《红楼梦》第五回）

中国历代王朝，凡是由女性秉朝政者，往往是非常时期，主幼母壮，政治运作不正常。尽管秉朝政的女性，其杀伐决断之才远胜于男子，但往往带来非常严重的后遗症。从汉代的吕后，到唐代的武则天，到清代的慈禧太后，莫不如此。比如慈禧太后秉国四十来年，有女皇帝之实而无女皇帝之名，她的权力来源不是源于道统和法统，仅仅因为她是皇帝的母亲。权力来源的合法性没有得到根本的解决，而慈禧太后本人又掌握实际的最高权力，那么权力运行时必然不是常态的，就如剑走偏锋或练旁门武功那样，对整个系统的伤害巨大。我曾设想，如果清代在皇权的继承上赋予女性合法性，如沙俄叶卡捷琳娜那样，也许晚清的政治面貌会好一些。

贾府的女人当家，并非说明女人的地位高，恰恰证明女人在那个时代被政治权力和经济权力排斥，特殊情况下如果拥有这种权力，说明已面临着重重隐患。古人说"牝鸡司晨"是大不祥，就是此意。因而尽管探春那样才华出众、精明能干，也慨叹自己如果是个男的，也能出去做一番事业，却不幸生为女儿身。

贾府"转型"的失败

贾府的败落，固然是和其子弟多为纨绔，只贪图享受而没有忧患意识有关，但根本原因是贾府的"转型"失败，即没有从一个以武功立功封爵荫及子孙的大家庭，转型为以诗书立家、走科举之路来巩固其地位。

冷子兴在《红楼梦》一开始就说道："如今生齿日繁，事务日盛，主仆上下，安富尊荣者尽多，运筹谋画［划］者无一；其日用排场费用，又不能将就省俭，如今外面的架子虽未甚倒，内囊却也尽上来了。"（《红楼梦》第二回）君子之泽，五世而斩，在中国古代一个世家要永葆繁荣是很困难的。我以为，关键是中国以农耕立国的经济政策所决定的。农耕是一种消极的再生产，在没有疆土大面积开拓、种植技术飞跃的情况下，随着人口增多，土地的压力必然越来越大，最后造成大量流民，引起社会动乱，从而导致一个个王朝倾覆。因为没有工商业的迅速发展，不能有整个社会的扩大再生产，社会财富得不到成倍的扩张，这种历史的循环是必然的，所以农耕经济的潜力几乎不可能根本解决人口剧增的问题。

对于一个大家庭来说，"生齿日繁，事务日盛"是必然的。一般说来要保证家庭能应付这类局面，就必然不断地进行土地兼并，以购买别人的土地来缓解本家庭的人口压力。要增加自己的土地，一是这家不要由败家子当家，能省出余钱从事田地买卖；二是这家在权力机构中必须有不间断的代表。

贾府先把希望寄托在身世迷离但背景很深的秦可卿身上，进行了一场政治豪赌，不幸可卿早死。后来再把希望寄托在当了贵妃的元春身上，元春又突然暴亡。没有政治后台，贾府即使勤俭持家，仍然有随时被暴风雨吞噬的危险。在感叹贾府阴盛阳衰的同时，我们会有一个疑问，为什么不依靠自己家族的男人呢？难道他们天生就是斗鸡走狗的混混？

很显然，贾府的教育是很失败的。我所说的教育是否成功，在当时的背景下，只有一个衡量标准——科举成绩，与子弟的道德无关。像贾雨村这样寒儒出身的伪君子，尽管人品不堪，但在科举上他成功了，也可以说当时的教育在他身上是成功的。

中国自唐末藩镇割据以后，历代王朝特别注意防止武将势力的扩大。对开国武将来说，皇帝采取"杯酒释兵权"（宋太祖赵匡胤）的方式已经非常客气了，像朱元璋那样大肆诛杀战功赫赫的老臣也屡见不鲜。"太平本是将军定，不让将军享太平"（《水浒传·第一百一十四回》）几乎是一个历史规律，从宋代开始，中国历朝基本上是个文官政府，利用武将夺取天下，但鸟尽弓藏，要确保江山的稳固，只能仰仗文官来治理天下。日益完备的科举制度，目的是为文官政府不断地培养、选拔人才。科举制度在贵族和庶民之间，在那个时代最大限度地实现了教育公平和政治公平，"朝为田舍郎，暮登天子堂"（汪洙《神童诗》）是可以实现的梦想。因此，王朝定鼎后，最值得羡慕的家族不再是开国武将，而是"三代五进士，父子三尚书"之类的诗礼家族，如清代的常熟翁同龢家族和南皮张之万、张之洞兄弟。

从《红楼梦》中可看出，宁、荣二公是跟着老皇帝出生入死，立下汗马功劳，才挣下这份富贵的。可是，在他们的子孙中，竟然没能出一个显赫的文官。在当时，爵位、官职和差事是不同的三个概念。对于祖先有功的贵族子弟，爵位可以世袭，而具体的官职则不能世袭。没有官职就没有实际的行政权力，爵位只是一个荣誉性虚衔。

据冷子兴介绍，宁、荣二公死了后，代化、代善袭了官，代化死了，贾敬袭了官，贾敬因为一味好道，早早把官给了儿子贾珍；荣府那边代善的官由贾赦袭。这里所说的"官"，只是没有实际权力的虚职。贾府子弟如果要担任实职，必须走科举那条路。可是贾府几代人，科举的成绩实在太差了。唯一中了进士，可以出任实职的贾敬，却不愿意做官，想做神仙，生生浪费了这个资源。就是那个"自幼酷爱读书，为人端方正直"的贾政，也不是科举出身，由皇帝赐了个"额外主事职衔"，即不在编的主事，后来升了员外郎，这算是真正的实职，可权力不大，也就是个"司局级干部"。唐代那个颠沛流离一生的"诗圣"杜甫也做过工部员外郎。

到了宝玉这一代，贾珠早死，贾珍、贾琏根本就不读书，不应举。贾府在权力格局中面临空前的危机，他们把希望寄托在几个女人身上也是不得已。因此，我们可以理解贾家对宝玉、贾兰叔侄科举之路所寄托的殷殷希望。

平生恨透了八股制艺、科场文字的宝玉，在续写的后四十回中，出家前和侄子贾兰一起考中了举人。这情节是否是曹雪芹的原意暂且不论，但可以看作是宝玉以中举来报答贾政的养育之恩，他很了解自己这个大家族对子弟科举成功的期盼。

贾府一直盼望着从武将出身的贵族家庭转型为科举出身的文官家庭，可是没有成功，因而其家庭的政治地位也很难有保障。

大观园的题字

元春省亲时，游览完竣工不久的大观园，依照政治活动的传统惯例，自然有笔墨伺候。这位谦逊本分的贵妃，此时相当自觉地"择其几处最喜者赐名"。元妃为大观园题了数块匾额，作了一首绝句，写了一副挂在正殿上的对联。

正殿的匾额是"顾恩思义"，对联是"天地启宏慈，赤子苍头同感戴；古今垂旷典，九州万国被恩荣"（《红楼梦》第十八回）。近看起来很古雅，其实如果翻译成现代白话的意思，也许不会觉得很生疏。无非是讲"致富思源""吃水不忘挖井人""感谢朝廷感谢皇帝对天下苍生的恩典"之类，其核心意思必须政治上正确。

一般说来，题字者的政治地位越高，其题字的神力越大，也就是在一般人心中的规格越高，与书法的优劣无关，尽管我国是个历来重视书法的国度。身为贵妃娘娘，其题字当然会被贾府当成宝贝，花重金制作成匾悬挂起来。

贾府内规格最高，最能体现主人特殊政治地位的题字，则是宗祠皇帝的御笔——两幅匾额和两副对联。匾额是"星辉辅弼"和"慎终追远"，前者是皇帝老爷对这个革命的功臣之家进行充分的肯定，后者则对功勋家族的后代提出殷切希望，希望他们继承先辈们的革命遗志。那个时代，得到皇帝一个字都是旷代殊荣，贾府竟然有这么多御笔题字，可见家族鼎盛期的气势。

贵妃游园，因为游园者的身份特殊，她游玩后所题写的诗词与匾额、对联，便被赋予了很高的政治意义。其实，在我看来，和大多数人喜欢涂鸦"到此一游"差不多。

比如八达岭长城，几乎没有一块砖头上没有被游人刻字。现在有管理部门派人看守，私自刻字的要冒破坏文物的风险，许多人只好作罢。在以前因为疏于看管，各个年代的人都在上面留下痕迹，我在上面找到的最早的刻字是民国初年，最多的大概是"文革"时期，内容无非某地某人和某人来此一游。

"人过留名，雁过留声"，中国人特别有历史感，无论是达官显贵还是普通老百姓，而文字这个能长久保存的抽象化符号，是留下自己声名的最好依托。普通人通过在游人如织的风景区刻上自己的名字，希望一个普通人的名字能偶尔被后来者看见，但在无数的"到此一游"中，此类题字只是历史的风沙吹过长城留下一道小小的痕迹而已，注定被湮没。大人物则不一样，不论朝代如何更迭，其当时题字的心态如何，都会当成"佳话"留下来。苏州有个园林，石头上刻有乾隆皇帝的题字"有真趣"，而传说是当初乾隆帝游玩后，当地的官员希望万岁爷留下墨宝，游兴未尽的乾隆爷不假思索地写下"真有趣"三个字。我想这才是皇帝当时真实的心态，可皇帝的题字无论如何是要流传后世的，必须显示其不同一般的文才与见识，但谁也不敢让皇帝重新写字。于是有聪明人将三个字重新排列组合，成了现在这个样子。导游们总是津津乐道说这一改意蕴深远得多，也没有篡改皇帝题字的嫌疑，皇帝知道了想必也会夸赞下面的人会办事——中国人从来就不缺乏此类智慧。

到处张贴的标语口号，其实和题字差不多，是中国人对文字魔力的一种崇拜。中国古人有"敬惜字纸"的传统，对文字有种近似宗教的敬畏，传说仓颉造字后，鬼神夜哭。张贴的标语或对联无论是祈福还是驱邪，都是希望文字能传达一种神秘的力量。道士画符驱鬼，写的就是一些格外潦草、似乎只对特定对象起作用的文字，医生的药方亦是此理。春联从驱邪魔的桃符演变而来，也是自然的事情。胡适先生曾在《名教》一文中说过："标语是道地的国货，是'名教'国家的祖传法宝。""试问墙上贴一张'打倒帝国主义'，同墙上贴一张'对我生财'或'抬头见喜'，有什么分别？是不是一个师父传的衣钵？""试问墙上贴一张'田中义一'，同小孩贴一张'雷打王阿毛'，有什么分别？是不是一个师父传授的法宝？"

标语向人灌输的这种"名教"的力量，它传达的源头是不确定具体人员的权力，比如提倡什么、禁止什么。红彤彤的标语虽然没署名是谁题字的，但它背后有一种人格化的制度或文化，比如某种公权力机构或者一种主流道德在支持。题字和标语功用差不多，最大的区别是它背后的主人有具体所指的人——某某皇帝或某某大官，那么这种神力更能被人直观地感受到，但这种题字的命运因此也更容易随题字者的个人命运而沉浮。

我多年前去衡山的时候，看到"忠烈祠"正门的匾额是蒋中正先生题写的，据当地人介绍这是原物。为何逃过"文革"那一劫？原来在20世纪50年代末，就被人摘了下来，胡乱扔进某个仓库，以后便逃过了如火如荼的"文化革命"。改革开放后逐渐地恢复历史的本来面目，这个匾额又重见天日了。大政治家因为政治风波的缘故，其题字遭遇不同的命运，而一般的官吏则更容易因为这人的个人际遇有不同的待遇。比如曾经的江西省副省长胡某人号称书法家，在位时满城都是他题写的匾额。他因为贪污受到法律惩罚后，洪都古城处处都闻铲字声，此时胡某人题写的墨宝已经不是荣耀而是耻辱了。

唐代王播的遭遇，也许更能让人看到个人题字因为身份的迥异而在人心中具有不同的地位。早年王氏贫穷，寄食于扬州某僧院，每次听到敲钟吃饭时，他便随僧众一起去吃饭。寺庙的住持很讨厌他打秋风，一次故意在僧众吃完饭后才敲钟，他去后看到食物已被分完，心受刺激，便在墙上题写两句诗："上堂已了各西东，惭愧阇黎饭后钟。"然后离开寺庙发愤攻读，贞元年间高中黄榜。

二十年后，王播因为仕途通达，回到扬州当节度使，他当年栖息的寺庙僧人知道后，把他当年留下的两句诗特意用碧纱遮盖保护。王播重游故地，感慨万千地续了两句诗："二十年来尘扑面，如今始得碧纱笼。"

所谓题字背后的神秘力量，其实想想一点也不神秘，多数时候其神力和其代表的公权力是成正比的。

从平安州不平安谈商人转型

《红楼梦》第六十六回《情小妹耻情归地府　冷二郎一冷入空门》中，贾琏出城去外地办事，在平安州里碰到薛蟠和柳湘莲在一起，他非常奇怪，因为此前由于薛蟠把柳湘莲当成蒋玉菡那样的优伶调情，被性子如火的柳湘莲打了一顿。柳避祸远走他乡，薛大呆子觉得很丢脸，便辞别母亲像模像样地学着去做买卖。

薛蟠对贾琏的解释是："天下竟有这样奇事。我同伙计贩了货物，自春天起身，往回里走，一路平安。谁知前日到了平安州界，遇一伙强盗，已将东西劫去。不想柳二弟从那边来了，方把贼人赶散，夺回货物，还救了我们的性命。我谢他又不受，所以我们结拜了生死兄弟……"

这段叙述可看出柳湘莲江湖气质十足的侠义，以及薛蟠傻阔少式的胸无心机。所谓一路平安，只有到了平安州才遇到强盗，显然是曹雪芹的又一曲笔。连名曰"平安"的地方都盗贼遍地，其他州府能好到哪里去？所谓"天下太平，四夷宾服"往往都是大臣们欺骗皇帝的妙词儿，皇帝大多愿意这样被欺骗。传统的中国是个民间高度自治的社会，州县官是亲民之官，维持社会的治安主要靠大气候，即整个社会经济比较繁荣，贫富悬殊不大，社会矛盾不尖锐。官府再加之以严刑峻法以及道德教化，能够低成本地控制社会。一旦各种矛盾激化，刑罚和教化就起不了多大的作用，官府再如何增加社会控制成本，也保不齐遍地梁山，处处水泊。所谓州以"平安"命名之，只是朝廷如道士画符一样的自我安慰，希望借此粉饰天下太平。

不过，我对柳湘莲单身赶走一群盗贼，并救了薛蟠的命有些想法。尽管书中说到柳湘莲能舞刀弄棍，有些武艺，但一个人怎么能赶走有组织并手持武器的职业强盗呢？我疑心此时柳湘莲已成了江湖人士，且地位不低，他的出面就如当年著名的镖行走镖一样——小蟊贼给他的面子。此又是伏脉千里，暗示柳湘莲"训有方，保不定日后做强梁"（《红楼梦》第一回）的结局。只是毫无社会经验的薛呆子，真个以为柳湘莲是个孙悟空那样厉害的角色。

从这段描述，还能看出中国传统社会的一个特点：商业环境相当差，商业的风险极大。中国历代王朝几乎都是执行重农抑商的政策，即使是商业很发达的两宋，商人也只是官府生财的老母鸡。以权威的政治力量来确定商人居于"士农工商"之末，朝廷更不会制定健全的民商法律，以国家的力量致力保护工商业。那么，在这样的农业社会里，现代的金融业、保险业和交通运输业不可能产生，而这些正是工商业发展壮大的必需。

因为这样的商业环境，从商便成了获利甚大却风险几乎不可预期的行业。行商不用说，风餐露宿，而且交通不便，社会治安要是恶劣一些，连人身的保障都没有。坐商虽然被抢劫的风险降低，但三天两头碰上贪官污吏来敲诈勒索，如果在当地没有官场上的靠山，想要正常经营是很难的。

但坐商的发达必须依赖行商，没有批发商将货物顺利运来，坐地销售就是无源之水。

我国描写经商之艰难的文学作品很多，远在两汉时就有乐府《孤儿苦》唱道："父母已去，兄嫂令我行贾。南到九江，东到齐与鲁。腊月来归，不敢自言苦。"白居易在《琵琶行》中写琵琶女嫁作商人妇之后的幽怨："商人重利轻别离，前月浮梁买茶去。"这个从良的琵琶女实在是不能理解夫君从商之苦。从商之人，稍稍懈怠就可能血本无归，眼看新茶就要上市，他能待在家里守候新娶的"二奶"吗？做买卖实在比不上青春年少的歌女呀，唱歌卖笑就能挣钱，"五陵年少争缠头，一曲红绡不知数"。更比不上通过科举进入官场的士子，白居易尽管贬官了，可到底是九江的地方官，有钱有闲在浔阳江头夜送客，顺便泡一下商人的"二奶"，让眼泪打湿司马的青衫。苏东坡即使贬谪到岭南，照样还能和歌伎们在一起开party。自古有关风月的小说戏曲，总是说读书人和风尘女子情投意合，而商人很坏，只会使钱。其实，这是由士和商的地位不同决定的呀。士虽然穷酸，没准哪天黄榜高中，一下就是官员了，再说大多风流倜傥，能像柳三变（柳永）一样填词谱曲，帮助提高青楼姐妹们的文化素质，而商人挣钱得一分一分地积累，神经高度紧张，不能稍有差池。那时青楼里不乏愿意倒贴穷书生的美女，可一旦被老鸨或者自己不得已卖给了商人，就觉得委屈、要死，如琵琶女一样人家在她年老色衰时搭救了一把，她还埋怨人家"重利轻别离"，如果人家不"轻别离"，你只有去喝西北风。所以说，商人有钱后，因为自己社会地位不高，为了满足一下虚荣心，去买那些花魁是最不合算的，花魁们或者花魁的主人们图你的钱还瞧不起你，不会真心真意地爱你。孙富买杜十娘，害得杜十娘跳河而自己人财两空。山西富商沈洪买了苏三，害得自己丧了命。茶商买了琵琶女，人家在你离家做买卖的时候和地方官兼诗坛偶像级人物白居易调情，是否给他夫君戴了"绿帽子"，白氏在《琵琶行》中当然不会自我交代，但据陈寅恪先生考证，似乎有这么回事。

写行商之苦的，中国古代小说莫过于《三言二拍》。《转运汉巧遇洞庭红　波斯胡指破鼍龙壳》（凌濛初《初刻拍案惊奇·卷一》）中的文实，花了很多的本钱贩卖扇子，将本钱亏尽，被人笑话为"倒运汉"，后来机缘巧合，意外地花一点钱买了个宝物卖给胡商，才发了大财。《蒋兴哥重会珍珠衫》（冯梦龙《喻世明言》）中，蒋兴哥行商外出几年，妻子王三巧儿红杏出墙和徽州商人陈大郎勾搭上，还将蒋家祖传的珍珠衫送给了情夫。最后因果报应，陈大郎的货物在枣阳被大盗悉数抢走，自己受了惊吓一病不起，最后年纪轻轻就死了。

陈大郎和王三巧儿所为固然为道德不容，可由此能看出当时行商的不易。至于王三巧儿，丈夫蒋兴哥出去做买卖几年都没有音信，只能守活寡。陈大郎一人去外地经商，家眷留在故乡，寂寞难耐呀。

胡适先生出自徽商之家，他在《胡适口述自传》（唐德刚译注，广西师范大学出版社，2005年版）中说到行商之苦：每个商人结婚后，"他们每三年便有三个月的带薪假期，返乡探亲。所以徽州人有句土话，叫'一世夫妻三年半'。那就是说，一对夫妇的婚后生活至多不过三十六年或四十二年，但是他们一辈子在一起同居的时间，实际上不过三十六个月或四十二个月——也就是三年或三年半了"。这也是蒋兴哥等三人悲剧的重要原因。

因为商人的地位低，商业的风险大，商业没有制度上的保障，于是经商者抑或发了大财，如明清时代的盐商，可到了一定的规模后便不会把利润再用于商业——这样下去有可能一夜之间钱财灰飞烟灭。那么做什么呢？大多是三种用途：一是买地变成固定资产。不独商业获利后容易如此买田置地，做官的捞来的钱也大多在老家买地。明代的徐阶，家里原并不富裕，当了大官后便疯狂地在老家松江一带买地，最后当地无地可买，而严嵩父子当权时也是如此。二是用于打造自己的名望、获得社会尊重的奢侈性消费和慈善投入，如捧戏子、买花魁、建园林、投资故乡公益事业。三是用来经营权力，这第三个用途也就是最大的用途，以确保家族的富有能持久些。经营权力，其一最大手笔的当然是吕不韦那种"货国"方式，一般人没这样机会，也没有这样的胆量；其二如胡雪岩那样的红顶商人，结交朝廷权贵和封疆大吏，但官场"总把新桃换旧符"（宋王安石《元日》），这种投入需要眼力和艺术，也要运气；其三就是培养自己的子弟走科举之路。黄仁宇在《从〈三言〉看晚明商人》中说："但商人子孙并非必须经商。《范巨卿鸡黍生死交》以东汉为背景，但称范氏'世本商贾，幼亡父母，有妻小，近弃商贾，来洛阳应举'。弃商而以举业入仕，实为明代富商子孙之常情。"家族中的子弟，能成功转向仕途，是一般商贾最大的希望。但科举是很艰难的，完全是一项投入大、见效慢的投资，所谓"一运二命三坟山"。能够像蔡元培那样，父辈经商把钱花在他身上，最后能中进士、点翰林的毕竟是少数。大多数商人的子弟通过读书，中个秀才并不是难事，如此也能一代代改换门庭。或者捐个监生，再慢慢地捐官。但捐官一是很难捐到高级别的官衔，且候补实差的时间太长；二是捐官的人总得有一定的文化素养，像薛蟠这样把"唐寅"认成"庚黄"的去捐官，难免贻笑大方。奴才的儿子赖尚荣能捐官，最后还得了县官的实缺，但前提是必须花钱读书，如赖嬷嬷所说那样："上托着主子的洪福，下托着你老子娘，也是公子哥儿似的读书认字，也是丫头、老婆、奶子捧凤凰似的……花的银子也照样打出你这么个银人儿来了。"（《红楼梦》第四十五回）

同样是在旅途中，商人和读书人受到官府的保护力度完全是不一样的。薛蟠作为一个皇商，强盗照抢不误，官府对他们几乎不能提供保护。所以，做大买卖的，就请镖行的武师保卫；做小买卖的，如《水浒传》里面王英、燕顺等，就得学几招防身术。但读书人尤其是去赶考的士子，强盗一般不会抢。齐如山先生分析数百年路劫会试者从未听说的原因：一是举子身带的钱财不多；二是"劫了之后容易破案。平常路劫难得破案，因县官不认真拿贼，就是认真，大盗与马快捕头，多有勾手，花几个钱，也可以顶住。若抢了举子的东西，则不能这样简单：若金钱被抢，则县官可以自己赔出来了事；若书籍等被抢，那是非找回来不可，否则举子可以在该管县衙门等候催问，倘该县稍不尽力，则举子不但当面可以申饬他，而且进京后可以嘱御史参他，所以非破案不可"。（参见《中国的科名》，辽宁教育出版社，2006年版）连皇商的政治地位都远不如举子，那么商人成功后拼命往士宦队伍里挤，也是利益算计后的结果。

话题回到《红楼梦》，不仅贾府这样武功出身的公侯之家需要通过子弟应举往文官转型，皇商薛家亦如此。薛家给宫内采办用品，当然是一本万利的垄断买卖，可这垄断的地位来之不易，维持更不易，而这样的买卖需要政治权力持续不断地提供养分。薛蟠的祖父、父辈在时，这种垄断的地位尚能维持，因为当时四大家族都在勃兴时期。到了薛蟠这一代，似乎贾、史、王、薛四大家族都少有子弟成功地通过科举进入仕途，祖先留下的财富和声望只能日益耗散而不可能光大甚至是维持。

若薛蟠能是一个好好读书应科举的人，薛家未必希望宝钗嫁给宝玉，因为薛蟠的不肖，宝钗的夫婿必须能在权力场上有所作为，否则的话，薛家的代言人可能会从长房转移到薛蝌的二房。宝玉此时已成了贾、薛两家科甲最有希望的人了，也是维护两家利益的潜力股，所以贾、薛的结合是顺理成章的事情，此乃风雨同舟。至于曹雪芹的八十回之后，有人猜测曹公的原意是宝玉出家后，宝钗跟随了贾雨村。虽然看来荒诞不经，我却以为是薛家这个皇商为了维护家族垄断经营地位的理性选择。

贾府子弟失败的婚姻

　　萨孟武先生曾说过贾府对子弟教育是失败的，根据是《红楼梦》中在世的贾府三代主要男主人，多为宿花眠柳、斗鸡走狗的不肖子弟，而没有谁能成功地通过科举进入仕途（贾敬的进士资格算是浪费了）光大门楣。对贾府转型的失败，前文已经论述。

　　转型的失败缘于教育的失败，而贾府对子弟教育的失败有两大背景。贾府是靠武功起家的政治暴发户，他们是簪缨之族而非书香门第。宁、荣二公跟着先皇出生入死，立下战功，博得高位。这类政治暴发户没有读书的家族传统，第一个途径是通过花重金延请名师来教导子弟，才有可能促使子弟重文而薄武，完成家族转型。第二个途径是和有读书传统的书香门第联姻，娶人家的姑娘来做儿媳妇，靠母亲的言传身教来影响后代。

　　在这两方面，贾府看来都是失败的。贾琏、宝玉、贾环都天资不低，贾府有的是银子，可在为他们择师方面不甚经心。宝玉在家族的义学中读书，这掌管义学的贾代儒，书中说他"乃当今之老儒"，可从他唯一的孙子贾瑞的言行以及私塾的学风可看出，这个贾代儒是读书不成靠着宁、荣二府混饭吃的穷儒。宝玉进这个义学，年龄恐怕十一二岁，若放在书香门第恐怕开笔学作八股文了，而在贾府还跟着一帮人瞎混。这个义学既有年龄已有十六岁、和贾珍父子有不正当关系嫌疑的贾蔷，也有借读的秦钟、金荣，更有只会闹事根本不读书的薛蟠，说这个私塾"未免人多了就有龙蛇混杂，下流人物在内"（《红楼梦》第九回）真是很贴切。相比较进士出身的林如海，教导没资格参加科举的女儿黛玉，聘请的都是两榜进士贾雨村，可见贾府确实没有教育投资的眼光。

再说到给儿孙娶媳妇。东府（宁府）的贾珍不肯读书，"只一味高乐不了，把宁国府竟翻了过来，也没有人敢来管他"（《红楼梦》第二回）。贾珍的父亲贾敬沉迷于修道炼丹，耽搁了对儿子的教育，但也可想贾珍的母亲并非出自诗书人家。贾珍自己娶的大夫人不知是谁，反正肯定是家教欠缺，看看贾蓉就知道了。贾珍续弦娶的是带着两个妹妹和自己老妈嫁过来的尤氏，这样的家庭难怪叫人瞧不起，贾珍父子在尤二姐、尤三姐面前敢于那样放肆。

西府（荣府）的联姻基本上是"合并同类项"，即在同类型的家族中找媳妇。贾、史、王、薛四大家族都算是政治暴发户，对家族子弟的文化教育很是随便。史家是侯爵，看来也是武官出身，那时候没有战功的人很难封到公、侯这等爵位，除非是皇后的父亲或兄弟。史太君世事洞明有见识，但从她的举止来看，并未受到多少正规教育，她的两个儿子自己也教育不好，大儿子贾赦变成那个样子，史太君不能说没有责任。贾赦娶的大夫人看来也不怎么样，虽然贾琏心地并不坏且办事利落，但没有什么大出息，与他的嫡母和生母的素质大有关系。贾赦后来再娶了邢夫人，她是个"尴尬人""禀性愚弱，只知承顺贾赦以自保，次则婪聚财货为自得，家下一应大小事务，俱由贾赦摆布"（《红楼梦》第四十六回），而她的内侄女

薛宝钗出闺成大礼

邢岫烟那样贫寒，兄弟邢大舅那般下流，可见娘家早已败落。从时而懵懂时而凶狠、心中毫无大主意的王夫人，以及泼辣能干而不通文墨的王熙凤来分析，就知道以武功起家的王家对子女的教育也很失败。到了王熙凤这一代，家里并不缺钱，可王熙凤硬是不识字，我想一个久不中试的穷秀才对自己的女儿也不会这样吧。

隋唐以前，家族之间联姻尤重门第。侯景当年握兵自重，操纵朝局，请晋帝做媒，为自己向王、谢这些世家大族求婚，皇帝劝他死了这条心，告诉他想联姻王、谢是奢望，等而次之向顾、张两家求婚倒很现实——王、谢是南渡前的中原大族，顾、张是东南当地大族。王、谢这样的家族不但世代仕宦，也文风鼎盛，王羲之的书法成就仅仅靠他个人天赋是不成的，在这样的家族里他才有袒露肚皮躺在东床上等候相爷来挑女婿的范儿。大、小谢（谢灵运、谢朓）和郑玄的文学成就也是家族文化教育历代积累的成果，所以谢家连小女孩都有咏絮之才（谢道韫），郑家的婢女之间说话都随口掉书袋。郑康成（郑玄）家一个婢女被罚站在屋外的泥水中，另一位婢女问她："胡为乎泥中？"（语出《诗经·邶风·式微》。意思是，你干吗站在泥水中？）这个婢女回答说："薄言往诉，逢彼之怒。"（语出《诗经·邶风·柏舟》。意思是，我到主人那里去诉说一件事，不巧正碰上他发火。）

隋唐后，门阀衰弱而科举勃兴，获得政治权力不外乎两种途径：战功和科举。往往王朝鼎革之际，新朝开国的多是武将，但历代帝王都明白一个简单的道理——"可马上得江山而不能马上治江山"。元帝国连这个道理都不明白，所以未及百年而亡。同样是尚武的清帝国则进行成功转型，建立文官政府，得以享国近三百年。到了中后期，大批文人通过科举进入官场，虽然已经没有传统意义上的贵族，但科场上很成功的家族被世人视为"准贵族"，因此和这样的家族联姻是首选。

可当新朝刚刚建立时，如贾府这样的靠战功获得高位的家族，却很难和文风不断的诗书门第联姻。原因是这样的家族多半有相当多的人在旧朝做官，受到新朝的清洗而没落，即使是因效忠新朝而顺利地保持家族传统，他们多半会和与自己一样的书香门第联姻，对新朝的政治暴发户未必能瞧得起，除非因为家道中落而不得已为之。但此时新贵们大多还没有完成由武向文的转型，这种转型得好几代工夫。所以，我们就能明白为什么公侯之家的贾府，何以娶的媳妇素质大多不怎么样。薛家就是看上出身寒门的邢岫烟举止大异于姑母邢夫人，很有教养和气质，才聘她为薛蝌之妻。

贾府娶媳妇最可算成功的是贾珠娶了李纨。"这李氏亦系金陵名宦之女，父名李守中，曾为国子监祭酒，族中男女无有不诵诗读书者。至李守中承继以来，便说'女子无才便有德'，故生了李氏时，便不十分令其读书，只不过将些《女四书》《列女传》《贤媛集》等三四种书，使他[她]认得几个字，记得前朝这几个贤女便罢了。"（《红楼梦》第四回）李纨的父亲是国家最高学府的"校长"，"便不十分令其读书"，李纨都能有这样的气度、见识和让人难以挑出毛病的举止。作为青春丧偶的寡妇，李纨刻意表示一种无所作为、心如槁木的姿态，但这种无才、无为是大才，是大有为。在那个时代，她要生存下去最大的依靠是处理好和婆婆、小姑、妯娌等的关系，教育好自己的儿子，在这方面李纨做得很成功。她在众姐妹中获得了广泛的敬重，成为诗社的领袖。她也不事张扬地照顾着姐妹们和下面的丫鬟，如鼎力协助探春代理管家。当平儿无辜挨了王熙凤的打，她出来替平儿打抱不平，对王熙凤说："昨儿还打平儿呢，亏你伸的[地]出手来！那黄汤难道灌丧了狗肚子里去了？气的[得]我只要给平儿打报[抱]不平儿……你今儿又招我来了。给平儿拾鞋也不要，你们两个只该换一个过子才是。"（《红楼梦》第四十五回）包括婶母兼姑母的王夫人在内，哪个敢如此公开训斥王熙凤？王熙凤对李纨的训斥不但赔着笑脸解释，还得掏银子赞助诗社的活动。王熙凤在李纨面前态度恭顺，固然有李是大嫂的原因，但不是主要的，看她对自己的婆婆邢夫人态度都那样，何况寡嫂？关键是李纨的一举一动、一言一行不得不让王熙凤折服，比较李纨的教育背景，王熙凤未必没有一种自卑感。与李纨形成反差的是，王熙凤行事张扬、性格外露、能干泼辣，这种有才、有为实际上是无才、无为，最终误了自家性命，连唯一的女儿都差点被人卖了。没有文化底蕴的聪明才智有时反而是肇祸的根本，但王熙凤毕竟不读书。

到了宝玉这一代，几大家族的男子还是不肖，他们有条件读书，却缺乏父母特别是母亲的好好教育。母亲比父亲对儿子的成长重要得多，父亲长年在外仕宦或做买卖，教育子女的责任主要在母亲，王夫人如此，薛姨妈也如此，所以宝玉、薛蟠都不能按照前辈期望的路子成长。女儿除王熙凤外，却得以接触诗书，她们和自己的兄弟不一样，父母对兄弟寄予太大的希望，却教育无方，外加母亲、祖母溺爱，又四处接触损友，反而容易变成浪荡子。女儿反正要嫁人，父母基本上任其自然成长，她们常年处在闺房，难以和外界接触，有时间和条件读书，一些有天资的人书读得比兄弟们好，如探春、宝钗、湘云。

曹雪芹的原意是否有贾府中兴、兰桂齐芳的情节，这是个可以讨论的问题。但贾珠和宝玉的儿子贾兰、贾桂科第入仕很有可能，因为两人都有一个能教育好儿子的母亲：李纨和宝钗。

无处不在的"八卦"

"贾府只有门前两座石狮子是干净的。"这是冷二郎柳湘莲对宝玉说的。自然这种评价并非柳湘莲独创的,而是口口相传到了他的耳朵中,但他性格耿直侠义,所以当着贾府尊贵的宝二爷也不回避,实话实说。别的人当着贾府的人恐怕多是奉承之语,什么世勋之家、诗礼之族呀,教育有方之类的,尽拣好听的说。背后呢?则私下里传播贾府的龌龊事,少不了添油加醋演绎许多细节。

面对显赫的贾府,小老百姓当然不敢当面嘲笑他们的荒淫、腐朽,无可奈何的利器就是传播他们的"段子",嘲笑贾府。贾府的人对此也无可奈何。

民间对贾府的讥讽,在后期达到了高潮,这说明贾府已经风雨飘摇,小老百姓更不在乎所谓的权威了。《红楼梦》第九十三回写贾政一天早晨走出大门准备去官衙上班,看到一帮人看揭帖。什么叫揭帖?也就是"文革"时期的"大字报",现在网络上的匿名帖子。这揭帖写道:

西贝草斤年纪轻,水月庵里管尼僧。

一个男人多少女，窝娼聚赌是陶情。

不肖子弟来办事，荣国府内出新闻。

帖子说的是贾芹利用管尼姑、僧人的权力，和尼姑日夜宣淫的丑事。帖子不知是谁人创作，但肯定是了解贾府内幕的。打油诗写得幽默而犀利，和现在网络上高手的风格几乎完全一样。——这帖子把道学家贾政气得个半死。

贾府的院墙虽然很高，但挡不住民间的传播渠道。那时候没有电话、没有手机短信、没有网络，可传播速度很快，人们关注的焦点和现代人几乎一样——名人的八卦。

贾宝玉整日和姐妹们在一起吟诗作词，写了几首摹情写景的香艳诗词，立马就传到了外面，人人传抄，说这是贾府十三四岁的公子哥写的。犹如今天一个想迅速成名的女士，把自己的裸照发到网络上面，立刻引起网络堵塞，大伙儿争着来浏览、拷贝。因此宝姐姐、林妹妹知道后，很是责备了宝玉，这是闺阁内的习作，怎能外传？这些姐妹忘记了，正因为是闺阁内的诗词，人家才感兴趣，处处可见的八股文、试帖诗谁看呀？君不见，今天网络上到处充斥的是名人们的"绝对隐私"。

传贾府"内幕消息"的，多半是那些看起来老老实实、忠心耿耿的仆人，当面老爷长老爷短地叫，背后却想：同样是爹娘养的，凭什么让我伺候你？如果不幸挨了几句骂或者被扇了两耳光，则怨气更大了，没别的办法，只有把看到的内幕、绯闻给传出去让贾府丢脸。

《红楼梦》一开始，贩卖古董的冷子兴向贾雨村一一介绍贾府情况，并说这个公侯之族外面看起来还很显赫，但内瓤子是坏的，贾府子弟一代

水月庵掀翻风月案

不如一代。事情缘起是贾雨村问冷子兴，近来都出什么新闻没有？冷子兴则说你的同宗贾府出了一些小小的异事，然后介绍衔玉而生的宝玉种种怪癖，如喜欢亲近女性、讨厌男人等。此类细碎之事，不是贾府内部的人，谁晓得这样清楚？这冷子兴正是管家周瑞家的女婿。

所以我猜测，对老爷、公子、小姐们的绯闻，仆人们不知道在一起议论了多少回。只有赤胆忠心要去哭庙的焦大，醉后当着王熙凤主子的面说"爬灰的爬灰，养小叔子的养小叔子"（《红楼梦》第七回），结果被灌了一嘴马粪。可惜焦大生错了时代，他要是现在某个报社的娱记，就可以当面向明星求证，有人看到你和谁谁在某某宾馆开房了。不管你承认不承认，"姐弟恋""不伦恋"的传闻就风生水起，迅速蔓延了。记者们写稿的开头肯定是，据传怎么怎么。究竟传的源头在哪里？天知道。

小道消息在传播中不断被丰富、被加工，因此它是活泼的、有生命力的，就如讽刺贾芹的那首打油诗一样。贾琏的贴身小厮兴儿向尤二姐介绍荣府的太太、小姐们，形容得非常贴切。说王熙凤"上头一脸笑，脚下使绊子；明是一盆火，暗是一把刀"；迎春诨名"二木头"，戳一针不知道哎哟一声；探春诨名"玫瑰花"，又红又香，无人不爱，只是扎手。又说黛玉病恹恹的是"多病西施"，宝钗肌肤雪白而丰满像是雪堆出来的，所以看见她俩就藏起来大气不敢出，因为害怕一出气——这气大了，吹倒了林姑娘；这气暖了，吹化了薛姑娘。——兴儿这厮，真真是一流娱记的料。

甭说贾府只是个开始败落的贵族，即使是国王、皇帝又怎样？那点绯闻，老百姓照八卦不误。翻开《诗经》，我们就能看到许多百姓传播王侯八卦的诗。卫国的公子顽和父亲的妃子私通，老百姓就编了个《墙有茨》的顺口溜到处传唱："墙上长着野草，不能扫呀；宫中那些个事情呀，不好说呀。如果要说出来呀，就太丢人了。"唐明皇娶了自己的儿媳妇杨玉环做贵妃，激发了著名的八卦诗人白居易的创作欲望，因此优秀的文学作品《长恨歌》才能流传到今天。"汉皇重色思倾国，御宇多年求不得。"香山居士，你是今天娱记们的学习楷模呀。

从古到今，八卦无所不在。一部《红楼梦》，亦可看成一部八卦史。

哪些人在看"不健康的文艺作品"？

多年前陕西延安一对夫妇在家关门看"黄碟"（据说只是供新婚夫妇学习的生理科教片），被人民警察的火眼金睛发现，便破门而入将丈夫抓走。这就是引起法学界广泛讨论的"夫妇看黄碟"事件。无独有偶，某地民工晚上没有别的娱乐方式，聚集在一起看"毛片"，也惊动了警察，而民工们慌慌张张逃走，有几人急不择路，跌到粪坑里淹死了。

看黄片当然不值得提倡，但由此遭受无妄之灾，委实是让人扼腕叹息的悲剧。中国是一个泛道德的国家，正人君子是耻于公开说自己欣赏那些"不健康的文艺作品"的，如"毛片"、黄色网站、色情画报、色情小说等，似乎欣赏这类东西的是趣味低级、素质不高的人。虽然中国历史上那类如《素女经》《金瓶梅》的书，绝非斗大的字不识几个的民工能写出的，大部分都出自饱学鸿儒之手。

《红楼梦》中生活着一些道学家，但抵挡不住贾府成为藏污纳垢之所。在贾府，"不健康的文艺作品"很流行。那时候没有网络和电视，流行的是春宫画、色情话本小说之类的东西。有一次，著名的花花太岁薛蟠给宝玉说，看过一张"庚黄"画的春意儿（春宫画）。寻思片刻的宝玉便说出它是唐寅画的，而自己那个粗鄙无文的表哥认了白字。此时宝玉还是个少年，对"不健康的文艺作品"竟然有如此丰富的知识，可见他平时看得不少。

薛蟠是个整天眠花宿柳、不求上进的落后青年，喜欢这类东西；宝玉天资很高，对"不健康的文艺作品"有如此悟性，倒不是很奇怪的事情。因为傻丫头拾了画有春宫的香袋，引起查抄大观园风波。王夫人拿着香袋找王熙凤，她怀疑这是贾琏和王熙凤的"夫妻教材"，理由很充分：老婆子拿这个没用，姊妹们无处得到。王熙凤分辩道："我是年轻媳妇，算起来，奴才比我更年轻的又不止一个了。况且他［她］们也常在园里走动，焉知不是他［她］们掉的？再者，除我常在园里，还有那边太太常带过几个小姨娘来，嫣红翠云那几个人也都是年轻的人，他［她］们更该有这个了。还有那边的珍大嫂子，他［她］也不算很老，也常带过佩凤他们来，又焉知又不是他［她］们的？况且园内丫头太多，保不住都是正经的。"（《红楼梦》第七十四回）

在此风波中，可看出"不健康的文艺作品"在贾府是很流行的，很多人都有可能接触此类作品。

除了这些春宫画，贾府内流行的另一类"不健康的文艺作品"就是一些话本小说。

大观园建好之后，无事忙宝玉整天在园子内闷闷不乐，他的贴身书童（秘书）茗烟，不知从哪个贩卖黄色书刊的地下出版商那里（此是戏言，那时候可能没有现代的书刊管理制度，印图书未必要一个正式出版社的书号），"把那古今小说并那飞燕、合德、武则天、杨贵妃的外传与那传奇角[脚]本买了许多来引宝玉。宝玉一看，如得珍宝"（《红楼梦》第二十三回）。

这些外传和传奇脚本，以那时候的标准衡量，显然都是有色情嫌疑的小说，所以茗烟恳求宝玉不可让人知道。可一转眼，宝玉就让他最爱的一个人——黛玉分享了。

宝玉把这"真是好文章"给了黛玉看。黛玉看《西厢记》，"但觉词句警人，余香满口"（《红楼梦》第二十三回）。在黛玉的时代，描写张生挑逗崔莺莺私下暗合的《西厢记》绝对是诲淫诲盗的，正经孩子不能接触，就像现在教导孩子远离网吧一样。宝玉看到黛玉喜欢此书，得寸进尺，用书中的语言暗示她，说："我就是个'多愁多病的身'，你就是那'倾国倾城的貌'。"（《红楼梦》第二十三回）——两人同看"色情小说"，宝玉只是合理化的联想，可黛玉尽管爱宝玉，还是受不了，觉得是亵渎她，扬言要告诉舅舅、舅母。

宝玉有一次对紫鹃说："若共你多情小姐同鸳帐，怎舍得叫你叠被铺床？"（《红楼梦》第二十六回）这是张生对红娘的暗许，小姐的贴身丫鬟给公子做小妾也是自然的命运。黛玉急了，怒气冲天。

难道黛玉真的不想和宝玉在一起吗？非也。只是看了同样的"不健康的文艺作品"，彼此心思相通，但做女孩子的，总不能直直地说出来呀。

但文章之化人，总在无意识中会流露出来，不管其文是"健康"还是"不健康"。贾母宴请刘姥姥时，大伙儿行酒令，黛玉说了句"良辰美景奈何天"，这可不是"健康向上"的诗文中的句子，而是描写男女私情的《牡丹亭》中的句子。别人没察觉，警惕性很高的宝钗姐姐立马察觉了，后来还教育了一顿黛玉，告诉她不能多看这些"不健康的文艺作品"。

那么，宝钗怎么知道？显然也是熟读过的，不过人家站的位置比较高，是批判地学习，看完后不但不"中毒"，而且能教育黛玉妹妹。

所谓"不健康的文艺作品"，其实大家都在看。薛蟠自认为不是正人君子，一副"我是流氓我怕谁"的姿态，所以当着谁都敢直白地谈春宫画；宝玉则偏在人家说错话的时候及时指出，显出知识渊博；林妹妹冰清玉洁，自然羞谈这些，但无意识会流露出来；而宝姐姐呢，自己不但看过，而且看得有理，可以以批判的态度对待"大毒草"，教育弟弟妹妹。

　　大家都在看"不健康的文艺作品"，无非不同的人看完后摆出的pose不一样而已。薛蟠这种人比较率真，喜欢看的东西毫不掩饰，不如他妹妹宝钗会装。

"学堂霸凌"事件如何处理：成人势力大比拼

《红楼梦》中有一场著名的"校园"斗殴，也可以说是"霸凌"事件，即第九回《训劣子李贵承申饬　嗔顽童茗烟闹书房》。基本事实是宝玉的贴身书童茗烟和另外三位书童殴打了宝玉的同班同学金荣：

事件发生的地点：贾氏宗族附属小学

直接参与人物：茗烟、扫红、锄药、墨雨、宝玉、秦钟、金荣、贾菌、香怜、玉爱

策划人之一：贾蔷

劝解者：代理"班主任"贾瑞、"好学生"贾兰

先介绍一下学堂背景。书中道："原来这义学也离家不远，原系当日始祖所立，恐族中子弟有力不能延师者，即入此中读书。凡族中为官者，皆有帮助银两，以为学中膏火之费；举年高有德之人为塾师。"

很显然，这个义学的经费主要由宁国府、荣国府两府出资，其他宗族子弟跟着沾光。私塾的老师贾代儒，是一个科场不得意的老儒，靠同族的宁、荣二府给碗饭吃。虽然他的辈分和贾宝玉的祖父一样，但对宝玉这样"校董"的子孙，也得小心巴结。

关于这个义学的学生年龄，这是一个复式班，年龄参差不齐，最大的应该是已有十六岁的贾蔷，最小的十岁左右。主人公宝玉此时应是十二三岁，正是最爱闹事的年龄。

和所有校园打架一样，最开始因为小小的口角，而且双方都有责任，导致斗殴的两个关键人物是金荣和秦钟。

孩子在一起也和成人社会一样，早早学会拉帮结派，彼此讲究远近亲疏。这个金荣父亲早亡，跟着母亲相依为命。因为姑妈嫁给了贾家宗族的贾璜，便让他免费进了贾氏义学。他结交了"土豪同学"薛蟠，薛蟠喜欢上了班上两位长得像女孩子的"学生"——香怜、玉爱。

秦钟的姐姐是秦可卿，嫁给了宁国府长孙贾蓉——书中交代说是其父亲营缮司郎中秦邦业从孤儿院抱回来的，但多数"红学家"认为秦可卿是卷入皇位之争的太子之女，只是寄养在秦家。当然，即便没有这样的关系，一个"住宅与城乡建设部"的"司长"，那权势还是让寻常百姓望而生畏。何况，秦钟又是宝玉最好的契兄弟。

呆霸王薛蟠读书"三天打鱼，两天晒网"，不常来学堂。于是，新进学堂的宝玉和秦钟，因为风流多情，长得又帅，便和香怜、玉爱投契。薛蟠的小跟班金荣看不下去了，开始找事。书中写道："可巧这日代儒有事回家，只留下一句七言对联，令学生对了明日再来上书；将学中之事，又命长孙贾瑞管理。妙在薛蟠如今不大上学应卯了，因此秦钟趁此和香怜弄眉挤眼，二人假出小恭，走至后院说话。秦钟先问他：'家里的大人可管你交朋友不管？'一语未了，只听见背后咳嗽了一声。二人吓的[得]忙回顾时，原来是窗友名金荣的。香怜本有些性急，便羞怒相激，问他道：'你咳嗽什么？难道不许我们说话不成？'金荣笑道：'许你们说话，难道不许

嗔玩童茗烟闹书房

我咳嗽不成？我只问你们：有话不分明说，许你们这样鬼鬼祟祟的干什么故事？我可也拿住了，还赖什么！先让我抽个头儿，咱们一声儿不言语，不然大家就翻起来！'秦、香二人就急得飞红的脸，便问道：'你拿住什么了？'金荣笑道：'我现拿住了是真的。'说着又拍着手笑嚷道：'贴的好烧饼！你们都不买一个吃去？'秦钟、香怜二人又气又恼，忙进来向贾瑞前告金荣，说金荣无故欺负他两个。"

这就是金荣不对了，他公然讽刺秦钟和香怜搞同性恋。秦钟和香怜向代理"班主任"贾瑞告状，如果贾瑞主持公道，批评了金荣，可能就遏制住了事态的恶化。可这位后来调戏王熙凤而送命的浮浪青年，贪图薛蟠的小恩小惠，又嫉妒秦钟和香怜，于是袒护了金荣："虽不敢呵叱秦钟，却拿着香怜作法，反说他多事，着实抢白了几句。香怜反讨了没趣，连秦钟也讪讪的各归坐位去了。"

如此，得到代理"班主任"纵容的金荣胆子更大了，编造谣言毁谤秦钟："方才明明的[地]撞见他两个在后院里亲嘴摸屁股，两个商议定了，一对一操，撅草根儿抽长短，谁长谁先干。"这就太不像话了，竟然说秦钟和香怜两人抓阄决定谁是攻谁是受。

这番话得罪了班上年龄大、计谋多的贾蔷，因为贾蔷和秦钟的姐夫贾蓉关系密切。于是贾蔷装着出去小便，"走到外面，悄悄地把跟宝玉的书童名唤茗烟者唤到身边，如此这般挑拨了几句"。贾蔷向茗烟发出战斗令，但自己倒先跑回家，撇清了责任。

此时，学堂内燃起了熊熊战火。"这里茗烟走进来，便一把揪住金荣问道：'我们爱屁股不爱，管你鸡巴相干？横竖没爱你的爹罢了！说你是好小子，出来动一动你茗大爷！'吓的[得]满屋中子弟都忙忙的[地]痴望。

贾瑞忙喝：'茗烟不得撒野！'金荣气黄了脸，说：'反了！奴才小子都敢如此，我只和你主子说。'便夺手要去抓打宝玉。秦钟刚转出身来，听得脑后'飕[嗖]'的一声，早见一方砚瓦飞来，并不知系何人打来，却打了贾兰、贾菌的座上。"

这样又把宝玉的亲侄子贾兰和荣国府的近派重孙贾菌卷了进去。金荣成了宁、荣二府嫡系子孙的众矢之的，哪有他好果子吃？可这个小子倒是不知利害，也不怕事："金荣此时随手抓了一根毛竹大板在手，地狭人多，那[哪]里经得舞动长板。茗烟早吃了一下，乱嚷：'你们还不来动手？'宝玉还有几个小厮，一名扫红，一名锄药，一名墨雨，这三个岂有不淘气的，一齐乱嚷：'小妇养的！动了兵器了！'墨雨遂掇起一根门闩，扫红、锄药手中都是马鞭子，蜂拥而上。贾瑞急得拦一回这个，劝一回那个，谁听他的话？肆行大乱。众顽童也有帮着打太平拳助乐的，也有胆小藏过一边的，也有立在桌上拍着手乱笑、喝着声儿叫打的，登时鼎沸起来。"

如果不是宝玉的成年仆人李贵（其奶妈的儿子）从外面进来制止斗殴，估计金荣会被打个半死。宝玉看到好契弟秦钟头上被撞破了皮，就闹着要退学。这事就大了，如果宝玉和秦钟退学，贾瑞怎么向祖父交代？这个没有是非只算计利弊的势利眼，立马一百八十度转弯，从祖护金荣转变为逼迫金荣："只得委曲着来央告秦钟，又央告宝玉。先是他二人不肯，后来宝玉说：'不回去也罢了，只叫金荣赔不是便罢。'金荣先是不肯，后来经不得贾瑞也来逼他权赔个不是。李贵等只得好劝金荣，说：'原来是你起的端，你不这样，怎得了局？'金荣强不过，只得与秦钟作了个揖。宝玉还不依，定要磕头。贾瑞只要暂息此事，又悄悄的[地]劝金荣说：'俗语云：忍得一时忿，终身无恼闷。'"

黑发不雅勤学早白

头方悔读书迟

宴宁府宝玉会秦钟

话说金荣因担心人多势众，又兼贾瑞勒令赔了不是，给秦钟磕了头，宝玉方才不吵闹了。

金荣毕竟是小孩子，不知道寄人篱下的滋味，回家还和母亲说："秦钟不过是贾蓉的小舅子，又不是贾家的子孙，附学读书，也不过和我一样。因他仗着宝玉和他相好，就目中无人。既是这样，就该干些正经事，也没的说；他素日又和宝玉鬼鬼祟祟的，只当人家都是瞎子，看不见。今日他又去勾搭人，偏偏撞在我眼里，就是闹出事来，我还怕什么不成？"

金荣的母亲，这位拉扯孩子的寡妇当然知道世态炎凉、人情冷暖，劝说儿子在人家屋檐下，不得不低头："你又要管什么闲事？好容易我和你姑妈说了，你姑妈又千方百计的和他们西府里琏二奶奶跟前说了，你才得了这个念书的地方儿。若不是仗着人家，咱们家里还有力量请的[得]起先生么？况且人家学里，茶饭都是现成的，你这二年在那里念书，家里也省好大的嚼用呢！"

可是金荣的姑妈即贾璜的妻子回娘家看嫂子和侄子，听说此事，竟然扬言要替娘家侄子出头："这秦钟小杂种是贾门的亲戚，难道荣儿不是贾门的亲戚？也别太势利了！况且都做的是什么有脸的事！就是宝玉也不犯向着他到这个田地。等我到东府里瞧瞧我们珍大奶奶，再和秦钟的姐姐说说，叫他[她]评评理！"

这璜大奶奶也是在娘家人面前吹牛。等金氏气冲冲跑到宁国府，找到了贾珍的夫人尤氏，才听说秦钟的姐姐秦可卿得了病，而且"今儿听见有人欺负了他[她]的兄弟，又是恼，又是气：恼的是那狐朋狗友，搬弄是非，调三惑四；气的是为他[她]兄弟不学好，不上心念书，才弄的[得]学房里吵闹。他[她]为这件事，索性连早饭还没吃"。

金氏听了这一番话，把方才在她嫂子家的那一团要向秦氏理论的盛气，早吓得丢到"爪洼国"去了。她哪敢再找蓉大奶奶秦可卿替自己的侄子讨公道呀？

如果让学堂的负责人贾代儒来处理这事，他又能怎样，估计会如此说："根据我们的调查了解，这几个孩子不存在一方长期的且想好了就在这个时间、地点对另一方进行攻击的'蓄意或恶意'，他们平时关系还不错，彼此交往也是平等的。"然后认定这事是"偶发事件"，并不是"学堂霸凌"。

在宁国府、荣国府所处的那个时代，学堂里孩子打架，最终比拼的是成人的势力，哪有什么是非可言？如果金荣的姑妈非得去追寻真相，要求茗烟道歉，估计金荣就没法在学堂里待下去了。还是金荣的母亲看得明白，她对儿子如此训斥："你如今要闹出了这个学房，再想找这么个地方儿，我告诉你说罢，比登天的还难呢！"

第二章　奴才是这样炼成的

大观园的后门就是梁山，大观园中若有奴才不甘于奴才的命运，要么如晴雯、金钏那样死掉，要么只有去梁山。梁山人一旦被招安，他们就会成为大观园里的奴才。

如果说《水浒传》是一部讲强盗故事的小说，那么《红楼梦》则讲述了无数奴才的故事。在长达几千年的中国帝制社会里，老百姓是沉默的大多数，他们总是在顺民和暴民的两种状态之间徘徊，很少有争得做一个真正的"人"的资格。

鲁迅先生说过，中国人只有"暂时做稳了奴隶"和"想做奴隶而不得"的两种生存状态。（参见《鲁迅全集·坟·灯下漫笔》）借用先生的这一论断，梁山水泊的人，大多数是想做顺民而不可得，只得去做强盗；而贾府中的小人物，无非暂时做稳了奴才而已。就算那些可以主宰奴才命运的主子，如贾母、贾赦、贾政、贾珍、王熙凤们，何尝不也是暂时做稳了奴才？

整个《红楼梦》中只有一个真正的主子，那就是我们阅读时可以感受其雷霆之怒和雨露之恩却从来没有露过脸的皇帝。元春进封贤德妃后，贾政被诏令进宫，贾府上下不知道是祸还是福，贾母等在家里像热锅上的蚂蚁一样，差快马接连去探听消息，直到得知是喜讯才阖家开颜。加官晋爵和抄家灭门只存于皇帝的一念之间而已，难怪这些在奴才面前威风凛凛的主子面对不可知的皇权，如此战战兢兢。

这贾府的老祖宗宁、荣二公可是跟随先帝四处征战，建立不世功勋的呀；这贾母还有诰命在身，而元妃正当恩宠之时呀。但这些改变不了他们的奴才身份。元春省亲回贾府，可是一件光耀门楣的大喜事，但她一见贾母、王夫人，便抱头大哭，说："去了那个见不得人的地方。"贾元春无非是皇帝后宫的一只金丝鸟。

凡是自己的命运攥在别人手心中，自己不能主张自己权利的人，都是奴才——不在于他们的贫富与贵贱。自己的权利不受无端侵害的穷人比起那些朝不保夕、如履薄冰的夫人来说，更像一个真正的人。

因而，按这个标准来看，《红楼梦》中谁摆脱了做奴才的命运？最具有人性之美的宝玉，在家破人亡后，他要苟活于那个世界，就必须屈身做奴才，如果做不到这点，则只有遁入空门了。

《红楼梦》中很少写到"匪"，可大厦坍塌后，这些人不去继续找主子卖身为奴，就是只有做强盗的路可走。"训有方，保不定日后做强梁"，好像指的是柳湘莲，但做不做奴才，做不做强盗，和"训有方"没有必然的联系。难道林冲天生是做强盗的？难道晴雯、香菱是天生做奴才的？世道让一个人做强盗或奴才，往往不是能由他自己选择的。

大观园和梁山水泊之间的距离，其实一点也不遥远。

做强盗，是拿生命来博取生存资源；做奴才，则是拿人格来博取生存资源。二者究竟有多大的区别？

做强盗需要智慧，武艺高强的鲁智深未必能做老大，而不文不武、形象猥琐的宋公明则能坐头把交椅。同样，当奴才、伺候人也需要艺术，也是一门学问，而且在中国的历史上是一门高深的学问。攻城略地的功臣可能死无葬身之地，而伺候皇帝高兴的太监、伶人却能享尽荣华富贵。

《红楼梦》中的奴才实在太多，我只能按失败的奴才、成功的奴才，大奴才、小奴才，自愿为奴而不甘为奴等加以区分。

傻奴才的悲哀

在中国这个盛产奴才的国度里，有关义仆的故事实在太多。最早也是最有名的似乎都产在春秋时代的晋国。一个是赵盾的两个门客公孙杵臼和程婴在晋侯要对赵家斩草除根时，将程家的儿子代替赵家的孤儿。《赵氏孤儿》的故事后来演绎成话本、戏剧等。另一个则是跟着重耳逃亡的介子推，在主子饥饿时，割大腿的肉让其充饥，因为他而有了寒食不举火的习俗。

贾府老一代奴才中，有两个很可怜、混得很失败的义仆：对贾府祖先有救命之恩的焦大和贾宝玉的奶妈李嬷嬷。

多年前，我供职于一个"衙门"，当时正是长江流域、嫩江松花江流域滔天的洪水过后，军民团结如一人，取得了抗洪救灾的伟大胜利。照惯例，胜利之后各行各业必定要大力表彰一批先进典型。本人所在的那个系统也组织了一个报告团，一批在抗洪中涌现出的模范人物到全国巡回演讲。其中，东北某监狱的一位监狱长讲述的一个故事记忆犹新。

那个监狱是在嫩江流域的大片荒地上建立起来的，水位暴涨，监狱犯人必须马上迁走，但监狱四周已是一片汪洋，只有一条大堤通向安全地带。监狱长最后一批撤离，身边只有狱政科长和一位犯人陪伴。走了一天后，监狱长足疾发作，不能预期到达目的地，必须通知前方，而交通通信又完全中断。监狱长只能命令狱政科长快步前行去找营救人员，自己和犯人互相搀扶着，一步一步地往前走，当时犯人完全自由，但他没想到逃跑——也许一个人逃跑凶多吉少。在大自然灾难面前，平时正常社会秩序下地位天壤之别的两人，有了最大限度的平等，说他们"并肩作战"毫不为过。后来两人得救了，这个犯人因此立功减刑也是可以预料的。但是回到正常社会后，这个犯人如果以自己有功于监狱长，而忘了自己犯人的身份，那他可能就没有好果子吃。

奴才对主人，和犯人对警察一样，是不能主动邀功的。能否论功行赏，完全在于主人心中一念而已。若忘了奴才的本分，论功劳、摆资格，便会自取其祸。

上面的这个故事使我想到了焦大。焦大在贾府中，是功劳最大、资格最老的一个奴才，多次跟随主子出去打仗，在死人堆中把主子背了出来。他自己挨着饿偷东西给主子吃，剩下的半碗水全让主人喝了，自己靠马尿解渴。这些功劳连荣国公的子孙都承认，可以说，无焦大便无贾府的荣华。对国公爷有救命之恩的焦大，比起那些伺候少主子的奴才来说，根本不是一个重量级的。然而这个贾府第一号义仆年老后，成了贾府主子们十分讨厌的人，他的结局最惨，不要说和赖大这样儿子被主人保出来做官的奴才比，就连以色事人的袭人这种丫鬟都比不上。因为酒后失言，焦大被捆了起来灌了一嘴马粪。

焦大遭人讨厌的原因之一是恃功自傲。按理说，救命之恩高于一切，没有焦大提着脑袋救了贾府太爷，哪有后来的封官拜爵、开府建牙的荣耀。马尿之功招致了马粪之辱，二者的反差实在太大了。可这二者又有必

凤姐坐车闻焦大骂

然的联系，马屁之功是奴才多年自傲的资本，更是主子安享富贵时最大的阴影。如果奴才调整不好心态，功劳越大越容易遭祸。焦大没活明白的是，他一直以为贾府这份家业他有份，是他帮着老主人打出来的，子孙糟蹋老主人的家业就等于糟蹋他自己的，看着心痛。

大总管赖二让焦大晚上打灯笼送客，他正喝完酒，不但罢工还嘴里不干净。焦大作为奴才，有冒死救主之忠，却不明白奴才的本分，不通晓做奴才的奥妙。奴才不管功劳多大，依然是奴才，什么时候都得兢兢业业不能忘本，而奴才得意之时，便是引火烧身之时。焦大的作用仅仅在随主子出兵打仗的短暂时期存在，战争结束，主子封侯拜将，聪明的奴才应当趁热打铁，脱了籍成了自由身，弄个一官半职，并紧紧地抱住这个靠山，保持一种若即若离的主仆关系。在主子面前，他自己永远是奴仆，但回到自家那一亩三分地，则是说一不二的主子。但焦大不为自己谋这样的现实利益，而是自作多情地想去家庙里对着国公爷的牌位痛哭，控诉这些不肖子孙。"哭庙""哭灵"是中国历史中下对上、弱对强、奴仆对少主、臣子对皇上一种很有特色的反击武器，极有杀伤力。中国人一向强调以德治国、以德治家，而孝道是最大的"德"。"哭庙""哭灵"就是用死人压活人，凭借祖宗的威望给当今主子莫大的舆论、道德压力。京剧名曲目《叹皇陵》说的就是这样一段故事：明穆宗驾崩，李后抱着年幼的万历帝即位。大臣杨波、徐延昭（开国元勋徐达后裔）二人认为李后的父亲李良心怀不轨，有效仿王莽的危险。入宫谏李后，李后不听，徐延昭深夜去哭先帝陵。后来，李后逐渐明白自己父亲有不轨之心，认识到杨、徐才是真正可以托六尺之孤的股肱之臣。清代的金圣叹也演了这么一曲，可演砸了，戳到了皇帝最大的一块伤疤。因为当地官员横征暴敛，他纠集一帮士子去哭孔庙——这孔子可是中国最伟大的一个死人，尤其是清朝以蛮夷而入主中原，孔子成为清朝皇帝最大的统战工具——你去哭孔庙不是质疑清室没资格统领九州亿兆之民吗？这不是找死吗？

焦大认为自己和老主子一起出生入死，有着鲜血凝成的情谊，因此有资格去"哭庙"。这是给贾府子孙最大的难堪，也是他本人最大的不智。他始终没有明白一个道理：奴才给主子牺牲再多，出力再大也是应该的，主仆名分不能改变。过去一帮兄弟大乱中起事，本来并无主仆之分，等到大业成功后，要想稳定权力结构，必须搞君君臣臣，分清楚主仆关系。朱元璋当年和徐达、周德兴、汤和等一帮放牛伙伴一起造反，产业做大了。当年的大哥成了吴国公后，一次汤和治军上偶有失误，遭到了朱元璋严厉的训斥。汤和这一下明白了，昔日兄弟关系不存，现在只有主仆关系了。他及时调整心态，从此战战兢兢、如履薄冰地伺候主公，在朱元璋早期的战斗伙伴中，只有汤和得以善终。

大局未定、大业未成之时，老大哥褒奖得力兄弟，如"甘苦来时须共尝"之类，是很正常的事情。焦大背主子死里逃生的那一刻，主子肯定感动得热泪盈眶。这焦大和主子的关系与朱元璋和汤和之间还不一样。焦大随主子出兵，是满族八旗兵制，有部落国家的残留：国家不养常备军，战时贵族自备战马、武器，带领家臣随主公出征，西欧的中世纪各地封建主也是这样。朱元璋和汤和这种原来的兄弟关系都要变更为主仆关系，何况焦大这奴仆的名分早就有了呢？主公要想头把交椅坐得稳，必须想方设法将主仆君臣关系固定下来，汉代叔孙通制礼仪便是如此。

自古皇帝定鼎之后，最需要解决的是如何安置那些战功赫赫的宿将。宋太祖"杯酒释兵权"是一种办法，但更多的是明代洪武帝"狡兔死，走狗烹"的办法。老皇帝自己在位时，仗着老大的威望、手段，还能镇住那些老臣。如果有一天自己魂归道山，那些功臣还活得好好的，继位的年轻皇帝更难对付这些大臣了。年轻皇帝不能像父皇那样随便训斥老臣，这些身经百战的老臣要是不如意，去太庙哭一下先帝，那将如何面对天下子民？

袁世凯没有摆平老臣之前，就贸然登基，搞得冯国璋、段祺瑞这些旧部心里很是不痛快。冯国璋就说过，项城老大在时，还能君臣相处，将来如何对待那个瘸腿的东宫太子袁克定？所以，朱元璋在自己死之前，想着法子将老臣们杀个精光，免得给子孙留下焦大这样不服管教的老奴。

焦大让人讨厌的原因之二则是实话实说。焦大对贾府一片赤诚，大概是以为贾府的显赫自己功不可没。冒着生命危险换来的成果，被后人糟蹋，这个愚蠢的义仆便痛在心里。焦大的心态代表许多不知道自己几斤几两的奴才，这份家业你出过力，没错，可现如今跟你有啥关系？要去祠堂里哭太爷，纯属自作多情、不知好歹。这贾府人家怎样糟蹋，与你有什么关系？明代的永乐帝朱棣带兵攻占了南京，夺取自己侄子的皇位，方孝孺决定做义仆，硬是不愿意写劝进表，要保持所谓气节，被诛了十族。朱棣的话说得好，这是我朱家的家务事，你这是多管闲事。

焦大因为忠心便多管闲事，因为多管闲事才说真话，将贾府"爬灰的爬灰，养小叔子的养小叔子"这个最明白的机密说了出来，他被填了一嘴马粪，真是自作自受。

有人可能认为，机密怎能是"最明白"的？在中国几千年畸形的皇权社会里，这样最明白的机密处处都是。贾府那点烂事，没几个人不知道，如柳湘莲说的那样，只有门前的那对石狮子是干净的。这好比皇帝的新衣，知道却不能说，说出来就冒犯了专制社会的"游戏规则"。

世上的主子没有谁愿意听实话，皇帝表面上常常鼓励忠贞之士，可心底里最烦的就是这类自以为为江山社稷、为天下黎民着想的人。真要把皇帝的话当真，站出来讲逆耳忠言，就是被引蛇出洞的大傻瓜。鲁迅说过，奴才对主子需要很好的说话艺术，假如主子的衣服脏了，你要是明明白白地提醒主子，没准就如《连升三级》中的那样，向魏忠贤复述有损于主子声望的消息的奴才，照样会被拉出去打屁股。只能说"老爷，你的衣服，啧……啧……啧……有点……"，既表忠心，又给主子留面子。（参见《鲁迅全集·二心集·上海文艺之一瞥》）

要说贾府待焦大不薄，让他随便喝酒睡觉。焦大酗酒罢工胡说，主子也只是给他喂马粪，想发配他去某个庄园养老。要是在朝廷，开国功臣若能被贬谪到边疆某个州县，得以善终，便是烧高香了。

《红楼梦》中还有一个和焦大一样愚蠢的奴才，便是宝玉的奶妈李嬷嬷。尽管贾母对府中的老奴才比对自己的子女还客气，但仅仅是"客气"而已，显示其有怜悯之心。李嬷嬷对于宝玉，实际上和一头奶牛差不多。宝玉自己也说，不就吃她几口奶，叫她一句妈妈，她真把自己当妈妈了。不知趣的李嬷嬷还真以为自己奶过宝玉这个贾府第三代接班人，功比天高比地厚，不愿意退出历史舞台，动不动就干涉年轻丫鬟们对宝玉的伺候工作。最后以一老迈之身，吃袭人的醋，不是自取其辱吗？这袭人是谁？是宝玉性生活的启蒙导师，你一头奶牛比得上吗？

乖奴才的实惠

和焦大、李嬷嬷的"愚忠"对比强烈的有两人——赖嬷嬷和赵嬷嬷，她们善于利用主子的恩宠给自己谋现实利益。

赖嬷嬷要论功勋，没法和焦大比，但她是个乖奴，所以得到主子的恩宠。赖嬷嬷的两个儿子赖大、赖二是贾府的管家，绝对的实权派人物，她的孙子赖尚荣，依靠贾府的举荐，外放做了县令，奴才的家族传统一下得到了改观，熬成了主子。

从赖嬷嬷在孙子当官后对凤姐、李纨的表态来看，这是个十足的乖奴。她转述了自己教导孙子的那番话："哥儿，别说你是官儿了，横行霸道的！你今年活了三十岁，虽然是人家的奴才，一落娘胎胞，主子恩典，放你出来，上托着主子的洪福，下托着你老子娘，也是公子哥儿似的读书写字，也是丫头、老婆、奶子捧凤凰似的，长了这么大，你那[哪]里知道那'奴才'两字是怎么写的？只知道享福，也不知道你爷爷和你老子受的那苦恼！熬了两三辈子，好容易挣出你这个东西来。从小儿三灾八难，花的银子也照样打出你这么个银人儿来了。到二十岁上，又蒙主子的恩典，许你捐个前程在身上。你看那正根正苗的忍饥挨饿的要多少？你一个奴才秧子，仔细折了福！如今乐了十年，不知怎么弄神弄鬼的，求了主子，又选了出来。州县官虽小，事情却大；为那一州的州官，就是那一方的父母。你不安分守己，尽忠报国，孝敬主子，只怕天也不容你。"（《红楼梦》第四十五回）

尽管熬出来了，但主仆之分不能混淆，赖嬷嬷这番态表白得真恰当。当然，投桃报李，看着羽翼逐渐丰满的奴才，主子也得给个面子。李纨、凤姐对赖嬷嬷说："闲时坐个轿子进来，和老太太斗斗牌、说说话儿，谁好意思委屈了你？家去一般也是楼房厦厅，谁不敬你？自然是老封君是的了。"（《红楼梦》第四十五回）

赵嬷嬷是贾琏的奶妈，可她绝不像李嬷嬷那样倚老卖老。大观园即将开工，她为自己的两个儿子求凤姐、贾琏给个差使。到了凤姐房里，"贾琏凤姐忙让吃酒，叫她上炕去。赵嬷嬷执意不肯。平儿等早于炕沿设下一几，摆一脚踏。赵嬷嬷在脚踏上坐了"（《红楼梦》第十六回）。赵嬷嬷这叫有自知之明，奴才就是奴才，和李嬷嬷骂宝玉的丫鬟，强吃留给袭人的奶酪相比，这奴才学的水平简直有天壤之别。

学不好奴才学的，功劳再大，焦大只落得人喂马粪的下场，李嬷嬷的儿子李贵还在给宝玉当"长随"；而奴才学学得出神入化的，赖嬷嬷荫及子孙，自己有独立的花园别墅，还可以和贾母一起玩牌，赵嬷嬷的两个儿子在接驾工程中弄了个肥缺。

对主子而言，奴才是否有功并不重要，有时反而会居功自大，不好好做奴才，所以不但没好果子吃，有时主子还会收拾这些"功狗"。主子最需要的是乖奴。

如何做好乖奴，这是一门悠久的传统学问。

奴才的攀高枝和烧冷灶

贾琏瞒着超级大醋坛子凤姐把大观园著名的尤物尤二姐变成了"二奶"，可这偷来的铜锣敲不得。包养"二奶"这事，能瞒过最高领导贾母，瞒过自己的大老婆，可唯独没法瞒过自己的贴身小厮。给"二奶"买首饰、买房子这类事情总不能都自己一一打点，让一个忠心能干的仆人跑腿，十分必要。

一个当奴才的，他和主子的关系如何，有一个试金石从古到今都有效，那就是：看这个主子收贿赂、包"二奶"这类事情是否瞒着他。如果主子这类事情都不瞒他甚至委托他干一些"技术性"的活，那就可以判定，奴才已经干到心腹这一步了——这可是大多数奴才多少年来孜孜不倦苦苦追求的地位。

兴儿当是琏二爷的第一奴才，这个人机灵、勤快，能察言观色，尤其对主子的心思揣摩得透透的，具备最佳奴才的素质，所以琏二爷从尤二姐那里销魂以后，"留下兴儿答应人"——可见对他放心至极。兴儿小心伺候尤二姐，固然是因为尤二姐比王熙凤更和善，然而更主要的原因恐怕是讨好主子的"二奶"，乃是奴才必修的基本功。正当宠的"二奶"，吹枕头风恐怕比大夫人还管用。

这位乖奴给尤二姐介绍贾府的基本情况时，倒了一回苦水："我们共是两班，一班四个，共是八个。这八个人有几个是奶奶的心腹，有几个是爷的心腹。奶奶的心腹，我们不敢惹，爷的心腹，奶奶的敢惹。"（《红楼梦》第六十五回）因为王熙凤掌握的实际权力比贾琏大，所以她的奴才比贾琏的奴才威风，尽管兴儿聪明伶俐，可在凤姐心腹面前，自觉矮一头，谁叫自己的主子不如人家的主子呢？

所谓狐假虎威、狗仗人势，人家在乎的不是狐狸和狗多么有能耐，主要看背后的那只老虎厉害不厉害。人常说"宰相家人七品官"，那些大权在握的官员，其跟随的威风何止一个县令。明代严嵩父子权势熏天时，严府的仆人出京，哪个府、县的主官不是唯唯诺诺地巴结？杨志替梁中书押送生辰纲时，同行的谢奶公（谢都管）仅仅是太师女儿奶妈的丈夫，随嫁来到梁府，可那份骄横，连杨志也要怕三分。因为他干扰了押送分队最高官员杨提辖的决策，才给了晁盖等人可乘之机。

当然，权力场上最大的老虎就是皇帝，因此皇帝的奴才最有权威，比如说历代的太监。按朝廷的法度，太监无非是伺候皇帝吃喝拉撒睡的阉人，体例中没有属于他们的权力，一些皇帝如朱元璋为防止阉党之祸，琢磨了一些法子。可是没用，明代很长一段时间内，太监的权力比六部尚书、大学士都要大得多。

后世大官员之生活秘书，论品级，大多是处级；论职务分工，无非是照料首长，没有人事权和财权。可是你看看当年河北第一秘书李真的威风，就明白那白纸黑字写着的分工、监督都是骗小孩的。

当一只假虎威的狐狸，实在是最划算的事情。实际权力比一些有名分的官员大，可又不需要负相应的责任。瘟疫横行、河水泛滥，该负责任的是那些地方官员，板子无论如何也难打到大佬那些奴才的屁股上。

当老虎身边的狐狸既然这样一本万利，古往今来自然想投身此行列的前赴后继。想当奴才的多了，竞争自然厉害，不是谁想当就能当的，往往得忍人所不能忍，比如像魏忠贤那样挥刀自宫，将胯下的"小头"砍掉，牺牲做男人的快乐。后世的某些贴身秘书生理上不用去势，可精神上还得自我阉割，否则也不合格。

可即使挥刀自宫，也未必成功。过去宫里的太监多了去了，大多数混口饭吃，最后凄惨地死去。高枝都想攀，就看你的眼光和手段。贾宝玉是贾府中小丫鬟们都想栖息的"高枝"，可你争我夺异常激烈，小红瞅空给宝玉倒碗水，都被先攀上"高枝"的人奚落，训斥她："你也拿镜子照照，配递茶递水不配！"（《红楼梦》第二十回）这也得理解碧痕、秋纹这些先当稳了奴才的人，奴才多、主子少特别是有价值的主子更少，不提高警惕行吗？小红是个聪明人，既然这个高枝攀上有点困难，她便不在一棵树上吊死，找个机会让凤姐赏识，攀上另一高枝了。

像小红这样东方不亮西方亮的奴才，仅仅说运气好是不完全的，有些素质别人是学不来的。唐代第一谏臣魏征当初是东宫太子李建成府中的幕僚，他攀的"高枝"够不错的吧。可世事难料，"高枝"也保不齐折断了，魏征劝李建成早除羽翼渐丰的弟弟李世民，但李建成丧失了机会，最后玄武门之变中反被弟弟李世民杀死了。按理说魏征"皮之不存，毛将焉附"吧，可人家从大哥那里转变成二哥的股肱大臣，这份本事不服不行。当然，后世多有人夸赞李世民的宽厚大度，固然有一定的道理，但我认为最根本的是：李世民大约认清了奴才给谁都是当奴才，对旧主的忠诚没什么一成不变的。两只老虎不能相容，必定你死我活，可胜利的虎王能容下对方原来身边的狐狸，因为大多数狐狸如《天龙八部》中星宿老怪的门人——他们只忠于赢家。

现成的高枝世人都想攀，而且坐稳位置的人，对多得不得了的连耳朵都起茧子的效忠之声也就不当回事。那么，买长线股票格外重要，这就是俗话说的"烧冷灶"。烧冷灶需要眼力需要胆识也需要些运气，因为烧得好一本万利，烧不好血本无归。曹雪芹的爷爷曹寅是康熙爷的心腹奴才，替皇帝坐镇江南，监视当地文人和官吏，这个高枝攀上了。可在康熙爷那帮儿子争夺继承权中，曹寅买码买错了，一下子曹家就"忽喇喇[啦啦]似大厦倾"。

历代政治待遇最高的太监、九千岁魏忠贤，就是不知不觉把一个冷灶烧热的。魏忠贤从老家跑到宫里，给王才人管伙食，看起来要发达很难，可王才人生了个好儿子，就是后来成为熹宗的朱由校。魏忠贤和朱由校的乳母客氏结为"对食"（没有性生活的伴侣），互相慰藉，感情甚笃，而从小缺乏父爱的皇子便对自己乳母的假丈夫有种依恋之情。等这位像自己娃娃的皇子登基，这位"东方不败"的发迹便是顺理成章的事情。

世上万千的奴才，有小红那样的心机，有魏忠贤那种对主子的"忠"，都不在少数，可最终攀上高枝的毕竟是少数。时也，命也，运也，很难解释清楚。但是大多数奴才"挥刀自宫"前，总相信自己有小红、魏忠贤那样的好运气，企盼明天彩票就中大奖。

袭人假赎身和晴雯真撕扇

　　袭人在大观园的诸丫鬟中，无疑是最成功的。不但主子贾宝玉被她套牢了，一日离不开她，而且主子中不同年龄层的人都喜欢她，包括贾母、王夫人和半个主子的宝钗。

　　袭人成功最大的奥妙是：她明白自己的奴才身份，无论办事、说话都守"本分"。这种强烈的角色意识，让她以弱搏强，以下驭上，以贱谋贵。该体贴的时候体贴，该贤惠的时候贤惠，该以退为进时便以退为进，该舍身时就舍身。

　　环绕宝玉身边的美人里面，第一次也是《红楼梦》中唯一明确交代的，与宝玉发生性关系的，就是这位温柔和顺、似桂如兰的袭人，说她是宝玉性爱的引路人毫不为过。当时的宝玉才十三四岁的人，刚刚发育。袭人大宝玉几岁，要是在现在，和未成年人发生性关系的，至少算诱奸吧——尽管是宝玉拉住袭人同领"警幻所训之事"。大家庭的小丫鬟，要想出人头地，除了以色事人之外，没有其他的法子——这个浅显的道理，谁都明白。可想以色套牢主人的太多，其中就很有学问了，否则就是有的枉担空名，有的偷鸡不成反赔上性命，而有的被玩了后一脚踢开。不要怪有钱有权的男人太薄幸无情，只能怪可供他们选择的资源太丰富了，想把自己的身体当成供品呈上的年轻女子太多了，就如我们现在一些地方夸耀当地投资条件优越的一大因素——劳动力便宜。那些外国资本纷纷前来设厂，压榨中国工人的血汗。我们在责怪资本家唯利是图时，更应该想一想：外国老板之所以敢多少年都不给工人涨工资，也不改善工作条件，是因为可供他们剥削的人力资源太丰富了。

宝玉从处男变成男人，是在和袭人合作中一起完成的。别小看这一招，有人说控制男人是通过食道和阴道，说白了，男人就是食色动物。袭人让宝玉初尝"性趣"，应当说她占了先机，为争夺将来第一姨娘占据了有利地势。所以，宝玉尝鲜后，"自此宝玉视袭人更与别个不同，袭人待宝玉更为尽心"（《红楼梦》第六回）。但光吃老本是不行的，想做第一姨娘的太多了：论美貌可爱，她不如晴雯；要说忠心麻利，她不如麝月；要说风流多情，她不如芳官。如果说贾宝玉"初试云雨情"是袭人的第一笔投资，那么精明的投资人，必须在以后的岁月里，不断找准时机追加投资，否则会血本无归。

袭人显然是个投资高手，她取得了王夫人的欢心，而母亲对儿子的娶妻纳妾，是有决定作用的。同时，她想法子让宝钗理解并欣赏。过去，大家庭中妻妾关系是很难相处的，宝玉的大老婆是谁，对立志做姨娘的袭人后半生影响巨大。最有可能成为宝玉的大老婆的，是黛玉或宝钗。黛玉压根儿瞧不起袭人的奴性与媚性，两人肯定没法相处；而且紫鹃和黛玉如姐妹一样，黛玉如果能嫁过来给宝玉做夫人，第一姨娘的位置肯定是紫鹃的，连宝玉对紫鹃也引用了《西厢记》中一句戏文"若共你多情小姐同鸳帐，怎舍得叫你叠被铺床"。那么，袭人只能把宝押在宝钗身上，事实证

宝玉初试云雨情

明她这种选择是对的。

正因袭人头脑清醒，时刻有种风险意识，她不断地关注投资对象的变化，以保证自己利益不受损害。最精彩的一章是第十九回"情切切良宵花解语"一节和第二十一回"贤袭人娇嗔箴宝玉"一节，这两回简直是以退为进、以守为攻的经典。

容易得到的东西往往不珍惜，主子对奴才更是这样，尤其是宝玉一天天长大，身边的女人一个比一个出色，而当年首次让宝玉尝鲜的投资能否有回报，这是个大问题。

如何能让主子觉得自己是不能舍弃的奴才呢？当然要试一试，可不能像现代男女恋爱一样，女孩子以平等的心态去考验男友对爱情的忠贞度。作为一个奴才，袭人在宝玉私访花家时，告诉宝玉自己的母亲和兄长要赎回自己，看看宝玉的态度。至真至诚的宝玉，一下子就中了圈套，将自己的底牌全交代出来："谁知这样一个人，这样薄情无义呢。""早知道都是要去的，我就不该弄了来，临了剩我一个孤鬼儿。"（《红楼梦》第十九回）

袭人试出了宝玉对自己的真心，如果再拿一把，继续装下去，就过了。丫鬟对主子的试探，到了这个份上，就够了。

袭人立马对宝玉表示了侍候他一辈子的决心，但同时让宝玉答应自己的三个条件，实质上是为自己对宝玉的控制加一把保险锁，而宝玉这样的痴儿自然满口答应。

袭人说道："你若果依了，便拿八人轿也抬不出我去了。"（《红楼梦》第十九回）一番假意要赎身的"戏"，袭人姐姐大获全胜，她便更好地以王夫人、贾母的标准来改造、控制宝玉。这是讨得王夫人欢心的伏笔。"情切切良宵花解语"这一节，简直是奴才控制主子、下级左右上级的经典案例。

与袭人的成功相比，和她一起长大一起服侍宝玉的晴雯则做得十分失败。曹公对她的判词是："心比天高，身为下贱。风流灵巧招人怨。"（《红楼梦》第五回）风流灵巧不是毛病，但宝玉身边的丫鬟们，哪一个是傻瓜？在争宠中，谁都使出了十八般武艺。对宝玉有所图，也很正常。丫鬟让主子收了房当个姨娘，生个一男半女，几乎是她们最好的出路了。袭人有这种想法，而且很早就经营了，连紫鹃也有这想法，希望自己作为黛玉的"搭售品"一并归了宝玉。

晴雯早夭的悲剧之源，是她不正确地认识自己的位置。与其他丫鬟比，晴雯奴性少了点或者说几乎没有，她心中也爱着宝玉，但她的爱是一种基于青年男女相知的平等之爱。这对她来说，是致命的。从古至今，丫鬟对主子，妓女对嫖客，希望得到平等之爱；部下对上司，希望有平等的交情，几乎没有一个不是悲剧收场的。

晴雯揭袭人对宝玉"英勇献身"的短，自作主张驱逐了偷首饰的坠儿，成了袭人成宝玉第一"二奶"的最大威胁。但这些不是她被驱逐最主要的原因，她最大的失误不是不从实际出发仰望着去取悦主人，而是企图超越主奴的落差去爱宝玉。她违背了大观园的游戏规则，大观园哪能容下没有多少奴性的奴才？不想做奴才，才是真正的"心比天高"。这样的人，除了另类的主子宝玉外，谁能容她？先别说宝钗，即使是黛玉这个宝玉的知己，真的当了宝二奶奶，也不希望丈夫找一个有独立人格、敢和自己顶嘴较真的"二奶"，而几乎所有的大老婆都希望丈夫的"二奶"如袭人、平儿那样"忠诚"而本分。

晴雯撕扇子，最集中地显现出晴雯是个不合格的奴才。当袭人将自己和宝玉一起合称"我们"时，伶牙俐齿的晴雯嘲笑道："我倒不知道，你们是谁？别叫我替你们害臊了！即使你们鬼鬼祟祟干的那事儿，也瞒不过我去。那[哪]里称得上'我们'来了！明公正道，连个姑娘还没挣上去呢，也不过和我似的，[哪]里就称上'我们'了！"（《红楼梦》第三十一回）醋意大发的她不但把袭人狠狠地戳了心窝，还把宝玉捎带骂了。这样的奴才，幸亏碰上宝玉这样的好主子，不然早就被赶出去了。不甘心当奴才本来就错，不甘心当奴才还嘲笑别的心甘情愿为奴才的人，更是错上加错，是自绝于人民的行为。

晴雯这番话，可说是"口误"，但口误往往是一个人心底里真实想法的无意识流露。

为此，晴雯对宝玉生了气。奴才生主子的气，表现出来就是大罪过——连腹诽都不行。何况她还等着主子去道歉，便有了"晴雯撕扇子"。晴雯的风流可爱，宝玉对她的情意，她的率真，这一场表现得淋漓尽致，可惜是辉煌的顶峰，几乎是她的告别之作。她的死，因缘早已种下，而撕扇子时，种子正破土而出。这丫头，竟然是真的撕扇子，还说："我也乏了，明儿再撕吧。"这样的奴才，就算宝玉能放过，大观园的规矩能放过吗？

王夫人驱赶晴雯的理由是媚惑宝玉，大概许多人替她叫屈。袭人和宝玉有了云雨之欢，应当说是真正的媚惑，为什么王夫人反而喜欢袭人呢？其实主子多娶几个女人，在那时不算什么，连宝玉的爹爹贾政都有一妻二妾。关键是主子和妻妾要在明面上保持光辉的形象，要妻贤惠妾本分，至于深闺处，照着"春宫图"做作业都没关系。就如某些官员对下属官员要求的那样，暗中偷偷地包几个"二奶"，收点银子不算什么，大家都这样，但关键是在场面上要与自己高度保持一致，在公众面前要有正面形象，反腐败的歌儿要认认真真地唱响。晴雯正相反，背后没将宝玉套牢，而在大观园的群众心目中留下了张扬、不听话、媚主的坏印象，这足以要她的命。对比了袭人、晴雯二人的命运，我突然有个可笑的想法：一个大单位中，那个风骚之名远播的女职员未必和领导有一腿，因为领导不是贾宝玉，对这样有风骚之名的人总是提防着；而有些平时看起来贤淑温婉的女职员，没准和领导有那回事。

骆宾王在讨伐武则天的檄文中，说武氏"狐媚偏能惑主"（《代李敬业传檄天下文》）。那时节，皇宫和大家庭中，漂亮的宫娥、下女就是用来媚惑主子的，否则不是浪费资源吗？关键是如何媚惑得充分，如何媚惑得到位，如何媚惑得"有理、有利、有节"，如袭人那样，而不能学晴雯。

贾府"扫黄"风暴的结局：群众斗群众，吃了自家女

王善保家的是一个招人烦的老奴，估计读《红楼梦》的人没几人同情她，大多责怪她多事，最后自己打了自己的脸，也是活该。我对这个已经做祖母的奴才有种悲怜的感觉，其行为固然可恶，可是谁把她推上前台，做了贾府中权力斗争的过河小卒呢？

王善保家的的下场证明一个很浅显但从来没有过时的道理：大人物争权夺利总是先怂恿、默许群众相互斗争，斗得热火朝天之时，大人物可以心照不宣地相互让步，最后客客气气你好我好，而冲锋陷阵的群众却被出卖了，轰轰烈烈的斗争最后吃了自己的儿女。

抄检大观园的风暴，看起来仅仅是因为荣府的一个老仆人对东府（宁府）的太太、贾珍夫人尤氏不恭敬引起的，实质上是贾府内部矛盾的一次大爆发。其中，有宁府、荣府的矛盾，也有荣府内部邢夫人和王夫人两妯娌的矛盾。

宁、荣二府，虽然宁府居长，但荣府的实力显然盖过了宁府。贾府在皇宫的政治代表元妃是荣府贾政的女儿，荣府的男人娶老婆出自名门的多，从贾母开始，荣府的人和另外三大家族史、王、薛有姻亲关系。宁府

曾经收留了秦可卿，有人认为她是康熙朝废太子的女儿，通过孤儿院、秦家倒了两次手，模糊了身份后嫁到贾府，等候父亲的东山再起。这手段和一些CEO转移国有资产差不多，通过几个不显眼的皮包公司搭桥，七拐八拐就把资金转移走了。明确说秦可卿是谁的女儿是把史实和文学简单地对号入座，但可卿身份显贵，其家世超过贾府是肯定的。贾府收留她有点"奇货可居"的味道，一旦她家掌握了更大权力，贾府功不可没。宝玉梦游太虚幻境时，最后被吓醒了，大叫"可卿救我"——梦中的仙女和秦可卿同名，绝非闲笔。有人据此认为宝玉和秦可卿也有某种暧昧关系，我以为这种猜想有点庸俗。宝玉作为贾府未来的希望让秦可卿救他，实则是贾府盼望秦可卿给走向衰败的家族带来重新辉煌的机会。可是秦可卿死了，振兴贾家的希望只能全部落在荣府，因此宁府的人对荣府不得不态度谦恭。秦可卿的丧事，贾珍不用自己的媳妇尤氏而求凤姐来管事，固然有王熙凤能干的原因，也可算作是宁府的人巴结荣府的红人王熙凤。

因为这个原因，尤氏让丫头叫荣府的老婆子传话，老婆子偷懒回绝了，而且说出了宁、荣二府最敏感的话题：长房实力不如次房，"你那老子娘在那边管家爷们跟前，比我们还更会溜呢。什么'清水下杂面你吃我也见'的事，各家门，各家户，你有本事，排场你们那边人去！我们这边，你们还早些呢！"（《红楼梦》第六十五回）一个奴才，敢公开藐视东府（宁府）的大奶奶。这尤氏本来因为出身低微，连自己的妹妹都不能保护，对荣府尤其是凤姐只是敢怒不敢言。这下好了，尤氏抓住一个荣府的把柄，是不会轻易放过的。

老婆子把宁、荣二府的关系说白了——有些事大家心里明白就行，一说破就不能不追究。对于这个多嘴的愚蠢老奴，王熙凤没必要维护，而对

惑奸逸抄检大观园

宁府表面上凤姐也不能太嚣张，必须给尤氏这个名分上还是嫂子的人一个台阶下。在大人物的较劲中，这老婆子很不幸地做了牺牲品，被凤姐命令捆在马圈里任尤氏发落，以显示她王熙凤不偏袒自己的人。

多嘴的老婆子受点皮肉之苦本是小事，却又激发了荣府内部邢夫人和王夫人、熙凤姑侄的固有矛盾。其中，一个老婆子的女儿嫁给了邢夫人陪房费婆子的儿子——陪房丫头是出嫁小姐的"搭售品"，利益是和小姐捆绑在一起的。一个无足轻重的老婆子，这一下就和大房的邢夫人搭上线了。在错综复杂的权力场内，一个微不足道的人或事，就可能牵扯到很深的背景。就如首善之区天子脚下，不要小看那四九城（旧指北京皇城）里拉黄包车的，没准绕来绕去他可能和当朝大员拉上点关系。邢夫人对王夫人本来就很不满，因为贾母处处偏向贾政夫妇，而自家的儿媳妇不向着自己，倒向着现在的婶娘、娘家的姑妈。但对另一方的主帅——王夫人，她找不到理由公然挑战，只好把气撒在王熙凤头上。

冲突进入高潮，邢、王两妯娌的矛盾处于半公开状态，只要有一导火索，烽烟必将燃起。傻大姐捡了绣春囊，为邢夫人一方发力提供了最好的借口。

荣府的权力斗争，便在"扫黄风暴"的大旗下展开。应当说，邢夫人这一方以扫黄为突破口是经过仔细权衡的：宝玉整天和丫头、姑娘们厮混在一起，王熙凤还正值青春；长房自个家姑娘，是老老实实的"二木头"迎春；宁府住在这边的姑娘，冷心冷面的惜春，和黄色图书是很难沾边的。

当然，邢夫人这样的后台是不会亲自出马的，她的亲信、陪嫁过来的王善保家的主动请缨担当先锋——对于长房的"扫黄"主张，王夫人没有理由反驳。

王善保家的以"扫黄"为名，矛头直指王夫人。首先搜查宝玉的丫头，再搜与宝玉最亲密的黛玉，可除了宝玉儿时的物品，一无所获。于是，王善保家的便拿出不达目的不休兵的劲头，转向了探春。探春平素很得王夫人器重，又是赵姨娘所生，抓她做靶子打击一下王夫人的士气，看来比较恰当，谁知道受了这刚烈能干的"刺玫瑰"一巴掌。

最后的结果是，"扫黄"英雄扫到了自己外孙女头上。迎春的丫头司棋和表哥潘又安私订终身的信物搜了出来，"扫黄"风暴烧了自家。这时候，王夫人一方的高兴劲头可想而知。王熙凤奚落："这倒也好！不用你们作[做]老娘操一点儿心，他[她]鸦雀不闻的给你们弄了一个好女婿来，大家倒省心。"（《红楼梦》第七十四回）王夫人的陪嫁周瑞家的，自然在一旁幸灾乐祸地起哄。

在两大重量级人物角力中，可怜的司棋，她的下场可想而知。在这场风波里面，另一个牺牲品则是晴雯。王夫人为了在斗争中占有道德优势，不授人以柄，借"扫黄"的东风，把不听话的"狐狸精"从宝玉身边赶走，达到了彻底控制荣府接班人宝玉的目的。

主子们打架，自己不亲自出拳，而是站在安全的制高点上遥控，利用奴才们争功邀宠的心理，让他们互相大打出手。战火烧大了，胜负分出来后，主子们才出来收拾残局，而死伤无数的，便是那些立功心切的奴才们的自家儿女。

不甘为奴的香菱是高贵的

　　香菱是《红楼梦》开卷第一位进入读者眼里的大观园女子。她的身世比父母亡故的湘云、黛玉还要可怜，比那些家生的或买来的丫鬟鸳鸯、袭人等还要令人叹息。前者尽管是孤儿但有宦门千金的名分，后者是由父母或血统左右才做了奴才。

　　但香菱不是，她饱受欺凌，成为呆霸王薛蟠的性工具和他大老婆的施虐对象，全是因为命运的无常。她生于殷实人家，是父亲的掌上明珠，本来应该在优厚的家境中无忧无虑地长大，五岁时却被拍花子的人贩子拐走了。从葫芦僧和贾雨村的对话来看，她是隐约记得自己的身世，为了保护自己，"他[她]是被拐子打怕了的，万不敢说，只说拐子系他[她]的亲爹，因无钱尝[偿]债，故卖他[她]。我又哄之再四，他[她]又哭了，只说：'我不记得小时之事！'"（《红楼梦》第四回）这样一个聪慧的姑娘，碰上一个喜欢她的冯公子，本来以为自己的"罪孽可满了"。可是又碰上了横行霸道的薛蟠，冯公子被打死，自己被呆霸王当成一个玩物抢夺了。

　　香菱的身世，在官场和舆论中，已是公开的秘密，贾雨村和门子心里如明镜般清楚。贾雨村也知道香菱一旦归了薛家，便是堕入无边的苦海，

"这薛家纵比冯家富贵，想其为人，自然姬妾众多，淫佚[逸]无度，未必及冯渊定情于一人者。这正是梦幻情缘，恰遇见一对薄命儿女！"（《红楼梦》第四回）

连受过自己（香菱）父亲恩惠的贾雨村也不愿救自己出苦海，甚至推波助澜，判了个葫芦案以取悦于四大家族，孤苦的香菱只能忍受命运的无情。她的"呆""痴"，实则是一种保护色。面对滥情而暴戾的薛蟠，除了逆来顺受，她能干什么呢？在大观园中，她是第一可怜人，远不如袭人、晴雯、麝月这些丫鬟——因为这些丫鬟碰上了怜香惜玉的宝玉。

尽管她过着这种屈辱而痛苦的日子，但她不甘心。不甘心的直接表现便是"慕雅"，学习诗文以保持内心的独立与高贵。

第四十八回《滥情人情误思游艺　慕雅女雅集苦吟诗》，曹雪芹有意将薛蟠和香菱两人做"浊"与"清"的对比。一慕雅一滥情，两人的人格有霄壤之别，可造化却把这样的两类人捆绑在一起。注意，香菱是仰慕风雅而非附庸风雅。她先是恳求自家的宝钗教她作诗，然宝钗尽管才华出众，完全有教香菱的能力，但宝钗的志向非精神层面的追求，而是"好风凭借力，送我上青云"。宝钗虽然对香菱受其哥哥的欺凌，抱一种同情态度，但从人格上她并没有平等地对待香菱，而是依然把香菱看成她家买来的一件东西，所以回绝了香菱。香菱又去了黛玉房间，直直地提出拜师的请求，黛玉满口答应。

总有人说黛玉刻薄、不近人情，那是她的身世造成的。从她以姐妹般对待丫鬟紫鹃，以及不厌其烦教香菱作诗，与宝钗相比，黛玉才是真正有大慈悲的。

一个历尽坎坷的小妾，要进入大观园那个精神贵族的圈子——诗社，是

呆香菱情解石榴裙

何等的艰难？她的诗一首首被否决掉后，吟诗直到着魔。宝钗说她，"可真是诗魔了。都是颦儿引的他[她]！"黛玉的回答则非常坦然，"圣人说：'诲人不倦。'他[她]又来问我，我岂有不说之理？"（《红楼梦》第四十八回）黛玉的真诚善良，远胜世事通达的宝钗。精诚所至，最后香菱梦中所得八句诗，获得了众人的好评，得到了大观园先进文化的代表机构——诗社的入场券。这对香菱来说，是一件何等快慰的事情。面对童年的不幸、现实的残酷，她还能有勇气活下来，便只能是这种精神追求所提供的力量。

从黛玉、宝钗和宝玉三人对香菱的态度来看，我们就能明白为什么宝玉"终不忘世外仙姝寂寞林"（《红楼梦》第五回），因为二人的心是相通的，有种悲天悯人的同情心。"呆香菱情解石榴裙"（《红楼梦》第六十二回）一节中，宝玉对香菱所表现的是一种尊重其人格的爱怜，和黛玉当香菱的老师异曲同工。

香菱的命运，使我想到了许多身世坎坷而不甘沉沦的女子，她们对现实生活反抗的唯一武器便是不放弃对文学、艺术的追求。比如不幸流落到匈奴地区，成为胡人妻妾的蔡文姬，顽强地显示她作为汉朝大文豪蔡邕女儿这种高贵身份的，只有文学和音乐。那"老大嫁作商人妇"（唐白居易《长恨歌》）的琵琶女，明白自己只是富商为显示财富而买来的一件贵重物品，便只能月明人静时对着浔阳江弹起琵琶，企图得到知音的共鸣。

这些如香菱一样的女子，她们被凌辱、被迫害，大多数凄惨地死去。然而只要她们不放弃对美的追求，她们的灵魂依然是美丽、纯洁而高贵的。

说说平儿这个"老板助理"

　　平儿作为一个被"捆绑销售"到贾府的通房丫头，她首先是王熙凤的仆人，然后才是贾琏的"二奶"。贾琏对她性方面的占有和垄断，首先是建立在她是王熙凤陪嫁丫头这个身份的基础上。也就是说，"妾"的身份是"仆"的身份的派生和延伸。

　　古代大户人家小姐的贴身丫鬟，命运基本上都是这样，因为她们没有独立的人格权利，只是小姐的附属品，必然和小姐一起嫁鸡随鸡、嫁狗随狗，真正是和自己的主人"同呼吸，共命运"。因此，她们必然想小姐之所想，急小姐之所急，替小姐筹划人生便是替自己设计未来。所以，《西厢记》中莺莺的丫鬟红娘才一马当先，极力撮合自家小姐和张生的好事；紫鹃因考虑到宝、黛能否结合是关系到自己一辈子的大事，因而编故事试探宝玉。当然，小姐因顾忌身份，要装出矜持的样子，但丫鬟反正是个丫鬟，没必要装蒜，因而她们往往泼辣大胆，和那位知书达理、文雅羞涩的小姐配合得相得益彰。

　　了解这些，我以为才能理解平儿和王熙凤的关系，也能理解她在贾府的生存之道。

俏平儿情掩虾须镯

平儿是王熙凤的心腹，她对王熙凤忠心耿耿，是凤姐不能缺少的助手。如果说王熙凤是一位出色的总经理，平儿则是优秀的总经理助理。李纨对平儿有过精彩的评价："有个唐僧取经，就有个白马来驮他；刘智远打天下，就有个瓜精来送盔甲；有个凤丫头，就有个你！你就是你奶奶的一把总钥匙，还要这钥匙做什么？""凤丫头就是个楚霸王，也得两只膀子好举千斤鼎；他[她]不是这丫头，他[她]就得这么周到了？"（《红楼梦》第三十九回）

作为总经理的助理，既要忠心能干，不能让总经理觉得自己有异心，又要能忍辱负重，该给总经理背黑锅就得毫无怨言地背黑锅，该给总经理决策失误善后时就得有善后的技巧。

和一般的小姐、丫鬟相比，凤、平的主仆一体关系没有变，只是表象正好倒了个。一般说来，总是丫鬟泼辣，小姐文静。但王熙凤有杀伐决断之能，且锋芒毕露，平儿则温婉柔和；凤姐人望之生畏，平儿则望之可亲。但不管怎样，总经理和助理必须有种互补关系。崔莺莺和杜丽娘春心荡漾，不敢随便表达，如果她们的丫鬟红娘和春香也是这般，千万个张生和柳梦梅都会错过。反之，如果平儿像凤姐一样待人严苛，整个荣府恐怕没有安宁的时候。

总经理说什么，助理毫不变样地执行，这样的助理并非好助理，真正的好助理是像平儿这样，为维护总经理长期的利益以及威望，有时可以变通，这才是对总经理最负责任的做法。

比如"俏平儿软语救贾琏"（《红楼梦》第二十一回）一节中，贾琏和多姑娘儿私通，被平儿发现了证据——多姑娘儿的一绺青丝。当凤姐询问时，平儿替贾琏瞒过了。这似乎对总经理不很忠诚，可是再往深里想，平儿若如实告诉凤姐，虽然让凤姐满意，但会惹出风波来，得罪了贾琏。贾琏和凤姐无论有何种冲突，两人仍是夫妻。这种夫妻关系在那时候超越了简单的男女配偶关系，而是贾、王之间的家族联姻，是很牢固的。贾琏和王熙凤的这次冲突，可能几天后就风平浪静了，真正得罪人的是平儿。在夫、妻、妾这三角关系中，妾是最弱的一端。最好的办法，就是让总经理不知道这事，彼此都平安无事。你想，一个总经理的助理，发现董事长有点什么事儿对总经理不利，这事儿又无关整个公司运行大局，她却去告诉总经理，对她自己以及整个公司的高层有什么影响？

还有一次，宝玉房里的丫鬟坠儿偷了平儿的镯子，事发后她瞒着王熙凤、宝玉和袭人。她既避免刺激凤姐这个驭下甚严的当家人，又顾全了宝玉和袭人的面子，考虑不可谓不周全。

贾琏和鲍二家的私通时议论了凤姐和平儿，多有"褒平贬凤"之意。被凤姐听见了，醋意大发，引起了贾琏和凤姐的争吵，也使凤姐疑心平儿对她有怨言。平儿此时遇到了助理生涯最困难的时期，即将失去总经理的信任。平时性格温顺的她只有一个办法，和讨不到工钱爬上屋顶要跳楼的民工一样，要去寻死。弱势一方的平儿用这种极端的方式博得公共舆论的关注和同情，也消除了凤姐对自己的怀疑。

平儿最可贵的是她虽然得到凤姐信任和贾府上下的赞扬，但她知道自己只是个妾，只是凤姐的助理，必须小心谨慎地行事，丝毫不敢让自己的光彩超过总经理。因为她注定是凤姐的附属物，一荣俱荣，一损俱损，所以她对凤姐的忠诚是生存的需要，并非她认同凤姐的行事风格。她没有和凤姐在男人面前争宠的资本和资格，只有如履薄冰一样活在贾府。大观园女儿共同的知音——贾宝玉对平儿的遭遇有很准确的理解：

变生不测凤姐泼醋

"平儿并无父母兄弟姊妹，独自一人，供应贾琏夫妇二人，贾琏之俗，凤姐之威，他[她]竟能周旋妥帖，今儿还遭荼毒，也就薄命的很了。"（《红楼梦》第四十四回）

凤姐知道贾琏偷娶尤二姐后，利用贾琏另一个妾秋桐，借刀杀人。尤二姐死后，平儿悄悄地把二百两银子递给贾琏，让他去办理尤二姐的丧事。这做法固然符合平儿平时行事的一贯原则，但有没有这样的原因呢——平儿对尤二姐有着同情的理解，因为她和尤二姐都是活在大老婆阴影下的"二奶"，只是自己能被凤姐完全控制反而安全，而尤二姐则威胁了凤姐的地位，凤姐必除之而后快。同样是妾，那个秋桐的智慧和平儿相比是天壤之别，给人当枪使还扬扬得意，她的下场好不到哪里去，凤姐在设计害尤二姐时已动了除掉秋桐的心思。

这个世道，小人物中多的是秋桐这类人物，少的是平儿。

鸳鸯作为贾母"私人秘书"的悲哀

鸳鸯之于贾母史太君，犹如宫廷中司礼秉笔太监之于皇帝，如明代武宗朝前期的刘瑾，熹宗朝的魏忠贤。当然，鸳鸯这丫头比那些不男不女的太监可爱多了，她行事低调，她不弄权。但是地位相似，他们都是名义上的奴才，但因为是一个帝国或一个家族"最高领导人"的私人秘书，他们有着超越自己名分的"隐性权力"。

明代的王振、刘瑾、魏忠贤，论品秩也就是个四品内廷宦官，可是当权时手中的权力有多大呢？内阁大学士见他们唯唯诺诺，六部九卿见他们跪拜，地方大员以当他们的干儿子、门生为荣。刘瑾当权时，一位正直的官员看到满朝文武对他奉承巴结，感叹说这些官员没有廉耻到了给奴才当奴才的地步。太监的权力来源实则是皇帝，中国传统政治是"一把手政治"，一把手的权力往往不受监督，且能无限膨胀。但一把手本人又不是全能的超人，那么他的权力必然可能被他最亲近的人蚕食或代理。

在重视礼法的中国皇权时代，正常的政治运转体系内，下属无授权而代行上司的权力，则是僭越。可搞笑的是，一把手身边的奴仆代行一把手的权力，却屡见不鲜，似乎不是僭越。为什么呢？因为一把手和二把手、三把手尽管职位有高低，但他们毕竟是独立的人，有依存关系，也多多少少有利益冲突，一把手当然要提防二把手和三把手等。但一把手最亲近的人，他在人格上是一把手的附属而非独立的，是一把手的工具，他的行为完全只为主人负责而不必有其他的是非观念。当然，这样的工具毕竟不是输入一个程序就能控制的机器，他们也会有自己的算盘，就如《西游记》中那些菩萨、神仙身边的宠物或者童子，瞅个机会偷主人几件宝贝就能下凡作乱。

鸳鸯只是一个丫鬟，和袭人、麝月、紫鹃等人一起长大。但她和其他丫鬟不一样的是，那些伺候贾母的丫鬟长大后不是送给别人使用，就是死了或者离开了，而她因为伶俐和忠诚一直留在贾母身边，得到贾母的信任，成为贾母的"私人秘书"。因为这个身份，她虽丫鬟之身，但连凤姐都要敬畏她三分。凤姐所敬的当然不是她本人，而是她背后的主人贾母。

她这个位置很风光，但也很有风险，因为离最高权力者太近。受最高权力者的信任和宠爱，难免遭人嫉妒，好在她是个聪明人，很能处理这类事情。但即使这样，她也逃不过政治斗争的漩涡。作为一把手贾母的"私人秘书"，她再行事低调也不可能置身事外，所谓"树欲静而风不止"——荣府的大老爷贾赦看上了她，要娶她做姨娘。

贾赦好色贾府人都知道，但我以为赦老爷想纳鸳鸯为妾，首先图的不是美色。鸳鸯的长相并非特别出色，以贾赦的势力什么样的美女找不到？贾赦常常埋怨母亲的偏心，但他行为不如弟弟政老爷检点，更不像弟弟那样娶了一个娘家有来头的夫人，在母亲面前失宠是自然的。如果他把母亲最贴心的"私人秘书"娶上了，会怎样呢？他会在母亲即将离开这个世界前的几年内，夺得先机。平儿是王熙凤的一把钥匙，鸳鸯则是贾母的钥匙。

鸳鸯女誓绝鸳鸯偶

控制了老太太的钥匙，其便利可想而知。

就是因为如此，贾赦打的不是平常丫鬟的主意，而是打鸳鸯的主意。不要说鸳鸯本人不喜欢贾赦，不愿做他的姨娘，即使她和她嫂子想法一样，心甘情愿给贾赦做妾，她的日子照样不好过，第一会失去贾母的信任，第二会得罪王夫人、王熙凤诸人。贾母知道自己的大儿子打鸳鸯的主意，大怒说："我通共剩了这么一个可靠的人，他们还要来算计！""你们原来都是哄我的！外头孝敬，暗地里盘算我！有好东西也来要，有好人也来要，剩这么个毛丫头，见我待他[她]好了，你们自然气不过，弄开了他[她]，好摆弄我！"（《红楼梦》第四十六回）贾母一点也不糊涂，知道贾赦和邢夫人要纳鸳鸯为妾的真实目的。

因此，此时嫁或不嫁不能取决于鸳鸯自己，在那种情形下她必须"誓绝鸳鸯偶"。当然她只能渡过眼前的难关，因为贾赦早就放下狠话来，一旦老太太归西，这笔账会算在她头上。但对任何一个一把手的秘书来说，这个风险必须承担。新的一把手上任，原来的一些官员可以留任，但是很少有继续使用原来一把手的"私人秘书"。秘书和女人一样，没谁喜欢别人喜欢和宠爱过的。新皇登基，宫内大太监一定是在做东宫太子时就伺候他的亲信，刘瑾和魏忠贤都是这样。因此龙驭上宾后，最伤心的是老皇帝留下的嫔妃和心腹太监，等待他们的不是殉葬就是打入冷宫。既然这些心腹太监没有制度保障他们的安全，文官集团压根儿瞧不起他们，帝国正常的政治版图中没有他们的位置，他们只是皇帝的"私人用品"，皇帝一旦不在了他们就完蛋了，那么他们自然会抓住自己主人当权的每一分每一秒攫取权力和财富，这种危机感使他们有些作为只能用疯狂来形容。后世的一些秘书何尝不是这样？

鸳鸯在贾母死时自杀殉葬，她知道她没有理由再活下去，不如这样成全自己的名声。可是就算她不得罪贾赦，她又会怎样？大约是胡乱配个小子了此残生，和当年的风光是霄壤之别。那些伺候一把手的秘书，如果在一把手退休前没有给他合适的安排，那么他们下半生的政治生命大约也就完了。这对一个曾经掌握莫大"隐性权力"的人来说，是多么残酷的一件事。

鸳鸯的悲哀，实际上是皇权政治的悲哀。

没跟对主子的司棋

司棋是红楼中一个颇有自主意识的丫鬟，她精明能干、泼辣伶俐，和袭人、晴雯、紫鹃、侍书、鸳鸯等属于同一批成长起来的，算是"老资格"丫鬟了。按贾府人员的重要性划分，首先贾母、王夫人、王熙凤、宝玉的贴身大丫头是最有地位的女仆，如鸳鸯、平儿、袭人等人。其次重要的则是伺候各位没出阁小姐的贴身丫鬟，如二姑娘迎春身边的司棋，三姑娘探春身边的侍书，四姑娘惜春身边的入画。黛玉父母双亡寄养在外婆家，享受的也是贾母孙女辈的待遇，因此紫鹃也算这个等级的丫鬟。

贾府对待嫁的姑娘是很客气的，吃饭的时候姑娘们可以坐着吃，李纨和王熙凤两位嫂子只能站着伺候。因为姑娘在娘家是客居的，总要变成外姓人。贾府这样的大家族讲究的是门当户对的联姻，将来没准还得仰仗姑爷家，对姑娘好也可视为一种投资。那么，姑娘身边的贴身大丫鬟会成为陪房，"捆绑销售"给未来的姑爷，有可能如平儿那样当姨娘，万一生个儿子发达了怎么办？因此，对这些丫鬟不能太严酷。元妃省亲时，"又有贾妃原带进宫的丫鬟抱琴等叩见，贾母连忙扶起，命入别室款待"（《红楼梦》第十八回）。抱琴虽是贾府出去的丫鬟，但是伺候的是贵妃娘娘，贾母当然要对她十分客气。

如此分析起来，司棋有着超出别的一般丫鬟、小厮的地位，也能享受些特权。但是具体问题要具体分析，她不幸跟了的主子是懦弱本分、诨名"二木头"的迎春。仆人的地位和自己的才能、见识无关，而与主子的地位息息相关。茗烟敢大闹书房，诱奸小丫头万儿，别的小厮谁敢？因为茗烟跟的是宝二爷。

司棋或者是不明白这些，或者是不甘心如此，竟然比自己的主子还逞强，不能忍受别人的歧视，挑起了风波，最后引火烧身。

司棋委派小丫鬟莲花儿，去厨房通知厨娘柳家的："司棋姐姐说，要碗鸡蛋，炖得嫩嫩的。"要知道底下的仆人看人下菜是一种生存本领，连二姑娘迎春他们都敢怠慢，何况二姑娘的丫鬟？因此柳家的说"没有鸡蛋"，回绝了司棋，并顺便教育了莲花儿一顿要他们艰苦朴素："你们深宅大院，'水来伸手，饭来张口'，只知鸡蛋是平常物件，那[哪]里知道外头买卖的行市呢。别说这个，有一年连草根子还没有了的日子还有呢。"莲花儿攀比晴雯，说："前日春燕来，说'晴雯姐姐要吃芦蒿'，你怎么忙的[地]还问肉炒、鸡炒？"（《红楼梦》第六十一回）这莲花儿因为年纪小没有政治敏锐性，你司棋怎么也和她一样？晴雯是哪个房里的？是宝玉房里的，能比吗？司棋听莲花儿回去添油加醋的一番话，火冒三丈地带领众小丫头大闹厨房，和柳家的梁子彻底结下了。

如果司棋就此罢手也就算了，可她想彻底将柳家的打垮。宝玉房里的芳官赠送柳家的女儿柳五儿玫瑰露，被林之孝家的带人捉住，因为正房内的玫瑰露被彩云偷去给了贾环，五儿被误认为窃贼，有口难辩。此时，平时与柳家的不和的那些人，落井下石。司棋的婶子，秦显的女人受林之孝家的举荐，趁机填补了柳家的厨娘的空。（这场风波，与2003年火爆异常的韩国电视剧《大长今》，御厨内的政治斗争何其相似。）可等平儿审清楚原委，宝玉出来把事情揽在身上后，柳家的回到了原来的岗位，司棋婶子为谋这个差事送给林之孝家的礼物也打水漂了，司棋等人空欢喜了一场，而且因此得罪了许多人。

柳家的虽是个厨娘，但五儿和宝玉房里的众丫鬟要好。这场风波，已让司棋卷进了荣府第一大是非——长房邢夫人和次房王夫人的矛盾漩涡。迎春本来就是贾赦的女儿，司棋又是王善保家的外孙女，王善保家的又是邢夫人的陪房。如果司棋像主子迎春那样守拙，倒也罢了，能博得众人同情，可她不甘示弱的性格，决定她成了遭一些人忌恨的丫鬟。至少宝玉房内的丫鬟、平儿乃至王熙凤等人认为她是个不安分的人，一有机会绝对会给她苦头尝尝。

机会不久就来了，大观园内发现"春宫图"后，她的外婆王善保家的本来想借机向王夫人这一派发难。这是场稍有失误就会一败涂地的进攻，王夫人和王熙凤有娘家的势力，又把持贾府内政大权，深得贾母宠爱。果然，抄检大观园的时候，把司棋的表弟潘又安给她的情书抄出来了。恨死了王善保家的多事的王熙凤以及王夫人陪嫁过来的周瑞家的，岂能罢休？这时候，谁能主动给司棋援手？除非她的主子迎春，可迎春哪有能力和胆量救她？驱逐司棋的时候，她跪求迎春，迎春竟然一句求情的话都没有，说："依我说，将来总有一散，不如你各人去罢。"（《红楼梦》第七十七回）周瑞家的这些王夫人的亲信，"又深恨他[她]们素日大样，如今哪里有工夫听他[她]的话"（《红楼梦》第七十七回），就此正好发泄对司棋的怨恨。

连赃证撮出大观园

同样是庶出的小姐，探春因为是个众人敬畏、有胆有识的玫瑰花儿，她的丫鬟就不需要像司棋那样自己去争地位、争待遇。王善保家的搜查到探春房里时，探春说："我的东西，倒许你们搜阅；要想搜我的丫头，这却不能。我原比众人歹毒：凡丫头所有的东西，我都知道，都在我这里间收着，一针一线，他[她]们也没得收藏。要搜，所以只来搜我。"（《红楼梦》第七十四回）探春敢于主动维护自己的仆人，实际上就是在维护自我的尊严。因此当探春打了王善保家的，侍书跟进抢白王善保家的，王熙凤笑道："好丫头！真是有其主必有其仆！"（《红楼梦》第七十四回）

司棋的错误在于她没有深刻领会仆人和主人是完全的人身依附关系，主人有权威仆人才有权威，给懦弱的主子当仆人还想出人头地，只会反受其祸。明代大太监之所以威风八面，不是因为他们自己有什么了不起，而是他们的主子是天下第一人——皇帝。

司棋的性格和晴雯相似。晴雯的悲剧不在于没跟对人，而是她跟的人太重要了，让王夫人觉得会影响到宝玉的将来，当然要下杀手。司棋对整个贾府利益格局并不构成重要影响，但没跟对人，结一点小怨，犯一点小错，就毁了她。

如果司棋给三姑娘探春当贴身丫鬟，会怎样呢？至少不会那样惨。可见，跟对主子是多么重要呀。

丫鬟对小姐：建在共同利益上的忠诚

世上没有无缘无故的爱，也没有无缘无故的恨。义仆的忠诚，在我国传统文化中，往往被作为一种道德上的美来讴歌。一些仆人为了自己的主人，置生命于度外，但从具体的事例分析，并不是所有的仆人都效忠主人，是有着可以兑现的利益在里面的。

但是，几千年来，仆人忠于主人所形成的"义仆文化"，根本原因是建立在二者具有共同利益的基础上。主人得道，仆人升天，二者是从属关系，因此荣辱与共。因为有着稳定的共同利益关系，仆人的忠诚才可能经年累月，抽象出来成为一种影响国人至深的文化。

紫鹃是很忠于黛玉的，黛玉对她不像是主人对仆人，而是像姐妹一样。对此，紫鹃固然有一份知遇之恩，为黛玉敢于肝胆涂地。但主仆二人投缘除了性格的原因外，更主要的还是两人有着相互依存的利益关系。所以，紫鹃能思黛玉之所思，想黛玉之所想。

请看"慧紫鹃情辞试莽玉"（《红楼梦》第五十七回）一节。此时，宝玉和姐妹们都长大了，原来看好的"木石前盟"越来越不明朗，宝钗的出现更是一大威胁。前几年宝玉对紫鹃用《西厢记》中"若共你多情小姐同鸳帐，怎舍得叫你叠被铺床"撩拨时，黛玉故作恼火，紫鹃也不能表现得太积极。但此时紫鹃已经没有了小姐黛玉必定会成为宝二奶奶的自信，她顾不上面子决定试试宝玉的心，便谎称苏州的林家将来接黛玉回去，立刻引起了一场大风波。对黛玉一往情深的宝玉闻之，信以为真，立马心窍被迷住变成了傻子。

宝玉病愈后，自然知道了紫鹃在说谎。紫鹃冒着被贾母、王夫人、袭人迁怒的风险试了试宝玉，答案是她和黛玉极希望看到的——宝二爷没有变心。

事后，紫鹃对黛玉说："……拿主意要紧。姑娘是个明白人，岂不闻俗语说的：'万两黄金容易得，知心一个也难求！'"尽管黛玉这时候还假装责怪紫鹃："这丫头今儿不疯了？怎么去了几日，忽然变了一个人。我明儿必回老太太退回去，我不敢要你了。"可心中不知有多感激自己的丫鬟——"知我者紫鹃也"，她才舍不得这样一个丫鬟走呢。紫鹃当然知道这是小姐的故作姿态，所以笑道："我说的是好话，不过叫你心里留神，并没有叫你去为非作歹。何苦回老太太，叫我吃了亏，又有何好处？"（《红楼梦》第五十七回）

紫鹃此番冒险，当然是因为她对黛玉的忠诚，但也有自己的算盘。她和宝玉解释得很清楚，她是贾府的人，如果黛玉嫁到外面去，她不跟过去，对不起小姐的知遇之恩；跟小姐去呢，又辜负了贾老太太。实际上她还有一层心思没说出来，她这样的贴身丫鬟是要给小姐未来的丈夫做姨娘的，作为小姐的"搭售品"，小姐丈夫的人品直接关系到自己的幸福。试想一下，如果司棋不是因为和潘又安的情事被发现而逐出贾府，便和迎春一起给了孙绍祖，日子又能好到哪里去？因此黛玉能不能嫁给有情有义的

慧紫鹃情辞试莽玉

宝玉，牵涉到紫鹃一生的幸福，她能不着急吗？

小姐和丫鬟有共同的利益，但小姐身份不一样，必须矜持一些，羞涩一些，有些话只能让丫鬟来说，有些事只能让丫鬟来做。丫鬟做了，即使被发现后果也不很严重，有缓冲的余地。你想想，如果紫鹃那番话让黛玉来说，黛玉的形象将变成怎样？

紫鹃之于黛玉，恰如红娘之于崔莺莺。

张生和莺莺情投意合后，张生又为莺莺母女俩退了孙飞虎的威胁。可崔母反悔，不愿意把自己的宝贝女儿嫁给穷书生，害得张生一病不起，莺莺也心如刀割。此时，只有红娘能勇敢地站出来替小姐分忧，也是替自己经营未来。于是演出了一曲投简，替二人私传信息，并规劝张生："这简帖儿我与你将去，先生当以功名为念，休堕了志气者！"（《西厢记》第三本《张君瑞害相思》第一折）——这哪像一个丫鬟给公子说的话，分明是妻子对丈夫说的话呀。可见红娘同样是爱慕张生的，只是她的表达更为泼辣，符合丫鬟的身份。

因为主仆一体，小姐爱的人丫鬟也可以去爱，两人并非是平等独立的关系，因此很难成为情敌。所以，在看古代的戏曲时，对小姐和丫鬟两人共事一夫的事情感觉到很奇怪，为什么不相互吃醋呢？这是犯了拿今日的理念去套古人的毛病。

相互吃醋的人基本上要身份平等，小姐和丫鬟没必要吃醋。所以，黛玉吃宝钗的醋，甚至吃湘云的醋，却不会吃紫鹃和晴雯、袭人的醋。因为这些丫鬟只能做妾，而不可能有妻的地位。

知足和谢恩：合格奴才必备素质之一

在《红楼梦》第三十七回中，宝玉房中的丫鬟们谈到房内一对联珠瓶的去向，秋纹说是用来插上桂花送给贾母和王夫人了。两位疼爱宝玉的实权人物，看到自己的宝贝疙瘩难得有如此的孝心，一高兴爱屋及乌，连送花的丫鬟秋纹也跟着沾光了。

先是贾母赏赐给她几百钱，而后王夫人赏了两件现成的衣服给秋纹。秋纹为此觉得特别满足，用现在时髦的话来说，她流露出一种幸福感。她说："几百钱是小事，难得这个脸面。""衣裳也是小事，年年横竖也得，却不像这个彩头。"

秋纹这种表态是政治上正确的表现，对主子的一点恩典，必须拿出十二分满足感出来，诚心诚意地表示谢恩。所谢的当然不仅是那点赏物，而是主子比山高比海深的关怀。

晴雯在诸丫头中，太过于聪明伶俐，并具有一定的独立和怀疑意识。这类搁在常人身上的"智慧"，对一个奴才来说则是要命的"愚蠢"，这个特点成了晴雯被逐的悲剧之源。她奚落秋纹说："呸！好没见世面的小蹄子！那是把好的给了人，挑剩下的才给你，你还充有脸呢。"并且表明自己对这种事情的态度："要是我，我就不要。若是给别人剩下的给我，也罢了。一样这屋里的人，难道谁又比谁高贵些？把好的给他[她]，剩下的才给我，我宁可不要，冲撞了太太，我也不受这口软气。"（《红楼梦》第三十七回）原来晴雯是对王夫人格外宠爱袭人感到不平。

相比而言，秋纹显得比晴雯成熟而明智得多。如何伺候主子，说一千道一万，最基本的要求是对主子不能表露出一丁点不满，对主子的任何举措都要予以理解、接受并称颂。所以，秋纹立场坚定地说："凭他[她]给谁剩的，到底是太太的恩典。""哪怕是给这屋里的狗剩下的，我只领太太的恩典，也不犯管别的事。"（《红楼梦》第三十七回）当她知道原来赏自己的衣服是自己的顶头上司、屋里的大丫头袭人挑剩下的，连忙向袭人姐姐道歉赔不是。

这场宝玉屋里众丫头一场小小的斗嘴，其结果是晴雯得罪了袭人和秋纹两人，更为可怕的是她表露出不满王夫人等主子权威的态度，这是最要命的。书中的判词说她"寿夭多因毁谤生"（《红楼梦》第五回），而真正的原因是她违背了做奴才的职业规范。做奴才的一定要完完全全依附于主子，以主子之是为是，以主子之非为非，主子的权威不允许来自奴才丝毫的质疑。

对宝玉照料的精心，袭人未必超过晴雯，从晴雯病重中补孔雀裘这一幕，就可看出晴雯对宝玉真心的爱护。但这些不是顶重要的，顶重要的是主子所主导建立起的"差序格局"，不得有奴才认为其不合理。和同类奴才的争风吃醋，其前提是主子的权威不能受到损害。小红趁着大丫鬟们不在的时候，倒水给宝玉喝，引起了大丫鬟们的警觉，晴雯、秋纹、碧痕等立即结成联合战线，一致指向小红。此时这些老资格的丫鬟属于同一个利

勇晴雯病补孔雀裘

益共同体，排斥新来的小丫鬟没有什么风险。如果有一天王夫人或王熙凤提升了小红的地位，这些丫鬟若是再表示对小红的排斥，性质就变了，她们的不满不仅是针对小红，更可视为针对主人的英明决策。

在奴才的内部建立一种不平等的格局，将自己的恩惠不平均地分配给奴才们，是主子常用的驭人之术。只有二桃给三个士，三个士之间就会有竞争、有矛盾，争相向主子表示效忠，这样就好控制"三士"。如果每个士都能平均分得一个桃，士与士之间没有了利益冲突，就很有可能和主人产生冲突。诸丫鬟中，真正和宝玉发生关系的是袭人，也就是说这位温柔似兰的袭人姐姐用女色引诱了未成年人宝玉，这个公开的秘密晴雯知道，未必不会传到王夫人耳朵中。但这些对主人来说是"小节"，自己的儿子以后横竖要纳妾的，关键是他必须纳一个忠于自己的妾，袭人最符合此标准。那么王夫人做主默认袭人的姨娘地位，将她培养成众丫鬟中的老大，是符合王夫人自身利益的。此格局一旦确定，晴雯站出来表示不满，就是挑战王夫人的权威。

历代王朝定鼎之后封赏功臣，许多立下赫赫战功的人不满于位居皇帝身旁的一些佞臣、宠臣之下，但明智的做法也只能腹诽而已，公开表示不满是很有风险的。战国时赵国的廉颇将军劳苦功高，可位居相国蔺相如之下，这位火暴脾气的将军公开羞辱蔺相如，好在蔺相如是个以国家利益为重的贤相，化解了这种矛盾，上演了"将相和"。当时，赵国处在时时可能被秦国吞并的险恶环境中，赵王还不到兔死狗烹的时候。如果廉颇生活在洪武皇帝平定天下的明初，他那种鲁莽的举动，带来的后果不会比焦大被灌马粪好到哪里去。

唐德刚在《晚清七十年》中记载了一件趣事，左宗棠立下收复新疆的大功后，进京拜见老佛爷，老佛爷为了表彰这位功臣，赏赐他先帝咸丰爷用过的墨镜一副。去取墨镜时，看管先帝遗物的太监趁机敲竹杠，左季高（左宗棠字季高）这位湖南骡子哪受得了这鸟气，准备不要这副墨镜，但在一旁的李鸿章大人聪明得多，赶快乖乖地掏银子替左氏解围。

太监此类敲竹杠之可恶，老佛爷未必不知道，她只是默认身边的人这种致富的方式，否则人家凭什么那样没日没夜忠心耿耿伺候你？如果大臣因为忍受不了敲竹杠，敢于拒绝太后的赏赐，其政治上的错误则远远大于小太监的敲诈——因为敲诈只是经济上的小错误。

唐僧师徒千辛万苦到了西天，没有给如来身边的两位"贴身秘书"贿赂，被玩了一道，给了他们一些无字的经书。悟空大吵大闹告到如来跟前，如来却说："白本者，乃无字真经，倒是好的。因为你那东土众生，愚迷不悟，只可以此传（即有字的经书）之耳。"（《西游记》第九十八回《猿熟马驯方脱壳 功成行满见真如》）

你看看，佛祖即使赐给你无字的经书，也是阳光雨露要诚心谢恩才是。你不能接受并不是赏赐的无字经不好，而是你自己愚昧，难以理解和领悟领导的关爱，因为领导永远是正确的。

佛国都如此，何况人世间？

贾府奴才的生活幸福吗？

　　《红楼梦》中出场的人物中，最多的类型是什么？我想不用是专门靠研究《红楼梦》吃曹雪芹文化利息的专家，只要看过该书的读者都会知道是奴才最多。

　　什么是奴才？我所指的奴才当然是社会学意义而非文学意义的，用文学的修辞手法形容，凡丧失自我独立精神的都可能被称为奴才，而社会学意义的奴才，则是这个人一定是把人身权几乎都给了别人，掌握他们人身权的主子在理论上对其有生杀予夺的权力。

　　直到我读中学学社会发展简史时，中国的社会形态变迁历史依然比照马克思对欧洲社会形态的概括，一一对应地划分为原始社会、奴隶社会、封建社会等。按照这个理论，秦始皇统一六国后，就进入了封建社会，而在此之前周王室分封诸侯反而是奴隶社会。

　　我们的政治老师告诉我们，奴隶社会的奴隶生活是多么悲惨，他们没有任何的人身自由，也不可能拥有自己的私有财产，和主人完全是人身依附关系，可能作为商品交换买卖，也可能被杀害殉葬等。

　　依照这种定义，其实秦以后这样的"奴隶"依然存在，《红楼梦》中那些丫鬟、小厮、老仆不都是这样吗？不过这些奴隶是服务型的，从事"第三产业"，伺候主子们的起居。时间长了，他们和主子们之间有一种亲近感，好像和政治课本中描绘的悲惨的生产型奴隶不太一样。

贾府中的仆人们，其物质生活远远比当时一般的农民和城市贫民要富足，如果仅仅从吃穿来衡量，贾府的奴才们在那个时代过的是幸福生活。

黛玉在母亲过世后，首次来到外婆家，"近日所见的这几个三等仆妇，吃穿用度，已是不凡"（《红楼梦》第三回），那么更不用说那些老资格的仆人或者得宠的丫鬟、小厮了。晴雯病了以后，请了一个没怎么见世面的医生来医治，看到晴雯的穿着以及房间的摆设，以为她是个千金小姐。周瑞家的、赖大家的这些管事的老仆，有着一般小主子都难以企望的权力。

那么如此说来，当奴才未必比当自由人差？如果把人看成仅仅只需要吃好穿暖的动物，这种说法有一定的道理。刘姥姥是个自由人吧，可是进到贾府还得小心巴结贾府任何一个丫鬟；鸳鸯、平儿在贾母和王熙凤心中的地位，比贾氏宗族那些已经穷困的族人重要得多。

可是，人是有思想有独立意识的，不是吃饱就睡的猪。焦大陪着主子出生入死，立下那么大的功勋，可到老因为奴才的身份不变，发几句不合时宜的牢骚，年轻的主子就敢给他灌马粪。金钏因为和宝玉开几句男女之间的玩笑，被王夫人发觉，认为她勾引主子便被逐出，最后投井自尽。晴雯这样美丽聪明的女子被逐出后连争辩的机会都没有，只能郁郁而死。鸳鸯那样受到"最高领导人"贾母的宠爱，但因为不愿意给贾赦当小妾，一旦贾母死了她注定逃不出大老爷的手心，只好自杀来殉葬。尽管贾府对仆人不像黄世仁那样凶狠，似乎比较宽厚，但这种对仆人的宽厚是建立在仆人对主子百依百顺、忠心不贰的前提下。

宝玉戏语金钏儿

一个人自己的命运完全由别人控制，他每天吃山珍海味、穿绸缎绫罗，怎么能有真正的幸福呢？如果他们有幸福的话，那么皇家私人花园中的小动物则比大多数老百姓幸福。

　　中国古代物质文明傲立世界两千年，到了明清两代，国民生产总值占全世界的比例比今天高得多，而现在我看明代的话本小说，还为当时商业之繁华赞叹。明清两代比起中国以前的朝代，物质是极大地丰富了，可政治上更为专制。汉唐时期，虽然皇权至高无上，但宰相为首的官僚阶层还是有相当的自由度，可是到了明清废相后，百官几乎成了皇帝的奴才。朱元璋时期，官员们的生命在皇帝手中不如一条狗，早晨上朝不知道还能否活到晚上，如果能活着回家便与妻儿庆贺又多活了一天。这样看起来威风八面的大官们，与贾府的袭人、晴雯、司棋们又有什么区别呢？

　　在明清时代做一个光宗耀祖的高官，还不如在一个法制健全的民主社会里当一个普通的百姓；在贾府里面做一个主子仰仗宠爱的仆人，还不如做自由社会中的一个流浪汉。只能依附主子没有独立平等的人身权的奴才，物质生活的质量再高也毕竟是奴才，只有舒适的生活而不可能有真正的幸福。

从宝玉初试云雨情看以色事人的学问

"性贿赂"是最近出现的一个词，司法实践中并未明确以此入罪。因为用色情事人来达到某种个人目的，和用金钱贿赂当权者来谋私虽然有相似处，但最大的不同就是金钱贿赂容易界定，而"性贿赂"在贿赂和两情相悦之间有一个模糊地带。

一个男人掌握的权力越大，地位越高，就越可能有女性以身相许，以色相奉献之。但这种奉献和奉献金钱给当权者而求办成某事等针对性非常明确的贿赂相比，相当多的"性贿赂"不是一次次单独结算的"零售"。这样的色相"零售交易"生活中也有，事情办完就相互拜拜了。大多数掺杂情感的成分在里面，因为男人所拥有的权力和地位而生崇拜之心，由崇拜自然发展为爱慕。最后因色相得宠，从而获得比色相"零售交易"大得多的利益，这些是不是"性贿赂"？或者说是水到渠成、不露痕迹的"贿赂"？

如果唐明皇不是拥有天下的大唐天子，杨玉环舍弃年轻的寿王而爱上一个糟老头子的可能性有多大？

男性的魅力和其所拥有的权力和地位、名望往往浑然一体，分不清彼此。一些贪官事发后，总有包养情妇的情节。大多数情妇和他并非是一手交钱一手交货那样简单，而是两人有深厚的感情，但几乎所有的情妇都因此得到巨大利益。

比如某发廊女傍上原西南某省一把手，她举荐的建筑商可以包揽当地任何一项工程。杨贵妃和李隆基"七夕夜"发誓"在天愿作比翼鸟，在地愿为连理枝"，里面当然有感情的成分，因此杨家兄弟皆裂土封侯，便是长线投资得到的丰厚回报。

晴雯很不满足袭人在丫鬟中独特的地位，她当众说："一样这屋里的人，难道谁又比谁高贵些？"（《红楼梦》第三十七回）显然袭人地位确实比众丫鬟"高贵"些，月例钱比别人多，母丧后贾府给的葬礼银子比姨娘还多，王夫人、王熙凤对她另眼相看。这一切特殊待遇的来源不是因为她比别人更美貌、更忠心、更伶俐、更有才情，所以晴雯才愤愤不平。最主要的原因其实晴雯早就知道了，且在抱怨后点明："你们别和我装神弄鬼的，什么事我不知道。"（《红楼梦》第三十七回）

晴雯知道的事应当是宝玉和袭人两人之间发生了性关系，难道这还不重要吗？晴雯既然不能效仿就干脆认输，别怨天尤人自取其祸。

一个男子初次发生性关系的女子如果比他更有经验，他便很难忘记这个女人，因为这人是他性爱的第一个导师，让他从懵懵懂懂的童男变成一个男人，而第一次"尝鲜"当然会让他有食髓知味的美妙感。如果引导他知道男女之事的女人有心计有手腕，完全可以控制他，而这个女人不一定要很漂亮。一旦等他长大成人后，有三妻四妾，阅尽人间春色，那么口味就越来越刁了，再想凭色相取悦他，将需要更出众的相貌和温婉。

俏丫鬟抱屈夭风流

宝玉做了和警幻仙子发生关系的性梦后，出现了第一次梦遗。这是一个青春期男子的自然现象，但贾府对儿女的青春期教育显然很不够格，把这样一个血气方刚的少年放到一群人事已通的丫鬟中间，会发生些什么可以想象便知。宝玉要是一个处在穷乡僻壤的农家少年也罢了，他所在的贾府充满着淫荡的空气，春宫画、色情小说随便就能看到。这些东西更激化了宝玉也想试一试的念头，而且他有试一试的条件。于是乎，"宝玉亦素喜袭人柔媚娇俏，遂与袭人同领警幻所训云雨之事。袭人素知贾母已将自己与了宝玉的，今便如此，亦不为越礼，遂和宝玉偷试一番，幸得无人撞见。自此宝玉视袭人更比别个不同，袭人待宝玉更为尽心"（《红楼梦》第六回）。——此时袭人似乎已经有相关的经验。

　　宝玉作为一个情欲萌动的少年，很容易丧失理智，也不会问和他发生关系的对象是谁，不是袭人，别的丫鬟在旁边也有可能。但袭人比他大好几岁，女孩子又懂事得早，她和宝玉发生关系是有着利益算计在里面的，她知道自己是贾母给了宝玉的贴身丫鬟，和主人发生关系是很正常的，那么不如早有云雨之情，与其他丫鬟相比，她就独占先机。这种事情一旦做了一次，就很难自己控制得住，可以断言，袭人和宝玉从此保持着稳定的性关系。袭人对宝玉，当然不乏一些真情，但功利性绝对更强，她肯定不会喜欢上贾芸或贾瑞。

　　明代就有两位对和自己初试云雨情的女子特别宠爱的皇帝，一个是明宪宗成化帝朱见深，另一个是著名的木匠天子明熹宗天启帝朱由校。

　　朱见深是明英宗的长子，土木堡之变英宗朱祁镇被瓦剌俘虏，为了稳定人心，英宗的弟弟郕王朱祁钰监国，为了稳定人心便立朱见深为太子。不久，为了击破瓦剌奇货可居的阴谋，在于谦等大臣的劝谏下，朱祁钰登基，便是后来的明代宗景泰帝，当俘虏的英宗尊为太上皇。这时候一个奇怪的格局出现了，叔父是天子，侄子是太子，而叔父有自己的亲生儿子，太子只有两岁。那么朝野人士心里都明白，景泰帝绝对希望朱见深夭折。

朱见深是宫女所生的儿子，但一直归英宗的皇后孙氏抚养，将其视为亲生。为了保护自己的儿子，已被尊称为太后的孙氏派自己的亲信宫女万氏去照料小太子，万氏大朱见深十七岁。

朱见深五岁时，他的叔父景泰帝果然废除了他，立自己的儿子为太子。但如此废立难服天下人之心，朱见深的危险不但没有减少反而增加了，此时孙太后和他的生母周妃与他隔绝，保护和照料他的重任落到万氏一个人身上。景泰八年（1457），早已从瓦剌回到北京的英宗发动"夺门之变"，复辟了皇位，景泰帝也在复辟几天后死去了。朱见深又重新被立为太子，此时他已经十岁，万氏跟着他入东宫伺候。

有了这番废立风波，朱见深对宫女万氏的依恋之情可想而知。等朱见深年龄渐长，进入青春期后，便和万氏发生了"姐弟恋"——他初试云雨情的对象，应当就是万氏。从万氏日后的表现可以看出，她是一个手腕高明的女子。作为一个服侍朱见深长大的宫女，主人又成为太子，将来要君临天下，她当然有危机感，多少粉黛在等着候选呀。那么影响太子最好的方法，除了常年母亲般的照顾外，就是给这个少年"尝鲜"。

成化帝朱见深十六岁登基后，宫女万氏变成了万贵妃。可是她此时已三十三岁了，就容貌而言，没法和后宫三千佳丽竞争，但她能一直控制着成化帝，因为自己生的儿子早夭，便嫉妒别的妃子，有妃子怀孕万氏就想方设法让其流产。一个姓纪的瑶女偶然间初承雨露，生下一个儿子，被偷偷养到五岁，才被盼子深切的成化帝知道，这个孩子就是后来的明孝宗弘治帝朱祐樘。成化帝如此害怕一个年长色衰的妃子，深究原因恐怕与早年他对万氏的依恋有关，特别是初通男女之事时，这位大姐姐对他的性启蒙影响深远。

朱由校是明光宗泰昌帝朱常洛的长子，是堪称国史上最懒的皇帝明神宗万历帝朱翊钧的长孙。他和朱见深一样，少年时处在宫廷危机之中。他的父亲朱常洛虽然是万历帝的长子，但万历帝不喜欢朱常洛，更喜欢自己宠爱的郑贵妃所生的朱常洵，朱常洵后来被封为福王。因此万历帝久久不立长子为太子，而想让福王朱常洵继位。但这违反明朝嫡长承继大位的制度，遭到了大臣的一致反对，直到万历二十九年（1601）才决定立太子。此后，在郑贵妃的蛊惑下，万历帝还时常犹豫，多年来不见太子朱常洛一面，以至于发生了威胁太子生命的"梃击案"。太子朱常洛处境尚且朝不保夕，他的长子朱由校自然好不到哪里去，出生后一直就没人来过问朱由校的教育，让他像一些穷人家的孩子那样，不读书任意玩耍。当时宫内正大兴土木，修建宫殿，这位无学可上的皇帝长孙，整天在宫殿上看匠人盖房子，久而久之对木匠活儿感兴趣，无师自通成了历史上级别最高的木匠师傅。朱由校没有父母的管教，被交给了乳母客氏照顾。

据高阳先生考证，这客氏和万贵妃一样，色诱了朱由校。清初笔记《甲申朝事小记》记载："道路传谓：上甫出幼，客先邀上隆宠矣。"也就是说，天启帝刚刚懂男女之事，这个做乳母的便主动引诱他，使他以后没法离开客氏。天启帝登基后，大臣奏请客氏搬出宫廷。当时她没有任何理由留下来，万贵妃还是名正言顺的妃子，客氏作为一个乳母不需要再给成年的皇帝喂奶了。可客氏出宫不久，天启帝思念流涕，茶饭不想。这下没办法，龙体要紧，只好又让客氏进宫。朱由校在位时，她成为宫内最有权势的女人，被封为"奉圣夫人"，帮助"对食"太监魏忠贤铲除异己，控制朝局。大明的灭亡，这个本不起眼的奶妈贡献了不小的力量，由此可见让皇帝初尝云雨之乐的巨大收益。

贾宝玉虽然没有成化帝、天启帝那样的权力，但在贾府内，他就是"太子"。袭人以身体做赌注，让宝玉初尝"异味"，从此就离不开她了。从情感上来说，宝玉和黛玉更投缘；从个性来分析，宝玉更欣赏晴雯这样泼辣娇媚的丫鬟。但其他丫鬟都没有把握好时机，金钏儿更惨，王夫人还在旁边睡觉，她以彩云和贾环之事暗示宝玉（看来贾环初试云雨的对象是彩云，所以他们亲密关系不同寻常），被王夫人斥骂为色诱主人，羊肉没吃着惹了一身臊，最后投井自杀。宝玉并不欣赏袭人许多行为，但没法讨厌她、疏远她，男人许多时候理智打不赢情欲。

晴雯被赶出去后，临死前她对来看望她的宝玉说："我虽生的[得]比别人略好些，并没有私情密意勾引你怎样，如何一口死咬定了我是个狐狸精！我太不服。今日既已担了虚名，而且临死，不是我说一句后悔的话，早知如此，我当日也另有个道理。不料痴心傻意，只说大家横竖在一处。不想平空里生出这一节话来，有冤无处诉。"（《红楼梦》第七十七回）许多担虚名的人都如晴雯一样，太纯洁也太自信，以为总会被宝玉收为妾的。袭人在宝玉怀疑她背后诽谤中伤晴雯时辩解："太太只嫌他[她]生的[得]太好了，未免轻佻些。在太太是深知这样美人似的人必不安静，所以恨嫌他[她]，像我们这粗粗笨笨的倒好。"（《红楼梦》第七十七回）

"生的[得]太好"的败在"粗粗笨笨"的手下，非容貌惹祸，而是符合中国社会自古以来一个定律——君子斗不过小人，因为君子总讲些规矩，小人不按理出牌。晴雯这类美丫鬟尽管爱着宝玉，但非得有了名分才做该做的事情，等后悔时已经晚了。袭人的成功，在于最适当的时机向最适当的人松下裤带子。当生米煮成熟饭，王夫人想到的首先是笼络她、招安她，而对宝玉没有得手的丫鬟则是提防。所以，凡事都一个理，坏就要坏到底，否则容易招祸。

第三章　不能主宰自己命运的『主子』们

在贾府里面，贾母有至尊的地位，宝玉有万千的宠爱，凤姐有最大的实权……被无数小厮、丫鬟、老仆环绕的，是这些在大观园内拥有生杀予夺大权的主子们，他们无疑是被奴才们艳羡的。金钏儿因和宝玉调笑而自杀，晴雯因美丽聪明见嫉，即使是贾母生前十分信任的心腹丫鬟鸳鸯，因为开罪了贾赦，最后只能自杀殉主来逃避报复。

但这些在大观园内耀武扬威的主子们依然主宰不了自己的命运，他们必须依附比自己更有权势的人。

当贾元春封为贵妃后，圣旨着贾政进宫陛见，全家人不知是祸是福，都如热锅上的蚂蚁似的在家等候，"贾母等合家人等心中皆惶惶不定，不住的使人飞马来往报信"（《红楼梦》第十六回）。在贾府，贾母史老太君是无可置疑的最尊贵主子，可在皇帝面前，她却是个完全不能主宰自己命运的奴才，祸福在皇帝一念之间，无论是阳光雨露还是雷霆万钧，奴才们都得恭恭敬敬叩谢皇恩，连口头上表示不满的自由都没有。

《红楼梦》中处处流露出一种宿命感："因嫌纱帽小，致使锁枷扛；昨怜破袄寒，今嫌紫蟒长。乱烘烘[哄哄]你方唱罢我登场，反认他乡是故乡。"（《红楼梦》第一回）命运的无常，祸福的变幻，常源于别人操纵。在别人的手中，除了虔诚百倍地祈祷，除了小心谨慎地奉上，谁能保证免于祸从天降呢？这样的祸患多数源于权力，即使贾府这样显赫的公侯之族也是如此。

明清两代，皇权越重，专制越深，这就意味着做奴才的越来越没有自由的空间。一个苦读诗书，科甲连捷，最后入阁为大学士的富贵之人，也免不了旦夕之间被皇帝抓到宫门外打屁股，全家的生命系于太监、厂卫、狱卒之手。这样的世道，谁能说自己是自己的主人而不是别人的奴才？那些太监本来就是伺候皇帝名正言顺的奴才，可一旦大权独揽，天下士大夫拜见他们、巴结他们的不知有多少，此时他们岂不是一副主子嘴脸？

王夫人可以轻易让晴雯死，晴雯在坠儿这样的小丫鬟面前又能摆出类似主子的威风，而皇家却能轻易收拾贾府。

《红楼梦》所处的时代，世上除了皇帝外，本没有真正的主子。主子也是奴才，奴才在另外的更卑微的奴才面前又成了主子。所谓主子和奴才，是个可以互相转化的循环。

你是那块多余的石头吗？

《红楼梦》又名《石头记》，全书的男主角宝玉宝哥哥衔玉而生，他本人便是一块成精的"石头"，投胎到贾府。《红楼梦》开篇便说："却说那女娲氏炼石补天之时，于大荒山无稽崖炼成高十二丈、见方二十四丈大顽石三万六千五百零一块。那娲皇只用了三万六千五百块，只单单剩了一块未用，便弃在此山青埂峰下。谁知此石自经锻炼之后，灵性已通，自去自来，可大可小，因见众石俱得补天，独自己无材，不堪入选，遂自怨自叹，日夜悲号惭愧。"（《红楼梦》第一回）

这段话既是慨叹宝玉有不得其用的大才，也是曹雪芹夫子自道。在所谓盛世中，曹雪芹过着蓬牖茅椽、绳床瓦灶的日子，平生才学只能"闺阁昭传，复可破一时之闷，醒同人之目"，所谓"无才可去补苍天，枉入红尘若许年"。

"无才补天"，并不是真的没有这个才具，而是没有这个机遇，没有一展才学的环境。如果真的无才，也不必慨叹了。三万六千五百零一块石头，都是一样炼成的，都能堪当补天大任。可是就这一块多余了，女娲又不给它另找个发挥其用途的位置。大材不能用，自然有怨声，怨声无人理会，恐怕就会生事。

要说贾宝玉的才志只限于用诗词讨姐妹们欢心，那是小看了宝哥哥。他讨厌那些尸位素餐的"禄蠹"，只是为了做官发财，如贾雨村那样，而真正钦佩那些有胆有识能建功立业的人。他作诗称赞守城而亡的林四娘："何事文武立朝纲，不及闺中林四娘！我为四娘长叹息，歌成余意尚彷徨。"（《红楼梦》第七十八回）

这贾宝玉生在公侯之家，衣食无忧，所谓生事也就是整天和姐妹们厮闹而已。等贾家败落，只能伤心出家一途。可有些"多余的石头"，"自怨自叹，日夜悲号惭愧"之余，看到才具不如自己的占领着"补天"的重要位置，心中不满，碰到了机会，可能就会怒发冲冠，搅得周天寒彻。

科举实行后，唐太宗自豪地说，"天下英雄尽入吾彀中"（王定保《唐摭言》）。科场这玩意儿，使大多数的读书人拴牢在了上面。考上进士的全部精力放在做官上，没考上的想着下一次高中，也将激情与才学消磨在这上面。可只要三万六千五百零一块补天石中，有一块石头想到走另一条路，那就了不得了。

黄巢数次考进士不中，愤怒之余，发出"冲天香阵透长安，满城尽带黄金甲"（《不第后赋菊》）的豪言。洪秀全也是数次科场失败，心灰意冷绝了那个念头，创立了"拜上帝会"，从华南开始，将烽火燃遍全国。左宗棠胸怀大志，才学胆识兼具，也是科场蹉跎，满腹牢骚。有野史说太平军起事后，左宗棠曾探寻过翼王石达开，寻找自己施展才学的空间。后失望而归，等到湘军势盛，左宗棠出山一鸣惊人，最终封侯拜相。我以为，这多半是闲人按照世情对左宗棠的揣测，真相如何不重要，重要的是多数人相信这个传说。

左宗棠总算因为机缘巧合，有了"补天"的功业，可是"补天"和

"反天"，往往在一念之间。

中国几大古典小说中，很有些在寻找"补天"机会的石头。诸葛亮说什么"苟全性命于乱世，不求闻达于诸侯"（《出师表》），那都是自我标榜的假话。他故意隐居在连接南北、凿通东西的南阳郡，进行了长时间"卧龙"的公关炒作，就是一直在等那一刻——女娲将他请过去补天——他运气不错，等来了刘备刘皇叔。宋江"也曾熟读经史"，机敏仗义，办事果敢，可宋代做官尤其讲资格，非进士者只能做一辈子小吏。这个平时隐藏很深的宋大哥，也说出了"他日若遂凌云志，血溅浔阳江口"（《水浒传》第三十九回），而上梁山是他合乎逻辑的选择。孙悟空学得七十二变的本领，收复花果山附近大小妖魔，降服了龙王、阎王，可是天庭只给他一个"弼马温"的小官，而那些玉帝朝廷的文武大臣，在他看来还不如俺老孙，于是大闹天宫，搞得玉帝寝食不安。

韩愈说，"千里马常有而伯乐不常有"（《师说》）。那时候人才更多寄希望识货的人能发现自己，而真正的伯乐应该是一种人才机会平等、良性竞争、价值实现方式多元的制度。比如说，克林顿喜欢政治，去竞选总统好了。人家比尔·盖茨就喜欢鼓捣计算机，连大学都不读完，也能成亿万富翁。那些出生在贫民窟的黑人孩子，也有当阿里、乔丹那样的出路。

曾经流行"螺丝钉""砖头"的说法，说我是一块砖，搬到哪里都行。英雄起于寒微，不是不能做垒猪圈的砖头，关键是要有一个通畅的、公平的人才环境能让英才脱颖而出，而不是人为地让一些人永远待在"螺丝钉"的位置，让那些显要位置通过不正常途径被某一小部分人垄断。那样的话，普通的"砖头"和"螺丝钉"不会心甘情愿的，没有激励机制，让人家永不生锈是很难的，只要他们一松懈，这房子和这机器就有隐患了。

凤姐两副面孔的缘由

官场上的人，凡是对下属颐指气使、凶狠霸道的人，一定有另一副面孔，即对上司谄媚奉承。反而那些不媚上的铮铮硬汉，对自己的部下可能还比较和善。

贾府是个大家庭，但里面的游戏规则和官场无异，大权在握的王熙凤便有两副面孔——温顺和凶横。看《红楼梦》的都能体察到这一点，民国时期的政治学家萨孟武先生对此也有过论述。

凤姐的凶横，处处可见，且不说对她专宠地位构成威胁的尤二姐，和她丈夫有过云雨之欢的鲍二老婆，毫不手软地一定要往死里整，就是对并不威胁她地位的仆人和赵姨娘等人，也是严苛非常。赵姨娘这个人虽然上不了台盘——丫鬟出身的她，见识与办事小里小气、目光短浅应属正常——可人家好歹是政老爷收到房里的人，生养了贾环和探春，可王熙凤对她还不如尚无姨娘之名的袭人。凤姐自己拿大伙的月钱去放贷，收取利息据为己有，使月钱发放迟了两天，赵姨娘表示了不满，知道后的凤姐说赵姨娘："不看看自己是谁，也配使三个丫头。"（《红楼梦》第三十六回）贾环和宝钗的丫鬟莺儿赌钱发生争吵，回去后向赵姨娘诉苦，被赵姨娘奚落了一顿，恰巧被凤姐听见，便教训赵姨娘："大正月，怎么了？环兄弟小孩子家，一半点儿错了，你只教导他，说这些淡话作[做]什么！凭他怎么去，还有太太老爷管他呢，就大口啐他！他现是主子，不好了，横竖有教导他的人，与你什么相干！"（《红楼梦》第二十回）——借大家庭中的"名分"之说，指出儿子和生出他来的小妾毫不相干，对赵姨娘而言，这恐怕是世上最伤心的话。

对凤姐的凶横跋扈，贾琏的贴身小厮兴儿在尤二姐面前做了一个精确全面的概括："他[她]心里歹毒，口里尖快。"（《红楼梦》第六十五回）

这样一个泼辣货，对有些人却很温顺和气。当然，这"有些人"是很明确的，即现任的主子或者将来要接班的后备主子，她必须笼络好；还有一种人她不愿也没必要得罪，就是没出阁的姑娘。

对贾母，凤姐使出浑身解数讨好卖乖。最经典的一段是第五十四回"王熙凤效戏彩斑衣"一节，那个讨好"最高首长"的手法简直是只管效果，不计较肉麻了。刘姥姥之所以以一村妇之身，来侯门深如海的贾府打秋风能满载而归，是因为博得了贾母的高兴，而其中凤姐的穿针引线最关键。当然，这并非是凤姐真有怜贫恤老之心，而是她想让吃惯了满汉全席的贾母尝点山野土菜，把刘姥姥当成女清客来取悦"最高领导"。

除了对贾母和王夫人外，凤姐最和气的是对宝玉，简直比对自己的丈夫贾琏还好。答案很简单，除了自己和宝玉是表姐弟外，另一个原因则是因为宝玉最受贾母器重，将来很有可能掌管荣府——对"下一代领导"的最佳候选人，当然需要未雨绸缪。宝玉还有点例外，他是个很讨女人喜欢的男生，但其他人处在宝玉的位置上，即便没有宝玉这样可爱，估计凤姐同样不敢怠慢。对没出嫁的姑娘，王熙凤态度也很谦和，因为过去做姑娘的，出阁前仅仅是暂时寄住在娘家的人，最终会成为"泼出去的水"——嫁出去。作为贾府这样的大户人家，联姻大多是门当户对，当然也有迎春嫁给中山狼这样遇人不淑的，但她被凌辱而死的重要原因是娘家败落，而像元春这样成为贵妃娘娘的也不是没有可能，王熙凤对这些人何必得罪呢？

王熙凤讨好后备主子最重要的一件事是赞助海棠诗社。大观园的哥哥妹妹等一干"文学青年"，吃饱了饭没事做，便想"务结二三同志，盘桓其中，或竖词坛，或开吟社，虽因一时之偶兴，每成千古之佳谈"（《红楼梦》第三十七回），搞搞高雅文学。可是这些不治产业的"小资"，要搞先进文化，没有先进生产力做后盾，是难以为继的，开始自己掏节省的月钱搞了两次，立马感觉到孔方兄（指铜钱）的重要，便想傍个大款一劳永逸地解决经费问题。于是他们打起了王熙凤的主意，聘请这位大字不识几个的人做"监社御史"。凤姐何等聪明，她才不会糊里糊涂地做冤大头，对这些给她戴高帽的"文学青年"说："你们别哄我，我早猜着了：那[哪]里是请我做监社御史，分明叫我作[做]个进钱的铜商！你们弄什么社，必是要轮流做东道的。你们的月钱不够花，想出这个法子来拗了我去，好和我要钱。可是这主意不是？"（《红楼梦》第四十五回）当然，凤姐点出其中的奥妙无非是向这些人显示：我不是那么好蒙的，但钱她还是会出的。这些人可不是赵姨娘，凤姐当然不会得罪，再说用公家的钱来结私人的人情，何乐而不为？凤姐说："我不入社花几个钱，我不成了大观园的反叛了么？我还想在这里吃饭不成？明日一早到任。下马拜了印，先放下五十两银子，给你们慢慢的[地]做东道儿。我又不会作诗作文的，只不过是个大俗人罢了。监察也罢，不监察也罢，有了钱了，愁着你们还不撵出我来！"（《红楼梦》第四十五回）凤姐担心自己成为大观园的"反叛"，还不

凤姐娱亲彩斑衣

如说她是担心成了大观园中有话语权者的"反叛"，至于那些沉默的大多数，在大观园里凤姐根本不用考虑他们的看法。

真是有钱就是硬道理，难怪现在一些文学刊物、文学机构，想方设法拉一些附庸风雅的企业家做理事。

清代李汝珍在《镜花缘》里说到有一个"两面国"，里面的臣民都有两副面孔。他们"个个头戴浩然巾，都把脑后遮住，只露一张正面"，见了衣着阔绰的人，"和颜悦色，满面谦恭光景，令人觉得可爱可亲"；而遇到衣衫破旧的人，则"陡然变了样子，脸上冷冷的，笑容也收了，谦恭也免了"。那浩然巾遮盖的另一个面孔，更是可怕，"里面藏着一张恶脸，鼠眼鹰鼻，满面横肉"，"把扫帚眉一皱，血盆口一张，伸出一条长舌，喷出一口毒气，霎时阴风惨惨，黑雾漫漫"，"伸出一条长舌，犹如一把钢刀，忽隐忽现"。（参见《镜花缘》第二十五回）

说王熙凤是"两面国"里的臣民，并非辱没了她。可她难道天生是两副面孔吗？非也，贾府里的现实决定她非如此不可，否则这个家很难当的。

一个有权的人，向授权者负责天经地义。在家长制的贾府中，所有的权力来自老祖宗贾母，谁敢得罪她？贾母死后，贾政以及他的儿子宝玉可能掌权，对这些现任的"董事长"和将来的"董事长"的候选人，"总经理"王熙凤当然应该好好伺候。中国古代在秦始皇以前，天子受命于天，只对天负责，然后分封各诸侯，各诸侯只要在名义上效忠周天子，烽火一起能集结兵马勤王，平时履行为人臣的进贡职责就行了。楚国国君"贡包茅不入"（《左传·僖公四年》），便是一条天下诸侯可共讨之的罪状。诸侯在自己的封国内，完全可以躲进小楼成一统，天子很少干涉他们的内政。秦始皇设立郡县制后，天下不仅名义上而且实质上都是皇帝的，各级官员逐级代理，最终是向皇帝负责的。连杜甫这样卸职的小官，也"每依北斗望京华"（《秋兴八首·其二》），心中想念万岁爷。当然，要下级官员全心全意对皇帝负责，那是不可能的，因为那不是共产主义社会，人的思想境界没那么高。于是，对"上峰"，一般官员的常用手法是，表面上对上面百般奉承巴结，绝对在言辞上不和上级唱反调，私下里却对上级瞒与骗，从"大锅里"尽量多谋自己的利益，就如王熙凤一面"斑衣娱亲"一面"公款私贷"。实行民选的国家，其政客其实也是两面人，你说布什这位出身豪门的公子哥，整天就像一个没多少文化、直率的西部牛仔，难道三代为官的家庭教育使他这样吗？非也。因为他的权力必须靠选票才能授与，因此他必须取悦选民。感恩节时他突然出现在烽烟弥漫的伊拉克，和王熙凤巴结贾母差不多，无非一个向下一个向上。

　　因为权力从上往下授与，一般的老百姓没他什么事，他们好好干活、纳税、生儿育女就行了。贾府里数不清的丫鬟、小厮心里恨王熙凤，又有什么用？在这样的体制下，下人们唯一抵抗的武器就是消极怠工，管你地里结黄瓜结茄子，跟我有什么关系？我童年时，还赶上了人民公社的尾巴，依稀记得社员群众——这些"向阳花"出工不出力的情景。我们那里把出工锄地叫作"撑锄头柄"，十分形象。大伙儿锄地时一字排开，挖两锄就双手握着锄头柄撑起下颌开始聊天，大伙心照不宣地同进退。要是哪个人不通味，自己快快地锄到前头去了，大伙儿就会骂他是傻瓜，排斥他、孤立他。只有队长虎视眈眈在旁边盯着，社员们才积极一些。王熙凤便是这样的"生产队长"，大观园财产不属于自己，干活的下人们当然会偷奸要滑。如果宽厚为怀的人当家，贾府只会糟蹋得更快。尤氏性子好，宁府就管得一塌糊涂，秦可卿丧事只能由凤姐去协理；探春刚代理当家时，下面的人就开始有想法了，她便拿出比凤姐还厉害三分的威仪来。专制时代便是如此，要较好地维持权力运转，除了严刑峻法，实在想不出别的法子，而严刑峻法往往是饮鸩止渴。可权力的基本构架不改变，即使知道会民怨沸天，也得咬紧牙关把恶人做到底。

凤姐自己何尝不知道这样？探春代理时，她在病中对平儿说："若按私心藏奸上论，我也太行毒了，也该抽头退步，回头看看；再要穷追苦克，人恨极了，暗地里笑里藏刀，咱们两个才四个眼睛，两个心，一时不防，倒弄坏了。"（《红楼梦》第五十五回）——凤姐明白的道理有些人未必明白，以为只要严苛，上面的眼睛真能盯住成千上万的"下人们"。

道理凤姐虽然明白，但在贾府里，她只要当家，就必须谄媚对上哄好贾母，凶横对下震慑仆人。她别无选择，否则就是个不合格的当家人。

"傲"与"豪"：两个孤女的生存武器

"孤标傲世偕谁隐？一样开花为底迟？"（《红楼梦》第三十八回）黛玉的《问菊》，亦是自问。孤傲乃是黛玉气质的写照，也是她为宝玉所深爱，而不为其他凡夫俗子所接纳的原因。"幸生来，英豪阔大宽宏量，从未将儿女私情，略萦心上。"（《红楼梦》第五回）这是《红楼梦》十二曲中吟唱湘云身世的词。湘云的性格，是豪迈旷达、光风霁月，这种真名士的风度使她颇有人缘。

红楼的诸女儿中，黛玉和湘云都是父母双亡，寄食于他人的孤儿。然而两人性格，一孤傲一旷达，似乎差别很大。但通读《红楼梦》后，我认为她们两人才是真正同声共气的知音，"傲"与"豪"只是两个孤儿在"风刀霜剑严相逼"（《红楼梦》第二十七回，黛玉《葬花吟》）的环境中生存而采取的自卫武器而已。

黛玉刚入贾府，小小年纪，已是非常敏感，处处小心，生怕外婆家的人耻笑。但这只是个早慧的女孩子心思，并未看出她有多么孤傲和尖刻。那时候虽然母亲贾敏新亡，但做巡盐御史的父亲林如海尚在，出身官宦家庭的她不必为自己的生存担忧，来贾府只是暂住，安慰外祖母失女的悲伤之心。可等她的父亲也死了，没有兄弟姐妹的黛玉完完全全成了一个孤儿，暂住变成了寄人篱下，一生都得仰仗外婆家。尽管有贾母的疼和宝玉的爱，但寄食在权争潜流汹涌、人际关系错综复杂的贾府，她当然明白自己的处境。鲁迅先生曾在《呐喊·自序》中写道："有谁从小康人家而坠入困顿的么，我以为在这途路中，大概可以看见世人的真面目。"黛玉何止是从"小康"坠入"困顿"？高贵的人却要看别人的脸色，有独立人格的却要靠别人养活。这对聪慧高洁的黛玉来说，是何等的伤害？加上"心较比干多一窍，病如西子胜三分"（《红楼梦》第三回）的才貌双全，和孤儿的现实对比，更是强化了她的感伤，无形地放大了她的尖酸、多疑。因为孤单无依，她得给自己穿上"孤标傲世"的铠甲来保护自己。这样的人，对人情冷暖乃至别人的无心之语，会敏感到过分的程度。这不是黛玉的矫情，而是身世决定的，她害怕被伤害，因此在与人的交往中，采取主动出击的态度，词锋尖利，喜欢挖苦、奚落别人，从而保护住被裹了几层的自尊。对爱情更是患得患失，没有父母的她，全部希望寄托在"嫁后从夫"。可悲的是，冰雪聪明、至纯至洁的她，择偶标准不仅仅是找一个生活上的依托者和人生的保护者，还要是心灵上的共鸣者。作为孤女而有这样高的期望，能不痛苦吗？

如果将黛玉的孤傲看成她不得已的自卫武器，我们就会原谅她的种种小性子，觉得她是那样的善良、真诚、善解人意。贾政外出办公差的几年里，整日和姐妹们玩耍的宝玉荒废了学业，害怕父亲回来检查自己临帖的书法，而黛玉早就悄悄地仿照宝玉的笔迹写了厚厚的一摞小楷，备宝玉的不时之需——这才是真正的爱，全心全意为对方考虑。对刘姥姥的打秋风，两个反应比较强烈的恰好也是孤儿，一个是同样是女清客的妙玉，一个则

憨湘云醉眠芍药裀

凹晶馆联诗悲寂寞

是黛玉。刘姥姥是来投靠拐了七八道弯的远亲，黛玉投靠的是至亲，可是细究起来，又有多大的区别呢？黛玉嘲笑作践自己、取悦贾母熙凤的刘姥姥是"母蝗虫"。大家都在作弄刘姥姥，妙玉、黛玉尤甚，那是因为别人仅仅在看刘姥姥"演小品"，图个乐子；而刘姥姥过于明显的打秋风、撞木钟的行为容易伤害到妙玉、黛玉这样的人。

湘云比黛玉更可怜，她还在襁褓之中，父母就双双故去。至少，黛玉从记事起，还享受过父母之爱。但湘云压根儿不知道父母之爱是何物，被叔婶收养，婶娘把自己当成不花钱的丫鬟使，让她没日没夜地干针线活。只有逃到姑奶奶贾母的府上，她才能得到真正的快乐。

黛玉是孤傲的，湘云连孤傲的资格都没有。那么要活下去，只能苦中作乐，做一个旷达豪迈的人，把生活中的痛苦不当回事，尽量地寻找苦日子中的暖色调。只有旷达豪迈，湘云才能忍受婶娘的淫威；只有旷达豪迈，才可能给自己将来找一个好一点的归宿。黛玉有贾母、宝玉，湘云什么也没有，那么她的生活态度必须比黛玉更积极。

苦到极点，不是彻底沉沦，就是反而精神更昂扬。比如苏东坡经过"乌台诗案"后，被贬到黄州，"政治生命"几乎判了死刑，日常生活又十分艰苦，是旷达豪迈的性格帮助他度过了那段最阴暗的日子。

将两人和历史上的文人相比较，黛玉则是好以青白眼使人的阮籍，湘云则是豪迈豁达的苏东坡。阮籍的傲和苏东坡的豪，都是种生存武器。

湘云这样的人，不管男人、女人都会喜欢上她，但很难有男子有信心和勇气去接受这个豪迈胜于须眉的奇女子。对黛玉，不喜欢她的人会很多，但谁一旦喜欢上她，不论男女喜欢的程度都会很深，乃至容纳她一切缺点。

尽管黛玉、湘云这两个年龄相仿的女孩言语上屡屡互不相让，湘云曾拿黛玉和宝钗相比，说黛玉如能挑出宝姐姐的毛病，就服了她。可宝钗，毕竟就如职场里人情练达、关心下属的女主管，看上去温婉但不亲切。湘云、黛玉这两个常常针尖对麦芒的孤女，心是息息相通的。

到第七十六回《凸碧堂品笛感凄清　凹晶馆联诗悲寂寞》时，贾府败象已非常明显，大观园众姐妹的悲剧命运开始显露出来了，整个基调便是"凄清""寂寞"。两个孤儿的联诗，是心曲的最后交织碰撞，也是两个好女儿走向不可知深渊前的绝唱。此时联诗，只能是黛玉、湘云二人，而不能换成其他。

两人的联诗，也看出黛玉、湘云的性格。湘云更多地将其看成文字游戏，这是她"豪迈"使然；而黛玉则将其看成和生命一样重要的东西，吟出"冷月葬诗魂"这样凄清奇谲之句，并说："不如此，如何压倒你？只为用工在这一句了。"

来了结这段联诗斗才的，竟然是另一个孤女——妙玉。这绝非偶然之笔，三人的命运和身世，正是这个大观园诸女儿命运的浓缩。黛玉泪尽人亡，倒是"质本洁来还洁去"（《红楼梦》第二十七回），永远是圣洁的芙蓉。湘云这朵海棠，却飘零到沟渠中，觅得了那志趣相投的佳婿却又夭亡，最终"云散高唐"（《红楼梦》第五回）。无常让这个旷达豪迈的女子忍受了女人最难忍受的命运安排。这种结局，孤傲的黛玉是不能忍受的，所以她先众姐妹离开尘世，这何尝不是一种解脱！

癞蛤蟆最想吃天鹅肉

薛蟠粗鄙无文，只会大碗喝酒、大块吃肉、大声骂娘。他出入秦楼楚馆，挥金如土。在"红楼"的诸人物中，他是第一没有情调的人，和大观园的哥哥妹妹们吟诗作对的雅文化格格不入。他的"女儿愁，绣房里钻出个大马猴"（《红楼梦》第二十八回）那个酒令，活活地写出他的审美情趣。

这个人比较率真，敢爱敢恨，行事霸道。他敢打死冯渊抢走香菱，他也敢对表弟宝玉在贾府中尊贵的地位不以为然，同时他也能和暴揍他一顿的柳湘莲成为好朋友。这是个标准的从小失教、有着顽童性格的纨绔子弟。

这样的人，和他谈诗词曲赋、讲儿女幽情，可能大多数人会觉得是对牛弹琴，似乎觉得他只配娶河东狮吼夏金桂这样的母夜叉，只配和云儿那样的娼妓调情。香菱给他当姨娘，真是一朵鲜花插在牛粪上。

黛玉孤傲清丽，是一朵美丽而脱尘的芙蓉花，是纯洁高贵的白天鹅，而薛蟠只是池塘里的一只癞蛤蟆。

可世上的事，就是很奇妙。癞蛤蟆尽管和鱼鳖为伍，却总想吃天鹅肉——因为低俗的人，他心底里向往高贵。他表面上大大咧咧、不拘小节，可在超凡脱俗的美人面前，既自惭形秽又梦想能一近芳泽。吃天鹅肉，是大多数癞蛤蟆的崇高追求。

第二十五回凤姐、宝玉病了后，贾府忙成一团："别人慌张自不必讲，独有薛蟠更比诸人忙到十分去：又恐薛姨妈被人挤倒，又恐薛宝钗被人瞧见，又恐香菱被人臊皮——知道贾珍等是在女人身上做功夫的，因此忙的[得]不堪。忽一眼瞥见了林黛玉风流婉转，已酥倒在那里。"

以薛蟠这样热衷于肉欲的浪荡公子，他能得到的多是妖艳的女子和酒肉朋友，但这样的女人和朋友再多，他也会遗憾，因此面对表弟宝玉他总有种自卑感。宝玉和高品位的女子或男人，都能有一种精神上的契合，如与黛玉，与秦钟、柳湘莲等。薛蟠显然不可能走进这些人的心中，因此他嫉妒，他艳羡。他和柳湘莲调情以及爱慕林黛玉，便是这个道理。

黛玉对于薛蟠，只能是云霄中的女神，他不可能得到，而得不到的总是最美丽、最宝贵。薛蟠对黛玉一直持有一种"所谓伊人，在水一方"（《诗经·秦风·蒹葭》）的仰慕感，在黛玉这样的女人面前，癞蛤蟆薛文起心里能得到某种净化。

薛蟠从苏州回来，带来很多当地土特产。宝钗特意选了一份送给黛玉，勾起了黛玉的相思之情。宝钗给黛玉开玩笑，说拿了我家的东西该是我家的人了，使黛玉闻之满脸飞霞。薛姨妈忙给黛玉解围，说自己这个呆霸王儿子，怎配得上黛玉这等人物。世事洞明的宝钗怎能开这样唐突的玩笑？只能说明宝钗其实很了解自己哥哥的心思，明知道两人相差悬殊，还是瞅准机会试探一下——如果真有这种可能，那么自己成为宝玉的妻子便少了一个最强劲的对手。

在作家苏童的《米》中，那个为了活下去而去米店打工的农村青年五龙，轻易就被米店老板风骚异常的小女儿诱惑。但五龙这个被人瞧不起的乡巴佬，最想得到的却是高傲而瞧不起自己的大小姐。

前些年火爆异常的电视连续剧《激情燃烧的岁月》，从东北黑土地走出的农民儿子石光荣，手中有了枪有了权，翻身做了主人。照理说他娶一个健康、开朗的村姑最合适，但粗人石光荣偏偏喜欢有文化的文艺兵褚琴，并千方百计把褚琴娶到了手。

无论是薛蟠还是五龙、石光荣，怀着这种想吃天鹅肉的癞蛤蟆心思，都是因为自卑，表面上他们以粗俗为荣，内心却向往高雅。只有吃上天鹅肉，他们才心理平衡。

林家遗产处置和"木石前盟"

世上多情的少男少女，眼中只有宝玉、黛玉二人的纯洁感情，似乎两人是仅仅为情感而生存、不食人间烟火的神仙人物。实际上，不管是不愿仕途闻达的宝哥哥，还是见花落泪、见月伤心的林妹妹，离开金钱一天也活不下去，且金钱是他们俩最初得以亲近而最后又不得已分手的决定因素。

所谓"木石前盟"，我以为不仅指宝、黛二人相爱至深，还应该包含着当初贾家和林家有某种契约。其实在那个年代，男女的婚姻结合，感情是最不用考虑的因素。不论是宝玉、黛玉自己，还是贾母、凤姐等人，当初几乎都认可宝、黛将成为夫妻，这绝不是贾府的人有现代人这样开明，认为感情是婚姻的基础，夫妇应该通过自由恋爱再结婚，而是有某种远远超过感情的因素在里面，决定着当初人们认为宝玉娶黛玉理所当然。后来贾府出现重大变故，为了家族更大的利益，才有宝钗代替黛玉嫁给宝玉的结局。

这个原因，我认为就是林家的财产全部归了贾府。这一财产的转移是林如海临死前同意的，但条件不仅仅是贾府将黛玉养大成人，还包括答应黛玉最终成为贾家的媳妇。

有人也许认为宝玉、黛玉的情感掺杂金钱的因素，似乎亵渎了两人的情感。我认为正相反，因为有贾、林两家的财产混同，开始贾府长辈才默许甚至鼓励两人情感的自由发展——否则的话，钟鸣鼎食的贾府，怎能允许两个青春期男女那样接近？毕竟男女大防的礼法不可能对贾府不起作用，何况宝玉有贾政这样一个道学楷模般的父亲。最后黛玉人财两空，则更有种受欺骗的感觉，悲剧感更强烈。

　　我们首先来分析林如海有没有遗产，遗产有多少。

　　林如海不可能是海瑞那样死的时候连棺材钱也没有的穷官——我此说不是在断定林如海贪污——他最后担任的一个供职是巡盐御史，这个职位多么重要不用我啰嗦了。明清两代管盐的官员是公认的肥差，而朝廷派出来巡查天下盐政的官员，其含金量有多大？这样的职务，不用特别贪得无厌，只要符合当时官场的"潜规则"，按场面通行的规矩收点"炭敬"、"冰敬"、"节敬"、生日庆贺等常例钱，积年下来就是个叫人瞠目结舌的数字。

　　这样的常例钱，林如海可以不要吗？我认为不可以，连常例钱都不要的官员是海瑞这样凤毛麟角的异类。如果林如海这样做，他就不可能在这样要害的位置上坐稳，因为他不收下面盐官、盐商的钱等于得罪了一个庞大的利益阶层。他推荐一个"貌似有才，性实狡猾"而被参革的贾雨村给贾府，从而重新起复，可见他深谙官场那一套规则。曹雪芹学富五车，非得给林如海安这么一个和钱打交道的官职，而不是礼部那些穷官，也许是有所暗示——林家有钱。

　　林如海长期占据巡盐御史这个肥差只是林家有钱的一个原因，还有一个原因则是林家四代为侯，到了林如海这一辈没了侯位，然而有科甲出身，"虽系世禄之家，却是书香之族"（《红楼梦》第二回）。这祖荫和功名系于林如海一身，在那个时代便是强强联合。五等爵位中，贾府从宁、荣二公开始，到宝玉这一辈是第四代，公只比侯高一等，因此可以说林府不见得比贾府差到哪里。还有一个因素要考虑，林家人丁不兴旺，到林如海这里是几代单传——这说明几代中没有析分过家产，不像贾家那样人员众多，日常支出繁重。

五代的家产都归林如海所有，这份产业比贾、史、王、薛任何一家都不会逊色。这份家产包括两部分，一部分是累代置办的房屋、田地，另外则是金银珠宝等。

说林如海的遗产几乎都归了贾府，绝不是我无端的猜测，很多朋友都有和我类似的看法。现在需要分析的是，这部分钱财如何合法地由"林"变成"贾"，这需要克服许多技术上的障碍。

林如海死了，按照当时的一般原则，这笔巨大的遗产该归谁继承？

林如海属于"绝户"，帝制时代，女儿显然没有和儿子同等的继承权。但据唐代《丧葬令》规定："绝户"之家，在室女（未嫁女）可分得未婚兄弟财产之一半，作为自己的嫁妆费用。南宋的"绝户"财产继承的办法是，"绝户"指家无男子承继，其立继承人有两种方式：凡"夫亡而妻在"，立继从妻，称"立继"；凡"夫妻俱亡"，立继从其尊长亲属，称为"命继"。继子与"绝户"之女均享有继承权，但只有在室女的，在室女享有3/4的财产继承权，继子享有1/4的财产继承权；只有出嫁女（已婚女）的，出嫁女享有1/3的财产继承权，继子享有1/3，另外的1/3收归官府所有。

这种传统，到了明清两代如何变故？尽管明清两代女性的财产继承权不如两宋，但黛玉按当时的习惯法仍然还能分到相当多的遗产。因为，黛玉是不折不扣的在室女。

那么贾府要完全处置林家遗产，最重要的便是取得黛玉的监护权，并阻止林家宗族为林如海立嗣。

林如海有没有可能从宗族侄儿辈中过继一个继嗣？《红楼梦》第五十七回中，紫鹃试探宝玉，谎称黛玉要被林家接回苏州，宝玉不相信，紫鹃说："你太看小了人！你们贾家独是大族，人口多的，除了你家，别人只得一父一母，房族中真个再无人了不成？"紫鹃的这番瞎编也不是一点根据没有。

林如海立嗣最好的时机是自己的儿子死去后，决意不再娶继室的时候，最后的时机则是病重中——此时林如海要过继族中侄子辈继嗣，贾府几乎没有理由阻挡。"不孝有三，无后为大"，侯门之后的林如海为什么主动放弃立嗣呢？——要知道，想给他承接香火的林家人恐怕挤破头了。那么，只有一种解释：贾府用某种承诺打消了林如海的这个念头。

我们知道，林如海夫妇十分疼爱这个宝贝女儿，他若过继同族侄子辈的话，必须冒很大的风险：林黛玉既然有了兄弟，就没有理由去外祖母家寄养，而和所谓过继兄弟一起生活，她的权益是否得到保护是个未知数，比如生活花费、精神自由度、出嫁的嫁妆等，一个弱女子很难主张自己的权利。如果贾府提出由外婆当"监护人"怎样呢？——当然当时还没有"监护人"这个词，但意思差不多。按照现在婚姻家庭方面的法律，未成年人无父母者，祖父母、外祖父母便是当然的继承人。但在那时的宗法社会，外姓人做"监护人"是很难的，除非父母临死前有"托孤"的意思。

可以大胆想象，贾府正是利用林如海对黛玉未来的担心，以保护黛玉这个未成年人合法权益为最大的理由，运用了软、硬两手，晓之以理、动之以情，打消了林如海在本族立嗣的想法。可以再进一步猜测，当时林如海临死前和贾府关于林家财产处置有了相当详细的约定，如林家财产随黛玉一起归于贾府，实质上是给黛玉的嫁妆，必须保证宝玉娶黛玉——两人年龄相仿，贾敏死后黛玉去贾府寄养的几年中，又和宝玉情感甚笃，这也是水到渠成的事情。甚至不排除，答应宝玉和黛玉若有几个儿子，有一个改姓林，承继香火。除了女婿改姓入赘外，女婿和女儿的一个儿子随外公姓，这也是明清时代女儿继承父母遗产的一种方式。

有了这种允诺，林如海才能放心地归西。有了林如海本人的表示，再加上贾府的权势，就算林家族中有谁对林如海遗产处置方式有看法，也无可奈何。

将遗产和婚姻捆绑在一起，作为女婿，林如海可能认为贾府必不能负黛玉，没有必要订立书面契约——这种允诺不但很难付诸文字，也不好意思明明白白向公众宣布，几乎是个基于彼此信任的良心契约。

林如海病重时，"贾母定要贾琏送他［她］去，仍叫带回来。一应土仪盘缠，不消烦说，自然要妥帖"（《红楼梦》第十二回）。贾琏可是荣府男丁中第一主事的人，是重量级的。可见贾府当时已做好接收孤女的考虑——当然不能说贾母就是爱财，她疼自己的外孙女是自然的，愿意收留这个孤女也是出于亲情。但是这和贾府就此将林家财产据为己有并不矛盾，而且当时贾母等人认可黛玉作为宝玉将来的妻子也是真实的想法。

请注意，林如海死后，贾琏和黛玉护送林如海的灵柩回苏州。此时贾府正为秦可卿办风光大葬，在如此忙碌的时候，贾琏特意派跟班昭儿千里迢迢回贾府，是为了"讨老太太示下，还瞧瞧奶奶家里好，叫把大毛衣服带几件去"（《红楼梦》第十四回）。贾琏离开贾府时，已交代"一应土仪

王凤姐接风迎贾琏

盘缠，不消烦说，自然要妥帖"，以贾府、林府这样的人家，还用得着回家取大毛衣服吗？其实，请示老太太有关如何处置林府财产是真，带衣服是托词。王熙凤当着众人来不及细问，晚上单独见昭儿，有"不要勾引他寻花问柳"这类做妻子常有的叮嘱，恐怕还有更隐秘的事情需要转告贾琏——就是在吞并林家财产的运作中，如何想办法做点手脚，给自己的小金库多弄点钱财。

黛玉葬父后再次进贾府，在宝玉的眼里"越发出落得超逸了"（《红楼梦》第十六回）。固然一则因为黛玉在父亲死后，突然懂事多了，还有个原因，应该是聪慧的黛玉，尽管年纪不大，但隐隐知道自家的钱归了外婆家和自己与宝玉有某种关系。这好像是一个怀春的少女心里藏着个大秘密，因此和宝玉在一起，反不如离开前那般无拘无束了。

林家财产归贾府和"木石前盟"之间的关联，贾琏夫妇最清楚，所以昭儿回来报林如海病逝的消息后，王熙凤向宝玉笑道："你林妹妹可在咱们家住长了。"（《红楼梦》第十四回）——这个"住长"绝不仅仅是将黛玉养几年后嫁出去，这样叫什么"长"？姑娘在自己娘家也只能叫暂住，出嫁才曰"归"——找到归宿了。王熙凤此语说明她已经知道林家财产归贾府的重要条件是：黛玉成为贾家人。贾琏回来后，王熙凤在"房内无外人"时，又是"笑道：'国舅老爷大喜。'"（《红楼梦》第十六回）明面上似乎指贾元春封了贤德妃，可成色最足的国舅应当是宝玉呀，贾琏有什么大喜的？真正的喜，则是在处理林家财产中，琏、凤夫妇实现了预期目标，大赚了一笔。

此后，王熙凤数次和林黛玉开玩笑，说什么"用了我家的东西，就是我家的人"之类的话，而黛玉假装恼怒，说"哪有这样当嫂子的"，两人心照不宣。按理说，王熙凤和宝钗是表姐妹，在宝玉的婚事上面，她应该一开始就站在王夫人和贾元妃的立场上属意宝钗。可在《红楼梦》前几十回里，她一直表露出黛玉应嫁给宝玉的意思，这和贾琏经手林家财产转移、代替贾府允诺宝、黛婚事是分不开的。

可随着时间的流逝和贾府的变故，"木石前盟"越来越脆弱了，原来看上去板上钉钉的事情好像危机重重，而黛玉这种带着巨额财产的"寄人篱下"更为难受。如果完全是一无所有的投亲靠友，那就低姿态吧，反正是仰人鼻息。可那份家产养自己十辈子都有余，却一下给了外婆家。如果黛玉是个俗气的人，她倒可以没事张扬一下，说句"我可不是来吃白食的，贾府里有我家的钱"，反而不是很痛苦。问题是，至洁至纯的黛玉不愿意提这些事，如果提这些事，那就等于将金钱和自己与宝哥哥的感情连在一起——有了铜臭味。把感情看得高于一切的黛玉，显然更愿意相信，自己和宝哥哥是因为心心相印才走到一起的。可她父亲留下的巨额遗产，确实又存在呀，她父亲也有过用这份钱换一份婚约的考虑在里头，她又不能将这些完全忘却。

这个套要彻底解开，只有林妹妹成为宝二奶奶，可是结局竟然是那样的。混同在贾府的林家财产，都完蛋了；连疼爱黛玉的贾母，在严峻的现实面前，也决定让宝贝孙子娶皇商的女儿薛宝钗，而这时张罗婚事的，正是最了解林家财产转移内幕的王熙凤。

黛玉焚稿断情、伤心而死后，贾母最痛心的话是："是我弄坏了他[她]了。但只是这个丫头也忒傻气！"（《红楼梦》第九十八回）还有"并不是我不想来送你"云云，尽管是高鹗续写，但这段得曹公真旨。贾母后悔"弄坏了"黛玉，看起来指宠坏了她，实则是后悔当时因为有对林如海

林黛玉焚稿断痴情

的允诺，而允许两人的情感自由发展，搞得最终这种凄惨的结局。贾母不愿最终去看一眼含恨而死的黛玉，说是宝玉更亲。——扯淡！离开宝玉一会儿，宝玉就会死掉？宝玉的病是老太太能治好的？说白了，老太太是内疚，她不敢见黛玉。如果仅仅是因为黛玉个人爱情梦的破灭，贾府不需要背道义上的债。

因为他们曾经用一种宝、黛成婚的诺言，使林如海宁愿不继嗣，而将财与人一起托给贾府，如今人财俱亡。贾府当年派贾琏去苏州所做的一切，再看起来似乎像个精心策划的骗局——这对出自名门的一品诰命史太君来说，是最大的羞辱。黛玉的死，让贾府的人有至死也难忘的负罪感。

探春的"包产到户"注定失败

"才自精明志自高，生于末世运偏消。"（《红楼梦》第五回）这是曹雪芹对玫瑰花那般美丽而多刺的三姑娘探春的判词。探春不但有吟诗作词之才，更有治家经济之才。最终她只能远嫁异国他乡，"清明涕送江边望"（《红楼梦》第五回）。

读《红楼梦》者，为探春感叹的人很多，叹她不幸是庶出，还摊上那样不争气的生母赵姨娘；叹她生为女儿身，不能走科举仕宦之道，一展平生才学。但如果仅仅限于此，只是皮相之论。这两点固然是决定探春命运的原因，但最根本的原因，曹公已经说出来了：生于末世，有其才，而不逢其时，不得其位，即使她是男人，即使贾府有十个探春，依然不能挽救贾家败亡的命运。

最能显出探春经济之才、坚毅性格、处事公道的是，她因凤姐休病假代理荣国府内务总管（相当于CEO）的表现。在荣国府，她雷厉风行地推行"包产到户"。

探春搞的"包产到户"，并没有太大的财政上的收益，此举强调的是勤俭持家、量入为出的儒家价值观。她改革的着眼点，便是承认人有私心、图私利的现实，试图打破荣府责权不分、滥收滥支的宿弊，用利益驱动这

敏探春改革除宿弊

支大手来管理、制约属下。李纨对此的评价是："使之以权，动之以利——再无不尽职的了。"（《红楼梦》第五十六回）一是缩减重复支出。为宝玉、贾环、贾兰上学每年向家学支付八两银子用来买点心、纸笔，而此项财政支出已经包含在三位公子哥的月例钱之内。这种虚支冒领在"国有企业"中是常见的事，无非是假造个名目给某些人谋利益而已。因此，这笔钱被探春免了。二是剥夺了府中买办采办姑娘、丫鬟脂粉钱的权力。买办买的东西又贵又不合适，想必是吃了商家的回扣，而大部分姑娘只能用自己的月钱去买合心意的化妆品。——从古到今，大家族、大企业里用公家的钱来采购办公用品，总是价格昂贵质量很差，其中的奥妙贾府的人都很明白。

这项措施是"节流"。另一项"开源"的措施便是在大观园中实行"包产到户"，将园圃、池塘划成一块块"自留地"，承包给老成本分的老嬷嬷，其好处用探春的话来说："一则园子有专定之人修理花木，自然一年好似一年了，也不用临时忙乱；二则也不致作践，白辜负了东西；三则老妈妈们也可借此小补，不枉成年家在园中辛苦；四则也可省了这些花儿匠、山子匠，并打扫人等的工费。"（《红楼梦》第五十六回）借用三十年前流行的一句话，"交够国家的，留足集体的，剩下便是自己的"，这样的改革措施应当是皆大欢喜呀。

探春开始代理CEO碰到的第一件事，就是驳了生母赵姨娘的面子，照着贾府的惯例支付赵姨娘兄弟的丧葬费，接着向自己的兄弟、侄儿开刀，免了家学里的钱。有人说探春凉薄，而我认为这正是有大志、干大事者必须具备的素质，不能徇私，因为吴新登家的等一干"刁奴"都在看戏，看探春在牵扯到自己的事面前能否公道正派，而探春不如此则不能立威取信。这点凤姐看得明明白白，关照平儿要以实际行动来支持探春。自古改革者做大事之初，必须树立威信，就如商鞅变法开始时，悬赏百姓扛一根木头从南门到北门一样。我猜想，探春拉下脸，不给生母面子的决绝之时，心中一定是万分的悲凉——尽管她没说哪怕前面有地雷阵或者万丈深渊之类的豪言壮语。

改革的设计合乎经济规律，改革倡导者探春本人的手段、人品也很适当。为什么失败了呢？可以从探春本人所处的位置，当时贾府及朝廷的大环境来分析。

首先是探春代理CEO的含金量不高，她是替凤姐当差的，贾府并没有正式授予她权力。她将园圃承包给老嬷嬷固然是"使之以权"，可自己的权力来源都成问题，说穿了她是临时雇来的，重大问题上不能最终拍板，可她自己又想有所作为。这种情形下，纵然费尽移山心力，也是枉然。

其次是贾府内部权力结构没有根本的改观，既成的利益格局难以撼动。贾母是最高权力拥有者，一言九鼎，贾府所有的活动都以她为中心，她尽管知道贾府再坐吃山空下去是不行的，可是以她垂暮之年，是不愿意冒险打破目前各种利益分配格局的，最现实的选择便是维系贾府表面上和和气气、平平稳稳这种来之不易的安定局面。她作为最高权力拥有者，可以带头破坏规矩而别人不能追究。凤姐"当政"时，袭人的妈死了，因为她得宠于贾母、王夫人，便可不按规矩赏银四十两，整整是给赵姨娘的两倍。对于自己顶头上司的违规行为，探春只能无可奈何，这种改革能彻底吗？因为贾府权力结构未变，探春这点小措施只能是点缀，她可以在自己的职权范围内多收几升芝麻，却不能阻止更有权力者丢更多的西瓜。

最重要的一个原因是，贾府的兴衰在当时不在于子弟贤与不肖，也不在于经营方式如何，而是在于它生存的政治环境如何，也就是说贾元妃是不是继续得宠于皇帝。因为当时并不是自由竞争的经济体系，这些豪门大户所有的经济利益都是政治权力的孳息。当时做大官的家庭收入来源不外乎两个：一是地租，二是当权时的灰色收入，本人的薪水占很小的比例，而这两项收入都和本人的政治地位息息相关。如果贾元妃继续得宠，而不是在抑郁中死去，甚至生了儿子做了皇储，贾府的子弟再怎样不治产业，也会继续维持烈火烹油的兴盛。但贾元妃一旦政治上失势，皇帝雷霆震怒，贾府的子弟再有出息，平时支出再节约，有司一抄家，照样"白茫茫一片真干净"。因此，不能用现在的经济学理论去衡量当时的权贵经济。在政治权力通吃一切的大观园时代，腐败是增加经济收益的必需，浪费也是维系那种经济体系运转的必然，开源节流、勤劳致富只具有道德教化上的意义。

探春采取的"包产到户"，靠激励机制来驱动员工，道理其实很简单，历史上许多人都尝试过。春秋战国时期的"开阡陌，废井田"，商鞅废除贵族门第特权，以战功定爵位都是这种"包产到户"。但是，有的成功了，有的失败了。对比这些成败的例子，实际都有一个规律，最高权力拥有者是否支持改革，而政治资源是否得到合理的配置是最重要的，这些问题解决了，经济问题自然而然得到解决。王安石新法的命运，就取决于当时皇帝是谁。权力架构没有根本的变革，既得利益者掌握了比改革者更大的政治资源，那么纯粹通过经济上的变革，想富国强兵最终会是"千里东风一梦遥"（《红楼梦》第五回）。探春的兴利除宿弊如此，晚清的洋务运动亦如此。

曹雪芹安排探春远嫁是不是可以有某种解读：曹公太怜惜探春之才，在贾府所处的土地上无法有所作为，只有让她去父母之邦，走得远远的。也许更远的地方，有探春的梦想，也有曹公的梦想。"道不行乘桴浮于海"（《论语·公冶长》），对探春这种人来说，未必不是件好事。

王熙凤为什么要设小金库？

　　宁、荣两大家子，四代同堂，人口众多，但过着的是一种大家族生活，支出、收入统一结算、支配。贾府的人，除贾赦、贾政等有爵位或官职的人，能在国库里获得数目不多的俸禄，或年节时有皇帝的赏赐。其他无公职的人员，上自贾母、王夫人，下至叫不上名字的丫鬟、小厮，每月只能从总账目中领取一定的月例钱。他们过着一种近乎供给制的生活，吃饭、穿衣不用自己掏钱，由大家庭统一购买、分配，月例钱仅仅是他们的零花钱。

　　照着古代中国大家庭这种"家族共产主义"的生产、消费模式，里面的成员不论你年纪多大、级别多高、能力多强，是不允许拥有私人产业的，自然也不允许自己有单独的款项可以支配。

　　无论是从《红楼梦》中的贾家，还是《家》《春》《秋》中的高家，我们都可以看出，四世同堂甚至五世同堂是中国人推崇的一种生活模式。只要一个辈分最高的长辈还活着，哪怕他（她）颤颤巍巍、神志不清，就不允许分家。这当然一方面是为了保持老太爷或老太太的绝对权威，从买卖田地、丫鬟这样的大事，到亲朋好友往来的送礼，甚至每日三餐吃什么，家长具有毋庸置疑的决定权。比如王蒙《坚硬的稀粥》里面的老爷子，他喜欢吃稀粥，其他家庭成员就无条件地必须喝稀粥。维系大家庭第二个功效则是一种象征作用，专制时代象征性的礼仪、形式极其重要，家庭的和睦、家长的权威、长幼尊卑的秩序，必须靠大家在一口锅里吃饭，资源统一分配才能得到最大限度的体现。大家族不分家的第三个功效，是以牺牲小家庭的自主来增强共同体的能量，使其在与外界竞争中更强大。

试想想，要是贾琏和觉慧都单独过日子了，对大家庭的责任实行一种承包制，如纳税一样一年限定一个数目，交完这笔钱就可以自己支配剩下的收入，那么贾母、高老爷子说话还能有一言九鼎的权威吗？

言归正传，让我们回到《红楼梦》。荣府在贾母去世前，是不可能分家的，那么按照大家庭的规矩，各房是不允许有小金库的。

但事实上，宁、荣二府有人拥有或丰盈或干瘪的小金库，是大家心照不宣的秘密，连老祖宗心里也明白。

毫无疑问，贾府人士中，贾母的小金库银子很多，逢年过节或她高兴，就会从她的私产中拿出银子赏赐别人。但贾母是家族最高权力拥有者，是荣府的"法定代表人"，整个荣府所有的动产、不动产名义上都是她的。因此，她的小金库是一种法外特权，是这个家族"最高领导人"维持自己权威的一种必要补充——许多事情，是需要便捷地使用银子去打点的，如果从公共账目上支取，很不方便。中国古代的皇帝，他的用度哪一笔不是来自老百姓？"普天之下，莫非王土；率土之滨，莫非王臣。"（《诗经·小雅·北山》）理论上说，天子富有四海，怎么花钱都有道理。但从周代开始，历朝历代都给天子设立了一个合法的"小金库"，宫中和政府有两种平行的财务体系：管天子私人用度的是少府，而管政府财政的则是大司农。到了清代，仍然是这样，不过名称有变动而已，前者是内务府总管，后者是户部尚书。慈禧

宝凤同车奔铁槛寺

王凤姐弄权铁槛寺

太后动用海军军费盖颐和园，朝野非议之声甚多，最根本的原因不是她奢侈——老佛爷盖个院子颐养天年不算什么，大清再穷，那点银子还是能挤出来的——关键是坏了规矩，皇宫私人的花费，却从政府财政中支取。现在各市、县也有一笔市长资金或县长资金，这钱可以由市长或县长支配，比如划拨给某学校，或者支持某个文化项目。这钱还是姓"公"，但市长、县长花起来不像财政其他的钱那样复杂，如要立项、要审查、要层层报批。

因此，老祖宗贾母有这笔小金库，方便她在统治贾家时以备不时之需，家族成员大多认可它的合理性。但王熙凤拥有一个很大的小金库，其他的人是很不服气的。赵姨娘尽管是丫鬟出身，可毕竟生出了贾环和探春，熬到了半个主子的地位，可除了积攒那点月例钱，就没别的收入，想给寺庙布施，手头也紧巴巴的。她对前来打秋风的马道婆说："阿弥陀佛！我手里但凡从容些，也时常的上个供，只是心有余而力不足。"（《红楼梦》第二十五回）你说，她对王熙凤的小金库能不眼红？"了不得！了不得！提起这个主儿，这一分家私要不都叫他[她]搬送到娘家去，我也不是个人。"（《红楼梦》第二十五回）

说凤姐把贾府大把大把的银子弄到娘家去，是冤枉了她。王家作为四大家族之一，现在当家的王子腾又点了九省检点，毫不亚于贾家的气派。赵姨娘此说，一则是出身低微的小户人家一种习惯的猜测，贫寒出身的女儿总想方设法补贴、帮衬娘家，如赵姨娘在探春面前为死去的兄弟赵国基争办丧事的花销一样；二则是赵姨娘忌恨王夫人和王熙凤，此说实则包含一种暗示——姑侄两人合伙搞贾府的钱去共同的娘家。

赵姨娘的猜测不可信，但凤姐自己掌握一个丰厚的小金库则千真万确。这小金库丰厚到什么程度呢？贾府后期，财政捉襟见肘，发生了严重的财政赤字，负责"外交"的贾琏发现公家已经没有银子应付各种花销了，只好找凤姐借用她小金库的银子。这简直等于皇帝要打仗，国库空虚，只能向刘瑾、和珅这样的贪官借钱。

小金库的来路，自然不正，大多是利用公共资源为自己谋利，因为小金库是公权力的衍生物。那种私人名正言顺挣来的钱，自然不是小金库，可以暴露在阳光下。王熙凤的小金库之所以那样丰盈，关键是她掌握着荣府的财政大权，荣府每日的开销如流水一样，随便做点手脚就够了。王熙凤经营小金库的方法，书中曾有几处做过交代：

一、将一大家子人的月例钱，用来放高利贷。一次出了点岔子，周转不灵，使月例钱发放推迟了几天。要说王熙凤这样做也不算过分，那时民间借贷的风险不大，本钱保值没问题，无非是缓两天发放而已。比如以前拖欠教师的工资，现在拖欠民工的工资，这都不是什么新鲜事。贾府中的丫鬟、小厮，他们的工钱比现在的民工有保障，尽管当时也没有"依法治家"之类的口号。但贾府这大户人家，如果欠仆人的工钱，是很丢面子的事情，所以贾府不会这样傻。现在一些管钱财的人，公款私存不算什么严重违纪的问题，只要不拿公款去炒股，甚至赌博就不错了。某央企的掌门人，拿公家的钱去搞石油期权投机，亏了5.5亿美元，这日子不是还照常过吗？

二、包揽官司，收受黑钱。水月庵的尼姑托凤姐给衙门说情，在一桩有关退婚的诉讼中偏袒一方，一下子就进账三千两白花花的银子。凤姐之所以能办成此事，是利用了贾府的无形资产——对官场的影响力。这种行为，现代的中国人想必也不会陌生。

此外，还有利用工程的发包机会，收取手下人的贿赂。比如贾芹去水月庵管尼姑，贾芸管大观园的绿化工程，不孝敬凤姐，是拿不着这个差事的。

　　同样是贾府的人，大多数人只有那几个月例钱，而凤姐却有鼓鼓的小金库，如此遭到赵姨娘之类人的忌恨也非常正常。但仔细一想，王熙凤设立小金库，固然是利用职务之便，可有着其可以理解的原因——大家族的"大锅饭"，没有激励机制，干与不干一个样，干好与干坏一个样，贡献与收入没有必然的联系。

　　凤姐的能干，是没有人怀疑的。秦可卿风光大葬时，连宁府都要请她过去管事。她的贡献也有目共睹，贾府一干人大多只会衣来伸手、饭来张口，靠凤姐一个女人维持整个大家庭的正常运转，何等的不容易。她的敬业也是少有的，劳累到流产，如果那个孩子保住了，且是个男孩的话，凤姐的心态没准会有所变化。

　　可是，凤姐这样夙兴夜寐，她能得到什么？她的月例钱，拿的是孙媳妇那一份，不比别人多，甚至不如嫂子李纨——李纨因为孤儿寡母，拿的是双份。平时，也就是贾母、王夫人看到她辛苦，给点赏赐，但这种赏赐精神鼓励的成分更多。这贾府因为是个大家庭，煮的是一锅混沌汤，最终他们对公共资源的占有，不是凭他（她）的贡献大小，而是凭他（她）在家族中的地位。王熙凤最大的缺陷是没有儿子，她的女儿巧姐儿终归要出嫁的，没有继承权。那么，最后贾家这份家业归谁得？首先当然是宝玉，赵姨娘的贾环也有份，第四代则是贾兰。没有儿子的王熙凤，最终得不到什么，顶多是几两养老的银子。贾府如果不出问题，如马道婆对赵姨娘所说，贾环长大后，做了官，赵姨娘就会苦尽甘来。但没有儿子的王熙凤就没有这个机会，她这样辛辛苦苦为谁忙，还不是为别人做了嫁衣裳。

　　还有一个不能不考虑的因素——年事已高的贾母。贾母欣赏凤姐、宠爱凤姐，并不算太偏心，因为贾母得仰仗凤姐。贾母是一个不昏庸的领导者，如果贾母百年之后，贾府最有发言权的不是贾政夫妇，而是贾赦夫妇——因为人家是长房——邢夫人是很不喜欢凤姐的，在这样的体制下，选拔人才不是凭能力，而是凭领导者个人的喜好。那时候，凤姐大约会交出财权，而贾琏必然会在老父亲的授意下纳妾生子——贾赦当然不希望自己绝后。此时凤姐会怎样呢？大家一想便知。

大权在握时，没有按劳分配，得到应有的报酬，且这种财权也是暂时的。那么危机感会促使凤姐大权在握时，尽量地把自己的小金库做大做强。一旦家族的财权归了别人，她也不至于寄人篱下，靠别人施舍，那份小金库会确保她的晚年过得很好，同时也能补贴出嫁的巧姐儿——旧时出嫁的女子，如手头有大笔私房钱，在婆家的日子就会好过多了。那时候"金融业"不发达，中国还处在封闭的状态，否则像现在的话，凤姐可能会把自己小金库的钱兑换成美元存到外国银行，送巧姐儿出国留学。到那时候，贾府再怎样互相争夺那点已折腾得没剩多少的家产，凤姐可以像蒋介石死后的宋美龄一样，隔岸观火，逍遥自在。

后来，凤姐在凄惨中死去，"哭向金陵事更哀"（《红楼梦》第五回），是因为贾家外部政治环境的恶化，卷入了皇宫政治斗争的漩涡，被"九天上的霹雳"毁灭了。只能说贾家押宝没押对，"覆巢之下，安有完卵"（刘义庆《世说新语·言语》），王熙凤那个小金库自然也就蒸发了。这是大环境决定的，并非王熙凤设小金库的必然结果。

别人处在王熙凤的位置，会不会设小金库？我看差不多。因为这是大家庭那种制度决定的，假公济私、贪污受贿是合乎逻辑的行为。王熙凤的贪污，王熙凤的遭人嫉恨，都是制度使然，我不能不为这位能干的凤姐一声叹息。

那些小老婆生的

贾环和探春都是赵姨娘所生的，但他们的才具，贾府各色人士对他们的评价简直是云泥之别。贾环是扶不起的烂牛屎，猥琐狭隘小气，连丫鬟莺儿都瞧不起他；探春文采飞扬、见识不凡、精明能干，"才自精明志自高"（《红楼梦》第五回）是对她精当的评价，而凤姐赞叹她说："好，好，好！好个三姑娘。我说不错。"（《红楼梦》第五十五回）

一母所生差别如此之大，乍看起来有点匪夷所思，但仔细分析起来，这姐弟二人有很多的相同之处，只是表现形式略有不同罢了。

他们两人最大的共同点就是都为小妾所生。中国的纳妾制度和某些宗教允许的一夫多妻制形同而实不同，形式上都是一个男人和多个性伴侣合法地生活在同一家庭。但一些全民信教的国家，几个妻子不论年龄和结婚的早晚，都有妻子的法律地位，如对财产、子女拥有的权利。但中国一直是一夫一妻制，妾仅仅是男人的性工具和生育机器。据《礼记》记载："妾合买者，以其贱同于公物也。"纳妾和用钱买来的牛马没什么区别，而妾再美丽再得丈夫的宠爱，是不能做正儿八经的妻子的，否则有违礼法。那种娥皇、女英同时为妻的传说，只能在氏族社会末期礼法还未完备时才可能发生。这一点《红楼梦》中多有提及，袭人为了规劝宝玉说母兄要为自己赎身，已经离不开这位花姑娘的宝玉为了挽留袭人，答应了她三个条件。袭人说："你要果然都依了，就拿八人轿也抬不出我去了。"宝玉的回答是："你这里长远了，不怕没八人轿你坐。"（《红楼梦》第十九回）

宝玉这是在偷换概念。袭人所说的"八人轿抬不走"比喻自己的死心塌地，而宝玉的"八人轿"则指迎娶新娘时的轿子。袭人是何等聪明的人，马上"冷笑道：'这我可不稀罕的！有那个福气，没有那个道理，纵坐了也没趣儿。'"（《红楼梦》第十九回）袭人不是真的不稀罕做大老婆，而是她有自知之明，丫鬟只可能收到房里做妾，没有做夫人的道理。甭说宝玉和袭人只有云雨之欢还没有正式圆房，就算宣布正式纳为小妾，只要宝玉没迎娶宝姐姐，他就还是个未婚青年。

妾混得再好也是个"如夫人"，一字之差，谬之千里。"如"也就是"准""就算是"的意思，难怪"同进士"出身的曾国藩，当人以"同进士"对"如夫人"时很不痛快。当邢夫人等一干人想方设法劝鸳鸯给贾赦做姨娘时，说服工作最大的卖点是做姨娘是"半个主子"，但半个主子怎能算主子，岂不是自欺欺人？妾没有任何的自主权，因此她晚景如何，全看老爷和太太是否发善心，也在于自己生育的儿女能否有出息。可在理论上，儿女首先是太太的儿女，仅仅是借她的肚皮生出来的，和现在高科技发达时一些高龄产妇用自己的卵子移植到别人的子宫中养育出的孩子没有太大的区别。所以当赵姨娘的兄弟赵国基死后，赵姨娘找到亲生女儿探春想多讨几两送葬的银子，并提醒探春"你的舅舅死了"。探春反驳道："谁是我舅舅？我舅舅年下才升了九省的检点了！那[哪]里又跑出一个舅舅来？"（《红楼梦》第五十五回）有人责怪探春的绝情，但从礼法上讲，确实只有王夫人的兄弟王子腾才算是探春、贾环的舅舅。

妾的地位如此，妾所生的孩子在大家庭中地位自然高不到哪里去。直到今天，当有人埋怨自己受到不公平待遇时，往往自嘲："咱是小老婆生的。"

这贾环和宝玉相比，固然宝玉面若敷粉，形如玉树，待人真诚仁义，而贾环形象、行为都很不堪，让人憎恨。假若贾环和宝玉一样，甚至比宝玉可爱，他在别人眼里地位会高过宝玉吗？他的姐姐探春很能干吧，王熙凤也惋惜道："只可惜她命薄，没托生在太太肚里。"（《红楼梦》第五十五回）

和嫡生子女相比，庶出的子女在资源、心理诸方面都处于弱势，种种不平等他们从小就感觉到了，因此容易形成敏感、自卑的性格，而这种性格往往导致他们走两个极端：要么好强刻苦，企望用自己的奋斗赢得尊重和地位；要么自暴自弃或者阴险狠毒。这两个极端并非截然分开的。

探春深知庶出女儿在府中的地位，因此格外要强，长成了一朵"又红又香，无人不爱，只是有些刺扎手"（《红楼梦》第六十五回）的玫瑰花，但那种自卑挥之不去，她因此更愿意亲近宝玉，为二哥做鞋，买小玩意儿，和二哥诗词唱和，就是想刻意淡化自己庶出的身份。一个姑娘家要想在大家庭里生存，这样做不能说是势利，可赵姨娘生怕人家忘记她女儿是庶出的，时时提醒时时强调，能不让探春伤心吗？"太太满心疼我，因姨娘每每生事，几次寒心。我但凡是个男人，可以出得去，我必早走了，立一番事业，那时自有我一番道理；偏我是女孩儿家，一句多话也没我乱说的。太太满心里都知道，如今因看我重，才叫我照管家务。还没有做一件好事，姨娘倒先来作践我。倘或太太知道了，怕我为难，不叫我管，那才正经没脸呢，连姨娘真也没脸了！"（《红楼梦》第五十五回）这是探春的锥心之言。赵姨娘之愚，就在于自己不了解儿女的苦衷，不为儿女出头露脸以证明自己实力提供方便，反而添乱。探春能干，其实就是在为自己也为赵姨娘争面子。

贾环小气，和丫鬟赌博还赖账；贾环多疑，竟然用话挖苦爱护自己的彩霞。但要知道，探春比宝玉小，贾环又比探春小，他做这些事情时还是个小孩子，而对太太生养的宝玉万千宠爱集一身的嫉恨，是人之常情。贾环的天资并不差，在和哥哥、侄儿一起作诗颂扬林四娘时，他的五言律很有气魄："红粉不知愁，将军意未休。掩啼离绣幕，抱恨出青州。自谓酬王德，谁能复寇仇？好题忠义墓，千古独风流！"（《红楼梦》第七十八回）他的大伯父贾赦因为抱怨自己母亲贾母偏爱弟弟贾政，因此更能理解同样不遭人待见的贾环，某次看过贾环的诗后连声赞好："这诗据我看甚是有骨气。想来咱们这样人家，原不比那起寒酸，定要'雪窗萤火'。一日蟾宫折桂，方得扬眉吐气。咱们的子弟都原该读些书，不过比人略明白些，可以做得官时，就跑不了一个官儿的。何必多费了工夫，反弄出书呆子来。所以我爱他这诗，竟不失咱们侯门的气概！"（《红楼梦》第七十五回）

贾赦这话很有道理。会不会做官，和学问无关，也和才情无关。贾环虽然没有宝玉可爱，如果贾府不败落，但以更愿意做官更会做官的贾环和不愿意做官也不会做官的宝玉相比，谁更有优势？宝玉太多情太洁身自好，这样的人注定难以在官场上吃得开。做官不是谈情说爱，也不是吟诗作对，官场玩的是厚黑、是权术。大观园中宝玉的可爱之处在官场则变成了自杀的毒药，而贾环的可憎之处，没准在官场成了青云直上的东风！比如贾环向父亲贾政告密说宝玉要强奸金钏儿，导致金钏儿投井自杀，因此贾政对宝玉动用了家法，而这本事可是官场上的必修课。比如他因为恨王熙凤而报复巧姐，这"无毒不丈夫"也是官场规则。贾环比宝玉多些流氓和泼皮的习气，不仅在官场，就是在贾府败落后也更容易生存，而宝玉只能选择出家逃避。贾环这种庶出的儿子，也许在再恶劣的环境下亦可生存——在大乱中，所谓精英总是最先被淘汰的。

在中国的仕宦家庭中，往往有这样的现象：嫡生子安于守成，而小老婆生的不但聪明，而且性格坚韧，比大老婆的儿子更有出息。我想除了上文分析的成长环境决定性格之外，也许还有生理、医学方面的原因。大家族的公子结亲，更多的是从家族利益方面考虑，往往讲门当户对，甚至是世代姻亲。因此，女方的血缘远近、长相美丑、身体健康乃至性格原因不是主要因素，男主人自己做不了主，大致是"父母之命、媒妁之言"决定。大老婆政治地位高，可在闺房里不但很难得丈夫的专宠，而且丈夫和她的房事很有可能只是例行公事。纳的妾，地位不高，但一般比较漂亮——不漂亮，男人也不动这个心思——而且出身贫寒，是劳动人民的女儿，健康勤劳。丈夫纳妾可以自己做主，挑选中意的，是为了对自己无法做主的婚姻的一种补充，因此更有鱼水相融的快乐。贾宝玉不管是和黛玉还是和宝钗结婚，假如他纳的妾是袭人或者紫鹃，他和大老婆生的儿女也许都不如和妾所生的健康聪明——前者是近亲结婚，后者血缘更远。汉武帝当年幸亏和皇后阿娇——自己的亲表姐没有儿子，有的话没准太子是个晋惠帝那样的傻瓜，而和几个歌女生的儿子一个个都很健康。

清代乾隆朝的军机大臣尹继善，就是小妾所生。他父亲也当过朝廷大员，他自己则中了一甲榜眼，当了好些年大官，而大老婆所生的几个哥哥还科场蹭蹬，最后靠恩荫弄了个举人身份。作家二月河的"帝王系列"更是演绎了这么一段故事：尹继善刚过而立已经是侍郎，回去看望父母，对父亲和大夫人叩头后坐在旁边。大夫人为了敲打他的生母——不要因为自己所生的儿子出息就忘乎所以，让尹继善的生母站在旁边为她扇扇子。此情此景，尹继善心中的痛苦可想而知，但愤怒归愤怒，大夫人此举无碍于礼法，做儿子的没办法。乾隆当阿哥时，尹继善做过伴读，君臣交情不错，他便向皇帝倒苦水。皇帝想出一个办法，给他父亲的大夫人和她生母两人都封了诰命夫人——妻妾都有诰命是大清朝没有过的事情，真是旷代殊荣。乾隆此举乃不得已，他只能以提高尹继善生母的政治待遇来改善她在家庭中的地位，再霸道的大夫人总不敢让一个朝廷诰命夫人再干丫鬟干的事情。即便这样，皇帝老子也不能超越家庭长幼尊卑有序的礼法——只封妾的诰命而不封妻，而大夫人的诰命纯属水涨船高。

袁世凯是河南项城人（今属周口市），可死后不葬回老家，而是埋在安阳的洹水边。一个原因是当年他被摄政王载沣削职为民后，在洹水边等待时机东山再起，这是他的福地。另一个原因，据民间传说，因为袁世凯是小老婆生的，他当了直隶总督、北洋大臣后，生母死了，回家奔丧。他向主事的大哥（大老婆生的）提出两个请求：生母出殡走大门而不是走旁门，在老爷夫人的墓旁再挖一个穴，让他的生母安葬。大哥认为这样做是坏了规矩，便一口回绝。在外面再威风的袁世凯回家还得听大哥的，他为此很伤心，自己官至一品，可生母到死还摆脱不了妾的命运。因此再不回乡，连死后也葬在外地。

从乌进孝进贾府谈地主形象

　　我不知道看《红楼梦》的人有没有人喜欢贾珍，反正我不特别讨厌他，尽管这人身上有很多纨绔子弟的毛病，如好色、贪玩等。

　　我对贾珍印象最好的一次是第五十三回《宁国府除夕祭宗祠　荣国府元宵开夜宴》，当时外面风风光光的贾府，内瓤子已经败了。尽管贾珍每天斗鸡玩狗，但作为长房长孙，他知道维持这一大家子的困难。贾府因为要接待元妃省亲盖了大观园这个"一号工程"，更是捉襟见肘。作为官僚地主家庭，最大的经济来源之一便是地租，因而贾府盼望年底佃户们的上贡丰厚些。

　　可是屋漏偏逢连夜雨，佃户的头头——也可算贾府在关外一带的代理人乌进孝来送地租，让贾府很是失望，比平常年份少得多。因此，贾珍"皱眉道：'我算定了你至少有五千两银子来，这够作[做]什么的！如今你们一共只剩了八九个庄子，今年倒有两处报了旱涝，你们又打擂台，真真是又教别过年了。'"（《红楼梦》第五十三回）尽管大地主贾珍对收入很不满意，但因为几个庄子确实遭受了冰雹灾害，他除了发一通牢骚，也不能把佃户怎样，看来来年佃户们的地照种。

贾珍的网开一面是否因为他善良，体恤佃户的遭遇？显然不是。乌进孝送租子的场面，说明当时的地主和佃户之间，有种约定俗成的平衡关系，利益的分配、风险的承担并非由地主一方说了算。

在"阶级斗争为纲"的时代，孩子们受的教育是地主、佃农不相容，地主是青面獠牙、吃人不吐骨头的恶魔，佃农们只能承受他们无限的盘剥。因此，在人们心目中，地主老财大都是如刘文彩、黄世仁那样的混蛋。

从贾珍和乌进孝的对话来看，尽管佃农处在不折不扣的弱势地位，但地主并非为所欲为，他们之间有某种未必见诸纸面的约定。

《红楼梦》的这个情节让我想起小时候爷爷讲过的一个故事。

土改之前，我爷爷长期租种一个地主的两亩水田。这个地主有秀才功名，说话结巴，堂兄弟大排行中第九。因而大家当面恭维他为"九老爷"，背后就叫他"九结巴"。一年秋收，他照例到佃户家检查收成，按规矩这时候佃户都得倾其所有，好吃好喝地招待他。到了我爷爷家时，我爷爷让我奶奶打了两个荷包蛋应付他，根本没有杀鸡宰羊。他吃饭期间数次提醒我爷爷："没菜下饭，能不能给点酸辣椒？"我爷爷装聋作哑，果然上了一碗红通通的酸辣椒。看到如此不"明白"的佃户，九老爷大怒，顺口说了句："明年的田你别种得了！"——这就是要退佃的意思，关系到佃户一家的生存。我爷爷性格耿直，根本不服软，大叫："你这个九结巴，不让种我就不种了。"

地主、佃户就这样闹翻了，可是结果出人意料。强行让我爷爷退佃的两亩地，别的佃户谁也不去种，这九老爷不能眼看地荒芜，只好托人捎话给我爷爷，让他重新租种。

爷爷给我讲他这番"传奇"时，有点显示他不怕地主的味道，而且说："我不种别人不敢种。"等我多读了些书，才明白这种现象并不是个案。实际上，我爷爷和地主有一种契约关系，佃权是受习惯法保护的。只要佃户没有违约，比如正常年成没有不按约定交租，地主若无故取消佃户的佃权，是没有道理的，而别的佃户贸然接手这块田地，则违背了当地大多数人默认的游戏规则，他的损失会更大。这也是九老爷一气夺了我爷爷的佃权而田地荒废的原因。

乌进孝进贾府打擂台，也说明地主承认自然灾害是一种必须考虑的风险，因此可以减免佃户的地租。

我爷爷的所谓"胜利"并非他个人的力量，而是民间有一种传统的力量在约束双方。我从乌进孝交租谈到我爷爷的"胜利"，并非为地主剥削佃农辩解，而是想说明一点：历史上的事情并非是简单的概念能够概括的，一切现象的存在都有当时的现实基础，后人不可想当然地看待。

两次寿筵的权与情

在中国古代社会中，一个人的地位如何，基本上可以从他过生日的排场看出来。升斗细民的生日，除非他自己或最亲密的人能记住，其他人不会当回事。我们兄弟几人小时候过生日，记得最清楚的是我的爷爷，他会早早起来给过生日的孙子煮几个鸡蛋。因为孙辈延续着这个普通乡村老人的血脉和家族梦想，所以他很在乎。爷爷去世后，我自己的生日常常被忘记。

那么，如果过生日的是个权贵呢？即使他自己记不得自己的生日，也会有无数人帮他记起，趁着他过生日来巴结、来表忠心。古代的官员，"三节两寿"是揽财的好机会，而"三节"指春节、中秋、端午，两寿则是指老爷和太太的生日。有些权倾一时而又极贪婪的官员，他的小妾过生日，照样有下属送礼祝贺。

有权人士过生日，已经不是一个人诞生多少年的简单纪念活动，而演进为丰富多彩的政治秀。皇帝过生日叫"天长节"，那可是普天同庆的好日子呀。

明代大太监刘瑾、魏忠贤以及大学士严嵩当权时，他们的寿辰简直就是满朝文武的一场大聚会、大献礼，若有不谙官场规则不去送礼的官员，轻则丢掉乌纱帽，重则会被人找个茬儿关进大牢或充军。《水浒传》中的蔡太师过生日，他的女婿梁中书搜刮那些个金银财宝去孝敬老丈人，还得动用官府的武装力量来押送。

面对这种陋规，就算是清廉的大官也没办法，只能去"躲生"，找个地方藏起来让人没法送礼贺寿。同时，他也不能公开坏这个规矩，如果他在大门外贴个告示"今年生日不收礼"，或者将人家硬塞来的礼物上缴给监察部门，就会被人视作矫情而成为官场公敌。

《红楼梦》写过许多人过生日，描写得比较详细的是两次寿筵：贾府当权的王熙凤及家族中最受老太太宠爱的贾宝玉的生日。

全家庆祝凤姐的生日，我们看到的是"权"在起作用。"攒金庆寿"是大家长贾母出的主意，自然受到众口一声的赞成。贾母亲自策划孙媳妇生日party的方案，可见王熙凤在老太太心目中重要的位置。王熙凤既得贾母、王夫人的宠，又掌管贾府的内务，哪个不巴结她？在贾母、王夫人、薛姨妈的率先垂范下，就如领导同志带头给灾区捐款一样，群众被纷纷发动起来。平儿、袭人这些深得凤姐倚重的丫鬟不消说，那些每月每几个月领例钱的姐妹们、赖大之母这些老仆人，以及那些可怜兮兮的小丫鬟，也得掏钱凑份子给凤姐庆生。

一场本来是老太太偶尔想起的凑份子热闹热闹的生日聚会，一下子就成了一场争相表态的"秀"了，不管这些人心中如何想，哪怕平时恨死了凤姐，关键时刻必须态度明朗，以求政治上正确。

王熙凤连一向与她势如水火的赵姨娘也不放过，提醒道："上下都全了。还有二位姨奶奶，他[她]出不出，也问一声儿。今到他[她]们是理，不然，他[她]们只当小看了他[她]们了。"（《红楼梦》第四十三回）连贾珍的老婆尤氏也看不下去，骂王熙凤是个"没足厌的小蹄子"。

这个情节固然反映出凤姐的贪，但这并非主要原因，赵姨娘出的二两银子对这场寿筵来说没什么影响，凤姐关键是要通过贾府上下凑份子来显示自己的权威和地位——你赵姨娘平时再怎么心中诅咒我王熙凤，可表面上你不得不服。你要是不掏那二两银子，不但是不给过生日的王熙凤面子，更是不给策划这个方案的贾老太太面子。这样大的风险，赵姨娘受得了吗？专权者不是傻瓜，不会一直就以为人家真心诚意地服从他、奉承他，他知道腹诽的人不少，背后指责的不少，但这无所谓，他要求的就是表面上的服服帖帖，如此才能感觉到自己手中权力那沉甸甸的重量。官员过寿，聚敛当然是目的之一，另一个很重要的目的是要通过这样的方式，来测试下属对自己的态度。

一旦权力在场，所有的游戏都会变得背离它公平、有趣的主旨，变得功利、无趣。一个性格豪爽的下属，最不愿意和自己的上司在一个酒桌、一个牌桌或同一个KTV包房。比如前些年流行的所谓"四大傻"，即"领导夹菜我转桌，领导停牌我自摸，领导说话我唠嗑，领导泡妞我先摸"。

一百五十两银子凑上后，主持凤姐寿筵的是宁府的大嫂尤氏。尤氏利用这次临时的公权力，又开始送人情了。

尤氏和凤姐素有矛盾，但作为一个没有娘家背景的填房媳妇，对凤姐的声势也无可奈何。当尤氏作为凤姐生日的主事者时，忘不了叮嘱凤姐感念这位珍大嫂子的情，说："出了钱不算，还要我操心。怎么谢我？"谁知道凤辣子精得有些不近人情，回答："我又没叫你来，谢你什么！你怕操心，你这会子就回老太太去，再派一个就是了。"（《红楼梦》第四十三回）

王凤姐摆饭秋爽斋

这简直是连空头人情都不给尤氏，非常明白地告诉珍大嫂子，让你主持我的生日聚会不是我求你，而是给你一个出头的机会且是老太太的意思，你要不当回事就驳回老太太的面子吧。这话太狠，所以尤氏才回敬："我劝你收着些儿好，太满了就泼出来了。"（《红楼梦》第四十三回）

尤氏将平儿、鸳鸯、周姨娘、赵姨娘凑的银两还给四人，能见到尤氏思考问题的周到缜密。还给平儿乃是给凤姐的面子，还给鸳鸯自然是巴结贾母，还给周、赵两个苦兮兮的姨娘，则是显示她关心弱势群体，有同情心。如果只把钱退给平儿、鸳鸯，则是千夫所指，舆论会指责尤氏是个马屁精；若只退给周、赵姨娘，尽管群众评价不错，但会得罪贾母、凤姐这样的实权人物，有收买人心之嫌疑——所以，在这样的环境下，要做点好事也不容易，必须小心翼翼在安抚好既得利益者的前提下才能有所作为。

尤氏的娘家如果和王熙凤一样，未必她就不如王熙凤那样"能干"。

宝玉过生日，正好和王熙凤相反，他不追求场面的排场。王熙凤在乎众人凑份子的忠诚度，而宝玉对这些毫无兴趣，贾环、贾兰来拜寿，他也只是懒懒地应付。可到了晚上，真正的生日聚会才开始，而众人对宝玉的情分，大多发自内心。

没有贾母这类当权者的提议，宝玉房里的丫鬟如上次王熙凤过生日一样来了个"攒金庆寿"，袭人、晴雯、麝月、秋纹四大丫鬟和芳官、碧痕、小燕、四儿几个小丫鬟在不征求宝玉的同意下，凑了三两二钱银子，向厨娘柳嫂子买酒和果子。宝玉很是不忍，说："你们是那[哪]里的钱，不该叫你们出才是。"晴雯的回答是："这原是各人的心，哪怕他[她]是偷的，只管领他[她]们的情就是了。"（《红楼梦》第六十三回）

宝玉房中丫鬟所凑的钱，比王熙凤生日合府上下所凑的一百五十两，相差悬殊太大了。可王熙凤生日的凑份子，是"最高领导"老太太的提议——那样的环境下，领导的提议基本上就是命令，而宝玉生日丫鬟们的份子，完完全全是自愿。

"寿怡红群芳开夜宴"（《红楼梦》第六十三回）时，大观园中可爱的、可敬的女性都来了，宝玉房里的丫鬟加上大嫂子李纨、宝钗、黛玉、宝琴、湘云、香菱、探春，连当夜不能来的妙玉也让人持帖子拜寿。

王熙凤生日，是权力作张目的有组织行为，虽然气派热闹，大家口头的评价很高，可是对凤姐来说能得到什么呢？宝玉的生日，是姐妹们自发的无组织行为，其祝寿的人对宝玉都是真情。

两次寿筵，王熙凤正是权力的高峰，而宝玉呢，和姐妹们正是情谊的高峰。两次寿筵后，凤姐的权一点点被消磨，而那些多情的姐妹们也一个个开始凋零。

贾琏的底线和私有财产保护

贾琏是个很有意思的人。好色、纵欲、贪财、不好读书，纨绔子弟的毛病他几乎都有。但是他不同于贾府其他的子弟，他颇有持家的能力，办事干练，贾府几乎所有对外难办的事情都是他出面。

从道德的层面来评价，贾琏这些毛病都是基于人性弱点产生的，虽于礼法有碍，但不祸害别人，我以为只是小节有亏。美人金银，有几个男人不喜欢？

因为父亲贾赦不喜欢他，祖母不甚疼他，又娶了个娘家势力很大且泼辣能干的王熙凤，贾琏处在了荣府矛盾的中心，常受夹板气。在这样的情况下，贾琏做人依然有底线，在大德上没有什么问题。和那位读圣贤书、经科甲发达的同宗贾雨村相比，琏二爷的人品道德要高尚得多。

贾琏不虚伪，不会一面干着男盗女娼的事情，一面满口仁义道德。好色，他就表现出好色。无论是偷娶尤二姐，还是和府中仆人的妻子苟合，他会低眉顺眼去讨好，也会诱之以钱财，但是他不会倚仗自己的势力搞霸王硬上弓，比他父亲贾赦逼迫鸳鸯给自己做妾好多了。

在待人处事方面，贾琏尚能遵循世间起码的准则，分得清是非，他的人性在公侯之门中没有泯灭。王熙凤陪嫁的来旺媳妇仗着主子的权势，要给儿子强娶彩霞。贾琏向林之孝打听到这小子喝酒赌钱，毫不成器，怕好好地糟蹋了人家，劝谏王熙凤不要搞拉郎配，可惜王熙凤根本听不进去。

《红楼梦》第四十八回平儿来向宝钗讨棒疮药时，转述了贾琏被贾赦痛打一顿的缘由。贾赦喜欢古扇，得知有一个叫石呆子的人，祖上传下二十把旧扇子，让贾琏去交涉此事。贾琏愿意出高价购买，但石呆子不同意。为了巴结贾府，当地知府贾雨村"便设了法子，讹他拖欠了官银，拿他到衙门里去，说：'所欠官银，变卖家产赔补。'把这扇子抄了来，做了官价，送了来。那石呆子如今不知是死是活。老爷拿着扇子问着二爷说：'人家怎么弄了来了？'二爷只说了一句：'为这点子小事，弄得人家坑家败业，也不算什么能为。'老爷听了就生了气，说二爷拿话堵老爷呢"。

那个时候没有《物权法》，也没有成文的《民法通则》，但民间交易依然遵循着习惯法，而这种习惯法对一般老百姓的约束力很大。其基本原则和现代民法是相通的，贾琏和石呆子是平等的民事主体，为了买这些古扇，许诺"要多少银子给他多少"。石呆子坚决不卖，贾琏也毫无办法。在此事中，贾琏严格地按照规则办事，体现了"平等、自愿、公平、诚实、信用"的原则。

在民事交易中，交易方是平等的，不能因为权势而有差别，即使是政府和自然人之间。可是贾雨村采取了另一种方式，他利用公权力来剥夺个人的合法财产，先给石呆子安一个罪名"拖欠官银"，然后抄家，没收古扇，"做了官价"。——多少罪恶，就是这样假官府之名而产生的。

人常说中国古代没有民法的传统，只有刑法的传统。这话不完全准确，民事交易中，基本原则早就有了，不然的话，宋代、明代的商品经济异常繁荣从何而来？其实，最关键的是没有一种制度来防范公权力对私人合法权利的侵害，私人的财产权、人身权动辄受到官府的侵凌。白居易《卖炭翁》所描写的，就是典型的公权力任意剥夺个人财产："手把文书口称敕，回车叱牛牵向北。一车炭，千余斤，宫使驱将惜不得。半匹红纱一丈绫，系向牛头充炭直。"宫使因为替皇帝办事，便不用遵循民事交易的原则，不需要当事人自愿，强行进行了不公平的买卖，用半匹红纱一丈绫就轻易换得了一车炭。

没有公权力侵害个人民事权利的防范机制，中国历史上尽管曾经有过"四夷宾服"的繁荣，但很难有自由经济的真正发育，因为自由经济是公平的经济，对个人财产有严格的保护制度。西方有句谚语，说穷人家的破房子"风能进，雨能进，国王不能进"。西方的国王未经主人允许都不能随便进入一个穷人的家中，而《红楼梦》中一个地方官却能随便找个理由没收人家的私有财产。所以，中国谚语和上述西谚对应的是"灭门的府尹，破家的县令"。

因为凭借公权力，便可以践踏民事交易的基本原则。那么，无数的贾雨村们，他们为什么要去进行费时、费力、费钱的民事谈判？他们当然会想到用一种粗暴而"高效率"的方法，发一道公文，派几个衙役就解决问题了。当然，这种做法会有后遗症，贾琏对此有一份清醒。《红楼梦》第七十二回，听说贾雨村降职了，贾琏对林之孝说："他那官儿也未必保得长。将来有事，只怕未必不连累咱们，宁可疏远着他好。"

后来，因为石呆子自缢身亡，贾赦被御史弹劾遭到流放，贾雨村也罢官了。但这些后果并非是对民事交易原则破坏导致的，而是政治斗争中让人抓住了把柄。一个贾雨村倒了，无数的贾雨村还在做着没收石呆子古扇的那类事情。从《卖炭翁》时代的唐王朝，到"保路运动"中的清王朝，都是这样干的。清王朝一道"川汉铁路收为国有"的旨意，就让无数投资该铁路的股东血本无归，最后政府信用彻底破产，直接影响到武昌起义的爆发。任何人，都得为自己粗暴的"高效率"付出代价。

贾雨村恩将仇报的必然性分析

贾府败落后，贾雨村恩将仇报是肯定的事情。有人说曹公的原意有贾雨村落井下石、趁火打劫的情节，比如宝玉出家后，将其妻宝钗收为己有。此说有一定的根据，贾府家败后，对利益得失考虑得极其周全的宝钗一定会另找出路，而贾雨村算是合适的人选，两人可谓"志同道合"。一个人死了或出家，其妻子由兄弟收纳，也是满人的习俗。孝庄皇后在皇太极死后下嫁丈夫的弟弟多尔衮，汉人觉得是有乖伦常的丑闻，而满人不以为忤。贾雨村依附贾家以后，就是和宝玉以同辈兄弟相称。《红楼梦》第一回贾雨村自吟的对联"玉在椟中求善价；钗于奁内待时飞"，暗示了这种结局，因为"时飞"是贾雨村的表字。

高鹗续写的后四十回，也写到了贾雨村恩将仇报，对曹公的原意他有所体察，但在反噬的具体情节上，也许和曹公所想有些差别。《红楼梦》第一百零七回，奴才包勇在街上听到两人闲谈贾府被抄家的事情。一个人说道："他家怎么能败，听见说里头有位娘娘是他家的姑娘，虽是死了，到底有根基的。况且我常见他们来往的都是王公侯伯，那[哪]里没有照应。便是现在的府尹，前任的兵部，是他们的一家儿。难道有这些人还护庇不来么？"另一个人接腔道："你白住在这里！别人犹可，独是那个贾大人更了不得！我常见他在两府来往，前儿御史虽参了，主子还叫府尹查明实迹再办。你道他怎么样？他本沾过两府的好处，怕人说他回护一家，他便狠狠的[地]踢了一脚，所以两府里才到底抄了。你道如今的世情还了得吗？"

明清两代别的府的首长称知府，独都城的首长称府尹，地位很显赫，级别比知府高。但这个官不好当，地面上大官太多，必须会察言观色。贾雨村官做到这个地步了，他哪能像寻常百姓那样讲知恩图报呢？

贾雨村得到贾府的关照实在够多了，因为给林黛玉当家庭教师，林如海把他推荐给贾府，因此才得以起复。贾元春封为贵妃后，他更是紧紧抱住贾府不放，三天两头来串门，后来进兵部、做府尹也少不了贾府的鼎力相助。贾雨村对贾府的拍马屁也是无微不至的，贾赦看中石呆子的古扇，石呆子不愿相让，他便编造个罪名收押了石呆子，没收古扇孝敬给贾赦，害得石呆子上吊自杀。甄士隐有恩于他，可香菱被薛蟠强抢后，他牺牲恩人的女儿来巴结贾府、薛家。

负甄家之恩来奉迎贾府，和后来负贾府之恩奉迎皇家，这都源于相同的逻辑，而贾雨村在官场上混得如鱼得水必须如此。帝制下的中国，官场的生态本来就是龌龊丑恶，淘汰君子成就小人。在官场，没有交情，只有利益。贾雨村这样一个科第出身的贫寒子弟，要想飞黄腾达必须投靠豪门，可豪门倒了，他这样没有硬后台的人也容易受到池鱼之殃，因此想办法撇清自己是最重要的事情。在抄贾府的家这件事上，他有了最好的机会，只有"狠狠的[地]踢了一脚"，才能划清界限，显出自己的大公无私、大义灭亲，以博得皇帝的好感。此时就算贾雨村对贾府还有点内疚感，但和乌纱帽相比，这点算什么？

雨村依附黛玉进京

搞"瓜蔓抄"无限株连是中国帝制时代政治斗争的传统，一棵大树倒下，会有很多当初依附它的藤萝被铲除。贾雨村和贾府的关系，朝廷大小官员未尝不知道，而能让他来办这个案子，未尝不是观察他的态度，给他一个将功补过的机会——这根稻草贾雨村哪能放过，他一定会对贾府痛下狠手。

至于"前儿御史虽参了，主子还叫府尹查明实迹再办"，这是小老百姓不懂得上层政治斗争的微妙与残酷。皇帝为显示自己的圣明仁慈，绝对不会一开始就凶巴巴地断定功臣后代的罪行。如果不是他已经讨厌贾府，想惩办贾府的心思被下面的臣工揣摩出来，御史是不敢轻易参这样一个勋臣后代的，况且还是贵妃的娘家，即使参了，皇帝也不会批示——贾府得宠时，做的枉法之事还少吗？那时候怎的没人参倒贾家？明清两代，虽然科道官员很多，监察制度看起来很完备，但在皇权独大的情形下，负责监察的科道官员几乎成了皇帝或权臣的工具，他们基本上如此：本是皇家一条狗，蹲在皇帝大门口，说让咬谁就咬谁，让咬几口就几口。明代王振、刘瑾、魏忠贤秉政时，要打击政敌，首先就是唆使都察院的言官上本参劾那个人，然后开始收集证据、罗织罪名。严嵩父子深得嘉靖皇帝宠信时，天下文武百官争相投奔严家，而一个刚正不阿的杨继盛逆流而上，上疏皇帝历数严嵩父子"十大罪"，最后被严嵩整死。在处决之前，杨继盛的妻子上书皇帝，希望"即斩臣妾首，以代夫诛"（《明史·第九十七》）。杨夫人在上书中说到丈夫杨继盛的迂腐，"臣夫继盛，误闻市井之言，尚狃书生之见，遂发狂论"（《明史·第九十七》）。杨继盛因为讲真话被杀，目的就是要堵塞言路。高阳先生评价此事说："明朝杀谏臣，自此而始；反激排荡，致使言路趋于偏激，由意气而戾气，国亡始息。"当徐阶得知严嵩的圣眷已衰，嘉靖帝开始讨厌严氏父子，他便授意邹应龙上书参劾严氏，才扳倒严嵩父子。——皇帝的态度是最重要的。

权臣一倒，当初投靠其门下的官员绝对是争先恐后地落井下石以求自保。明正德五年（1510），大太监刘瑾被皇帝下令逮捕问罪，于是六科给事中谢讷、十三道御史贺泰立刻列奏刘瑾罪恶十九件，请正德帝明武宗朱厚照将其诛杀。都给事中李宪是刘瑾的党羽，此时也检举弹劾他，刘瑾闻之苦笑道："宪亦劾我邪？"刘瑾算是尝到了世态炎凉。崇祯帝即位后，先帝宠幸的魏忠贤眼看就要败亡，他手下的得力干将霍维华、贾继春立刻反戈一击，攻击魏忠贤。

明英宗时的大太监王振诱使皇帝亲征瓦剌，土木堡被俘虏。消息传到京城，大臣纷纷上疏监国的郕王朱祁钰即后来的景泰帝，说王振罪该万死，大臣在殿上大哭要求监国准旨。王振的死党锦衣指挥马顺上来呵斥众臣，要他们出去，惹翻众怒被活活打死。——注意，王振当权时投奔他的大臣众多，关键时刻站出来给他说话的只有一个武职官员。

反噬高手大多是如贾雨村这样科甲出身的读书人，他们年轻时读圣贤书，未尝一开始就无耻，很多人也有"修身齐家治国平天下"的志向，可一旦入了官场这个大染缸，想要往上走必须学会无耻。但文人无耻起来，比起武夫、贩夫走卒要厉害得多，因为他们有知识在作支撑，无耻的段位自然更高。

贾雨村恩将仇报第二个原因是心中长期压抑、自卑，屈辱感在贾府抄家时一下子爆发了。俗话说"升米恩，斗米仇"，一个饥饿的人得到某人一升米的资助，他会很感谢，若再继续资助他，他也许会想：凭什么你有一石米甚至一仓库的米，而我要依靠你的施舍？

对嗟来之食，一部分人是不食，但会受饿。另一部分现实的人会接受，可敏感的、有自尊的人绝对会有种屈辱感，这种屈辱感会导致对施舍者抱以深藏的怨恨，像贾雨村这类出身低微而自视甚高、有相当抱负的人尤其如此。

明代那些投身于大太监门下、靠谄媚而腾达的人，未必他们心中真的是对大太监感恩，而是因为大太监左右了皇帝，出于现实利益的考虑不得不如此。难道他们不知道刘瑾、魏忠贤是胸无点墨、靠侍候皇帝而弄权的阉竖吗？做奴才的奴才真的甘之若饴？

贾雨村是一个出身诗书仕宦之族的穷儒，"父母祖宗根基已尽，人口衰丧，只剩得他一身一口"（《红楼梦》第一回）。《红楼梦》第二回说他仕途之初，"虽才干优长，未免有些贪酷之弊，且又恃才侮上，那些官员皆侧目而视"，因此才被上司参了一本而丢官。这样的人自认为有济世之才，而其他人都是庸庸碌碌之辈，总觉得全世界的人都欠他的，关照他是应当的，是自己的才华使然，很难真心感恩。

投靠贾府以后，尽管得到官场的奥援，但贾雨村这种性格，内心很可能会觉得不公平甚至被轻视。贾府的人是靠祖荫和女儿成为贵妃而获得权势，贾雨村自己是靠"三更灯火五更鸡"的苦读才跻身仕途，且无依无靠，小小一本就能参倒自己，不得已才依靠贾府，但他未必能瞧得起贾府的那些子弟。大凡贫苦人家出身而获得权力的人，对家庭出身好的人总有些偏见，以为他们都是衙内，都是靠着关系才能上进的。这样的人在这些世家子弟面前有种自卑感，而要走出自卑的阴影最好的办法，就是把这类出身豪门的人踩在脚底下。

在贾府人的眼里，哪怕贾雨村的品秩再高，他只是和贾政身边那些清客一样，是来依靠贾府这棵大树的"叫化子"。因此宝玉对他极为不屑，每次贾政让宝玉去见贾雨村，宝玉都极力逃避——贾政是有科第情结的，他大概希望贾雨村这位进士成为儿子的榜样。贾雨村侵吞石呆子的古扇进献给贾赦，害得贾琏被贾赦狠揍了一顿，连平儿都说："半路途中，那[哪]里来的饿不死的野杂种！"（《红楼梦》第四十八回）一般的豪门，对来投靠的人，打心底里是瞧不起的，帮助他（她）也是以高高在上的施舍态度。如果是刘姥姥这样纯朴的老妪，即使觉察到鸳鸯等人是故意取笑她，也不会恼火；可贾雨村不一样，他是读书人，是进士，是大官，对贾府高高在上的态度感觉很敏感，由此会生出恨意。

只有贾府彻底倒了，贾雨村心头那个屈辱的结才能解开，所以说有时候报恩和报仇只隔着一层窗户纸。不仅人与人之间是这样，民族和国家也有可能如此。从甲午中日战争以来，日本处心积虑来图谋中国。在很多人看来，这是典型的恩将仇报，日本长时间从中华文化中汲取养分，但对异常自尊和敏感的日本人来说，对中华这位文化上的老师不但不会感恩，反而有种屈居人下的耻感，实力不济只好忍耐，一旦国力超过中国，就会如贾雨村对贾府一样狠狠地踹上一脚。在19世纪末至20世纪中叶这五十年间，日本对中国比哪个列强都要凶狠，就是要彻底将昔日的"恩师"击垮，才能从千年的自卑感中走出来，获得一种民族的自尊。如果当时日本的国力强于美国，也同样会像对中国那样对待美国，把"明治维新"时的师傅踩在脚下。

王熙凤借的是一把"倚天剑"

尤二姐是一个美丽、怯弱、惹人怜爱的女子，大多数男人喜欢这类需要呵护又不事张扬的妹妹，尤其是贾琏这类饱受悍妻之雌威的"妻管严"。在尤二姐的面前，贾琏可以恢复男人的自尊。因此，如果尤二姐做稳了他的侧室，如果再给他生一男半女，他心中的天平倾向尤二姐而疏远凤姐是肯定的。再加上有一个宁府长孙媳妇的大姐尤氏，若等她站稳了脚跟，凤姐想翻盘都难。

凤姐趁尤二姐还未被贾母等人接受时，来一个绝地反击，她使出了惯用的"嘴甜心苦，两面三刀；上头一脸笑，脚下使绊子；明是一把火，暗是一把刀"（《红楼梦》第六十五回）的必杀技，将尤二姐赚入贾府。可怜的尤二姐，没有听取兴儿的事前忠告，终于中套了。

《红楼梦》说凤姐除掉尤二姐是"弄小巧用借剑杀人"（《红楼梦》第六十九回），借的是秋桐这个傻丫头的嫉妒之剑，玩了个"鹬蚌相争，渔翁得利"。实则她借的是一把"倚天剑"，玩的是"大巧"。

凤姐暗中唆使尤二姐原来许配后来退婚的张华去告贾琏，"国孝家孝之中，背旨瞒亲，仗财依势，强逼退亲，停妻再娶"（《红楼梦》第六十八回）。

这种指控够吓人的，但仔细分析，别的指控都是"纸老虎"，连贾母也认为张华和尤二姐没有圆房，不算霸占别人的老婆，以贾府的势力，这样的事情太好摆平了。至于敬老爷丧事期间，做堂侄的贾琏娶二奶，只是丑闻而已，贾母不追究，别人也无可奈何，反正贾琏又不是官场上的人，只是这"国孝"中娶亲却是谁也担当不起的大罪。

其实，一个太妃薨了，算个甚事？一年内都不让王公贵族娶妻纳妾，岂不把许多人活活憋死。对这样的混账规定，大家心照不宣，该怎样干还是怎样干，可一旦有政敌要拿这样的事情来整你给上纲上线，就是大事了。

这类上纲上线的"倚天剑"威力无比，而倚靠的"天"，就是至高无上的皇权。作家二月河在"帝王系列"中写道：雍正皇帝的谋士邬思道逃掉了杀身之祸，在扬州一家饭庄的酒宴上碰到了知府车铭，他嘲讽戏弄这位当地最高长官，车铭本来完全可以利用权势当场羞辱邬思道，可邬思道写了首诗一下子就吓坏了车知府，诗是这样写的："苦苦苦苦苦皇天，圣母薨逝未经年。江山草木犹带泪，扬州太守酒歌酣。"

邬思道这招和王熙凤的招数完全一样，在中国古代这招非常奏效。贾府当时在政坛上的行情已一路看跌，这个"国孝"期间子弟娶亲的辫子，要是被人抓住来打击贾府，是很难对付的。不忠于皇室，这是天大的罪过，比什么贪污腐化、霸人妻女要严重得多。王熙凤将这招使出，宁府的贾珍、尤氏、贾蓉当然知道其狠毒，根本没有还手的可能。当然，即使贾母想保护尤二姐，在这招面前她也无可奈何。对贾母来说，家族利益是最重要的，一个女子的性命算得上什么？王熙凤将贾琏偷娶尤二姐和"国孝"联系在一起，便占据了制高点，贾母等一干人实质上已经被她劫持，只能听从她对尤二姐的摆布。

告人谋反，不忠于皇帝或领袖，想颠覆政权，是小老百姓整治仇人都会借用的"倚天剑"。古代有个笑话，说一个人看到和自己结仇的邻居早晨在屋外面一张布满露水的桌子上，用手指写了几个大字——"我要当皇帝"。此人如获至宝，扛着桌子去官衙告发，心想这下子仇人死定了。可到了官衙，露水被太阳晒干了，他空跑一场，还被人笑话。

明嘉靖年间的严嵩、严世蕃恶贯满盈，天下人痛恨之，徐阶等朝廷大员察觉到皇帝对严嵩已经不再宠爱时，便决定上一份重量级奏折，先置严世蕃于死地。刑部尚书黄光升、左都御史张永明、大理寺正卿张永直一起要给严世蕃拟罪名上报皇帝，他们是三法司（审判、复核、监督）"最高首长"，当然精通律令，准备将严氏父子杀害忠臣杨继盛、沈炼列为第一项大罪。这当然符合一般的办案逻辑，害死忠良够严重的。可首辅徐阶看完草稿后摇头表示不行，这样的奏折搞不死严世蕃，因为杀杨继盛、沈炼是经过皇帝点头同意的，岂不是让皇帝自我否定？于是徐阶撇开严世蕃已经板上钉钉的罪名，搞了个"莫须有"罪名，说他私通投降倭寇的海盗汪直，有图谋不轨的迹象。

这没有真凭实据的"谋逆"指控便要了严世蕃的命。三法司的"首长"固然精通律法，但徐阶比他们更懂帝国的政治，这就是徐阶比他们高明的地方。

王熙凤因为害怕尤二姐威胁自己的地位而要害死尤二姐，打出的却是冠冕堂皇的"国孝内娶亲"这张牌，如此没人救得了尤二姐。尤二姐死后，贾母也任凭人将尤二姐的尸体焚烧，这并非贾母冷酷无情，因为"倚天剑"太厉害了，她也害怕呀。王熙凤为了一己私利，不惜将家族的命运捆绑、劫持，尽管轻易赢了尤二姐，但她肯定会被众人更加痛恨。

酸凤姐大闹宁国府

贾母：既然无力回天，不如及时行乐

贾母是个善于享受的老太太，刘姥姥逢迎她："我们生来是受苦的人，老太太生来是享福的。"(《红楼梦》第三十九回)连她小时候在娘家摔倒额头上留下一个凹进去的伤疤，也被孙媳妇王熙凤奉承为专用来盛福盛寿的。

贾母除了和一些老仆人打牌逗闷子外，还喜欢和孙子孙女们在一起玩耍，享受天伦。贾府养着戏班子，专供贾母等人玩乐，对戏曲和音乐，她也很有鉴赏能力，比如让伶人在水榭里唱曲奏乐，自己带着子孙们远远地听着，感受利用水波对声音的特殊处理效果。玩腻了园内的玩意儿，王熙凤便给她找来一个"积古的老婆婆"陪她说说话，女清客刘姥姥便入了她的法眼。

贾母会享乐，并不等于她是个糊涂蛋，昏庸得对贾府正在走下坡路、子孙都不肖的现实缺乏起码的了解。书中，许多次她都流露出一种忧虑，对家族未来的忧虑，希望能想方设法挽救家族的颓势，中兴家族的赫赫权势，但同时她一刻也不放松享受。这看起来是一种矛盾，仔细分析起来，在当时的文化和制度背景下，这是贾母这个家族"最高领导人"必然也合乎理性的选择。

曹雪芹处在中国帝制时代回光返照的"康乾盛世"，他笔下的贾府也有全面衰败前一段回光返照的繁华，标志性事件一是元春省亲，衰败之象还不是很明显；二是贾母的八旬寿辰，贾府的人已经感觉到风雨飘摇的气息了。可即便这样，且看这位多福多寿的老太太寿辰的排场：

"二十八日请皇亲驸马王公诸公主郡主王妃国君太君夫人等，二十九日便是阁下都府督镇及诰命等，三十日便是诸官长及诰命并远近亲友及堂客。初一日是贾赦的家宴，初二日是贾政，初三日是贾珍贾琏，初四日是贾府中合族长幼大小共凑的家宴。初五日是赖大林之孝等家下管事人等共凑一日。

"自七月上旬，送寿礼者便络绎不绝。礼部奉旨：钦赐金玉如意一柄，彩缎四端……元春又命太监送出金寿星一尊……余者自亲王驸马以及大小文武官员之家凡所来往者，莫不有礼，不能胜记。"（《红楼梦》第七十一回）

《红楼梦》中的贾母和大清一个真实的老太太很相似，那个秉国四十余年的那拉氏——西太后慈禧。可以说贾母是大观园中的"西太后"，西太后是大清国的"贾母"。西太后更是个会玩乐享福的老太太，她比贾母更有条件过着奢靡的生活，因为贾母只是一个贵族家庭的主宰，而西太后是拥有四万万臣民的帝国"最高统治者"，完全可以以天下奉一人。慈禧六十大寿时，大清国已千疮百孔，自英法联军火烧了圆明园，曾国藩、左宗棠、李鸿章等名臣平息洪秀全、杨秀清引起的兵燹后，似乎大清有过一段"同光中兴"的时光，办了几个厂，买了几条船，"洋务运动"给大清涂上了一层闪亮的油彩。但这个尚处在中古时期的帝国根本的制度并没有改变，连被中国人一向视为"蕞尔岛国"的日本也看出大清的内在虚弱，正在磨刀霍霍虎视眈眈。

史太君两宴大观园

荣府贾母八旬大庆

在这种内忧外患下，大清的"贾母"——西太后过六十岁生日，也是不能凑合的。慈禧六十大寿，一切筹划都照乾隆二十六年（1761）皇太后七十大寿庆典办理。慈禧庆寿典礼，从头一年就开始准备，改"清漪园"为"颐和园"，大兴土木。自皇宫到颐和园，沿途布置彩棚、彩灯，备赏的饽饽850桌，用彩绸10万匹，红毡条60万尺。史载"用银至七百万两"，其中户部库银400万两，京官报效银121万两，外官报效银167万两，两淮盐商各捐银40万两，太监、宫女等也都报效银两——这和贾府上下凑钱为王熙凤过生日何等相似。

如此就断言慈禧是个荒淫无度毫不把国事放在心上的老太太，就如说贾母只贪图享受一样，失之于简单。慈禧和贾母一样，是一个能干厉害的国和家的"大家长"。她们首先是上了年纪的老太太，中国传统的老太太爱热闹、图面子的毛病她们都有，而皇权政治实质上就是人身依附政治，此种政治制度下面子文化特别发达。农村穷人家的老太太过花甲也要千方百计办几桌酒席，买身新衣服，何况贾母和慈禧？

慈禧并非不知道大清国面临的危机，但依然为了自己生日的气派不惜掏空国库，我以为除了老太太爱面子外，还有两个原因不能忽视。

一是"多年媳妇熬成婆"的补偿心理。贾母对王熙凤说过，她进贾府时，从重孙媳妇做起，而今又有了重孙媳妇。贾母史太君嫁入贾府时，正值贾府最兴旺的时期，在一个人口多、规矩多的大家庭里，贾母一点点熬出来，想必也有一些不为外人道的辛酸。慈禧作为一个父亲早亡、家道中落的旗人女儿，作为秀女选入后宫，在三千佳丽中要得到皇帝的宠爱何等不易，幸而她给咸丰帝生了个唯一的儿子。咸丰帝驾崩，年幼的同治帝登基，孤儿寡母的，她经历了许多的宫廷风云，数次渡过险关，如除掉肃顺等顾命大臣。到了晚年，至尊的地位已无人能撼动，却又来日无多，而此时不拼命地享受，过去受过的苦怎么能补偿回来？大凡从艰难环境熬出来的人，格外在意自己的地位是否被人挑战。贾赦要娶鸳鸯为妾，贾母大怒，说自己只有这样一个贴心的丫鬟，儿子都要来打主意。贾母对贾赦的愤怒当然不是可怜鸳鸯，而是认为贾赦想打自己的主意，通过控制鸳鸯而控制自己那笔可观的私房钱。这和慈禧太后总担心长大的光绪帝要架空自己，夺自己的权，难道没有相似之处吗？

二是她们觉得在自己生前已经无力回天了，那还不如及时行乐，苟且下去把难题留给后人，自己眼睛一闭什么也不知道了。贾府能否中兴，不在于如何开源节流、省吃俭用，如探春的那点改革于事无补，只有道德上的符号意义。贾府要维持家族地位，首先要圣眷还在，因此元春是他们政治投机最大的指望。其次则是贾府子弟要读书上进，通过科举进入仕途而不是坐食祖宗的遗产。这都是贾母在短时间内左右不了的大问题，在这样的政治环境下，家族的风险几乎无可预料和预防，即使贾赦不逼死石呆子，贾府的子弟一个个老实本分，如果在政治上站错队，龙颜大怒照样免不了抄家、充军的命运。相反，如果皇帝一直关照贾家，出十个贾赦、贾珍又有什么关系？如此贾母除了祈求上天和祖宗保佑外，几乎不能有什么作为，那么也就只能享受了。因为传统中国人安全没有保障，尤其在大转型的末世，从上层到下层，普遍是得过且过，今朝有酒今朝醉。如果让他兢兢业业、省吃俭用，不知道积攒的财富一觉醒来落入谁手，哪怕自己是浪费、糟蹋，总是自己在使用，比落到别人手中合算。

慈禧太后何尝不是如此？她如果生活在英国那种体制下，其作为未必比维多利亚女王差。慈禧晚年也看到了世界大势，并不一味地反对变法。

但作为一个从秀女熬到大清第一人的老太太，让她为了子孙后代，为了整个统治集团的长远利益，牺牲个人眼前的利益是很难的，康有为、梁启超、谭嗣同等维新党人没有认识到人性的自私，一味地要求太后交权，只可能适得其反。慈禧即使在六十岁大寿不修颐和园，让北洋水师多买几艘兵舰，难道大清在甲午战争中会战胜日本，成为亚洲第一强国？日本已经发生了制度上的变革，而大清还是一个满蒙贵族享有特权的传统帝国，就算侥幸赢了一场战争，但在以后的竞争中也很难赢过日本。连探花出身的封疆大吏张之洞都认识到"西艺非要，西政乃要"（《劝学篇》），但慈禧和整个满蒙贵族集团当时都不能乐见清朝的政治制度发生革命性变化，那么慈禧和贾母一样阻挡不住死后的天翻地覆。

既然如此，那就享乐吧，多一天是一天。这是贾母和慈禧等老太太不约而同的选择。这种贾府和清代最高统治者的末日心态有其历史的、文化上的必然。

第四章　边缘人空隙中的生存

《红楼梦》中还有一类人，他们既不是主子，也不是奴才。对贾府来说，他们看起来身份是独立的，如刘姥姥这样的穷亲戚，陪着贾政附庸风雅的清客，尼姑道婆，贾芸、贾芹这类族中子弟，和贾府比邻的放高利贷者。——我把这些人命名为边缘人。

说他们边缘，首先是他们身份的边缘，士、农、工、商把他们划到哪一类都不太贴切。他们中有人读书，却没能做官；他们中有人干的是仆人的活，却有公子哥的名分；他们中有人名义上是贾府的亲戚，实质上是来求乞；他们中有人说是化外之人，却比化内之人还善于计算利益得失。

其次是他们行事方式的边缘。他们不是单纯靠某种技艺或职业为生，而是寻找各种各样生活中的"空隙"谋取生存之本。他们通过各种方式依附于贾府这棵大树，或者做那些不为一般人瞧得起的营生，如放高利贷或偷盗，做伶人或娼妓。

还有他们价值观的边缘。他们的价值观不属于非黑即白的主流价值观，他们身上往往是贪财、怯弱、仗义、狡猾、善良等的混合体，按照一般主流价值观来分析他们的行为往往如隔靴搔痒，因为他们在谋取边缘利益，价值观必须边缘，难以泾渭分明。

现实生活中存在着许许多多"空隙"，这些"空隙"能容纳相当多的人生存，那么自然就会产生边缘人群，这是社会的常态。

刘姥姥的智慧与善良

刘姥姥无疑是《红楼梦》中一顶一的聪明人。人间最大的聪明不是治家治邦，也不是吟诗作画，而是审时度势、察言观色和趋利避害。因此，相比较"机关算尽太聪明"的凤姐、"心较比干多一窍"的黛玉，以及"心比天高"的晴雯，刘姥姥具有在社会底层积累的草根智慧，就如一只在林莽中生存的野生动物一样，本能地感觉到哪里有食物、哪里有危险。不过，一旦将野生动物圈养在动物园里，无食物安全之虞，它们的这种本领便会急剧退化。这也是刘姥姥的生存智慧高于大观园中诸人的根本原因。

穷人如何发现机会？

人在困窘或危险的时候，反而能急中生智，找出一条出路来。当年李斯在楚国过着穷困潦倒的生活，他去上厕所时，看到偷食粪便的老鼠一见有人入厕，便吓得四处逃窜；而打开一个谷仓，看到吃得饱饱的老鼠躺在那里一动不动，根本不害怕人。于是，李斯悟出来了："人之贤不肖譬如鼠矣，在所自处耳。"（《史记·李斯列传》）仓中鼠比之厕中鼠，不但舒服而且安全。李斯便离开楚国去秦国做了客卿，最后官至相国。另一位离开楚国，走异路、去异地，去寻找别样的人生的伍子胥和李斯经历有点类似。不过，伍子胥是被迫离开故土的，作为楚国的望族，父兄被楚王处死，大难临头的他过昭关时一夜愁白了头。到了吴国，伍子胥过了一段"吴市吹箫"的乞丐生活，但总算保住了性命，还辅佐吴王成就了霸业，攻下郢都报了血海深仇。可随着李斯和伍子胥位高权重，他们年轻时那种求生的本能变得迟钝。最终，李斯在灭族之前，抱着自己的儿子痛哭："吾欲与若复牵黄犬俱出上蔡东门逐狡兔，岂可得乎？"（《史记·李斯列传》）伍子胥在被夫差杀死前，要求把自己的人头挂在姑苏城阊门之上，看着吴国被越国灭亡。这两个人在无法挽救自己性命时，也只能发出这种绝望的哀鸣。古代士人中，如张良、刘伯温这样早年困窘时知道求显达之术，成功后知道避祸独活的智者，实在太少了。

穷人自然是弱势群体，在权贵们的面前是待割的鱼肉，但穷人依然可以发现机会。老虎是百兽之王，整个森林里的动物几乎都是它的食品。但是，一只小得不能再小的蚊子，可以在老虎庞大的身躯上吸一点血来养活自己。老虎因为庞大，也不在乎放这点血，对蚊子的行为几乎是无可奈何的默许。

刘姥姥是个积年寡妇，跟着自己的女婿、女儿过活。她的女婿狗儿是一个小京官的后代，由于家道中落，靠两亩薄地生活。狗儿和大多数破落户子弟一样，既没有重振祖业的雄心，又不甘心生活的艰难，更多的是颓废与埋怨。对于女婿在酒后的气恼，刘姥姥的一番开导非常有水平："姑爷，你别嗔着我多嘴。咱们村庄人，那[哪]一个不是老老诚诚的，守着多大的碗儿吃多大的饭呢。你皆因年小的时候，托着老家之福，吃喝惯了，如今所以把持不住。有了钱就顾头不顾尾，没了钱就瞎生气，成个什么男子汉大丈夫呢！如今咱们虽离城住着，终是天子脚下。这'长安'城中，

遍地都是钱，只可惜没人会去拿罢了！在家跳蹋会子也不中用。"（《红楼梦》第六回）

刘姥姥这席话骂尽天下所有游手好闲惯了的子弟，他们对于生活除了唉声叹气、感叹命运不济外，没有任何努力改变现状的动力，以往的优厚生活使他们的视力存在着盲区，看不到或者是不屑于抓住一点点小机会。比如在北京这样的大城市，一些下岗的老北京觉得这个世界都欠他们的，他们住着祖上传下来的房子，拿着政府最低生活保障，而还在发牢骚说世道不公。可那些从河南、四川、安徽等农村进京的农民，他们没有北京人所具备的天然优势，包括见识、受教育的程度，但他们珍惜自己发现的哪怕一点点机会，什么活都能干，当保姆、扛沙包、开小饭店、做保安……比起贫穷的老家，他们觉得大城市简直是天堂，机会太多了。只要不把他们遣送回家，他们什么白眼、歧视、劳累都可以忍受。他们虽然卑微，但比起老家来，自己以及自己家人的生活质量有了很大的改观。

"这'长安'城中，遍地都是钱，只可惜没人会去拿罢了！"（《红楼梦》第六回）现在也一样，在北京、上海、深圳、广州这样的一线城市，普通人只要不懒不笨，谋生比在乡村容易得多。穷人如何抓住改变自己生存的机会，有时不取决于能力，而是如中国国家足球队前教练米卢所说的那样："态度决定一切。"

乞求没有什么大不了的。

刘姥姥便有主动出击的态度，有了这种态度，自然会找到一个合适的方案。为了找到进城攀附的门径，刘姥姥还对自己的懒女婿狗儿循循善诱。为此，狗儿抱怨："难道叫我打劫不成？"

当然，"打劫"也是小人物改变命运和生存状况的一种方式，但这种

秋香桂子登

厚德载福

刘姥姥投奔周瑞家

把命赌出去的方式不能轻易使用，也不是谁都能使用，而这世间还有比"打劫"更安全、更经济的方式。刘姥姥说："'谋事在人，成事在天。'咱们谋到了，看菩萨的保佑，有些机会，也未可知。我倒替你们想出一个机会来。当日你们原是和金陵王家连过宗的，二十年前，他们看承你们还好，如今是你们'拉硬屎'，不肯去亲近他，故疏远起来。想当初我和女儿还去过一遭。他们家的二小姐着实响快，会待人，倒不拿大。如今现是荣国府贾二老爷的夫人。听见他们说，如今上了年纪，越发怜贫恤老，又爱斋僧敬道，舍米舍钱的。如今王府虽升了边任，只怕二姑太太还认得咱们。你何不去走动走动？或者他［她］念旧，有些好处，也未可知。只要他［她］一发点好心，拔根寒毛比咱们的腰还粗呢！"（《红楼梦》第六回）

说到这里，雪芹似乎有一败笔。刘姥姥说和她的女儿去过王府，王夫人当时尚未出阁。那么刘姥姥带女儿进王府时，至少在刘姥姥一进荣国府之前二十多年，因为此时王夫人已经当奶奶了，贾珠的儿子贾兰好几岁了。刘姥姥带女儿进王府，至少自己的女儿当时已许配给王狗儿，这样她才有上门的理由。唯一可以解释的是，刘姥姥的女儿一出生就已经许配给狗儿。在古代，定娃娃亲很正常。

刘姥姥认为王狗儿家装硬汉是极不明智的行为，世上当然嫌贫爱富、人一阔就变脸的事情很多，但也有不少人因为自己混得不好而自惭形秽，留恋过去的显达使自己不能牺牲自尊。

在生存面前，自尊有时算不了什么，乞求并不是件很丢人的事情。刘姥姥接着分析了去攀附贾府成功的可能性："如今上了年纪，越发怜贫恤老，又爱斋僧敬道，舍米舍钱的。"她认为王夫人可能因为念旧而帮助狗儿一家。刘姥姥这种分析是建立在对人性的理解上的。富人需要施舍给自

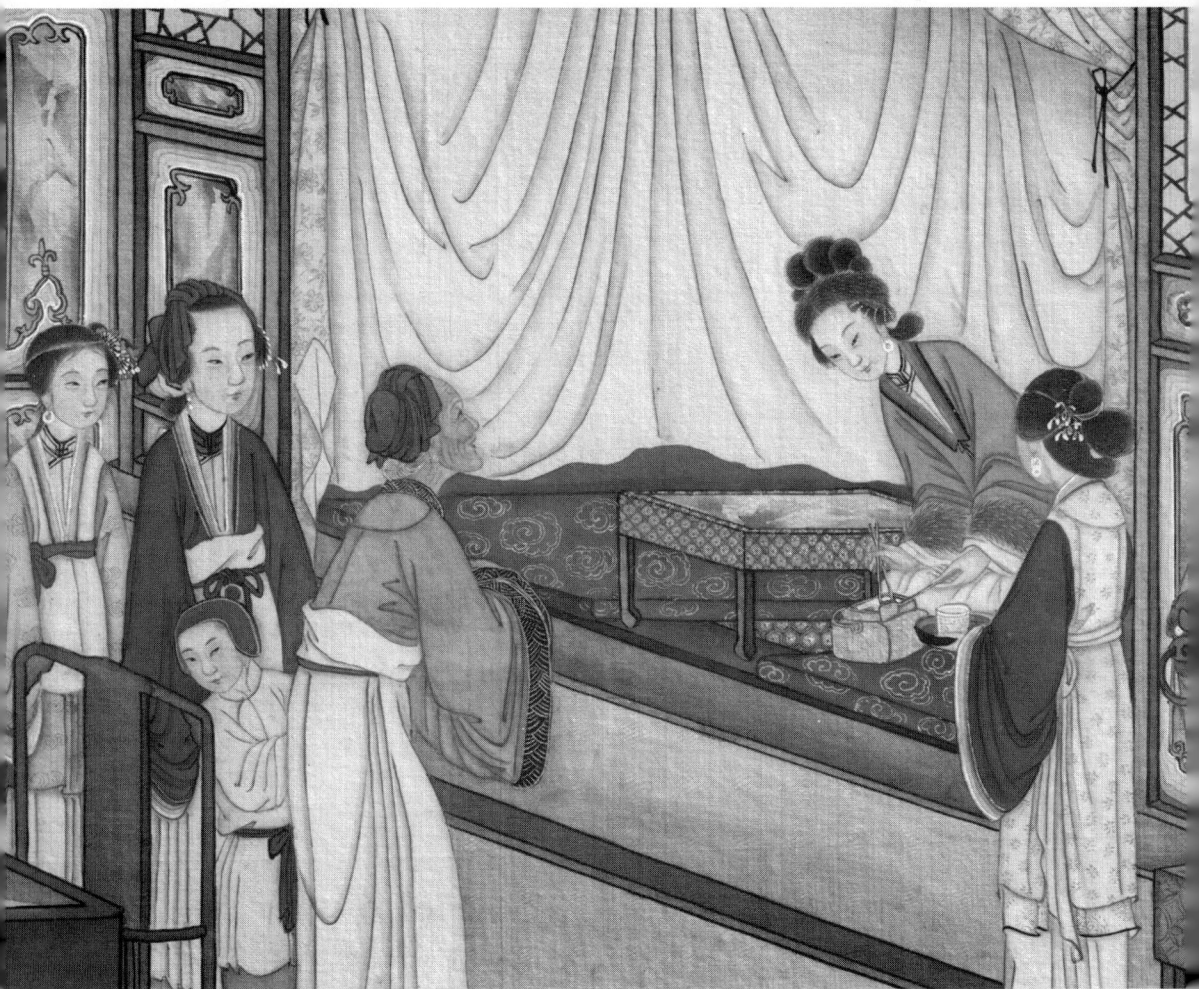

刘姥姥一进荣国府

村姥姥初会王熙凤

己带来快乐和安慰，而不忘穷亲戚对他们来说，是一种可以博取舆论称赞的美名。

这样的人性，东西方都有。美国作家克里斯·马修斯在《硬球：政治是这样玩的》中说道："一个人被追求的时候总是会产生快感，高明的职业政治家都知道这个小秘密。"他还引用了马基雅弗利的一句名言："施恩正和受恩一样都使人们产生义务感，这是人之天性。"

听了丈母娘的一番宏论，狗儿立马开窍，不愧是官宦子弟，能举一反三。狗儿建议刘姥姥去贾府"试试风头儿"，当刘姥姥和自己的女儿害怕侯门深如海，根本见不到真佛时，开窍了的狗儿给刘姥姥找到了一把"钥匙"："不妨，我教你老人家一个法子：你竟带了外孙子板儿，先去找陪房周瑞；若见了他，就有些意思了。这周瑞先时曾和我父亲交过一件事，我们极好的。"（《红楼梦》第六回）

二十年前埋下的"因"，看似无用，关键时刻便能结"果"。在这里，我们必须要问一句：王家和狗儿的祖辈、父辈究竟有何种交情？我们知道狗儿的祖父是个小小的京官，和累世公卿的王家不会有太大的渊源——天下姓王的太多了——可小京官级别不高，但他处在六部的要津之地，信息灵、路子广。王侯之家尽管位高权重，但伴君如伴虎，如果不及时了解中枢的种种信息的话，弄不好一夜之间就抄家丢官，因此对狗儿祖父这样的小京官，他们不敢怠慢，且愿意结交。封建时代，外面的封疆大吏结交京内穷官是一种传统的生存方式。王家需要小京官做耳目，狗儿的祖上需要攀附豪门，因此两家联宗十分自然——这点从后来贾雨村和贾家联宗也可看出。

狗儿祖上埋下的"因"，具体说来就是周瑞周大爷"昔年争买田地一事多得狗儿他父亲之力"。周瑞夫妇俩原是王家的仆人，"宰相门房七品官"，周瑞想必很神气。但大凡高官的奴仆仗势欺人，不是直接打着老爷的旗号——这样也太给老爷丢人——他们一般说来是巧妙地利用老爷的社会关系。比如说周瑞当年买田地，大概是强买强卖，和薛蟠强买香菱一样，产生争端时他自然不会惊动老爷——这样的话这个奴才太蠢了。他便找到和老爷联宗的小京官狗儿之父，小京官也乐意送个顺水人情，进一步巴结王家。如果要结交高官，对他的秘书、司机这些长随决不能得罪。

能跟着小姐出嫁做陪房的奴仆，地位都不同一般。贾、史、王、薛四大家族互相联姻，跟过来的陪房简直就如一国派向另一国家的驻外大使，婆家是不能怠慢的，否则就是藐视亲家。这也是周瑞家的能当奴才头子、平儿谁都不敢得罪的原因之一。《水浒传》中《智取生辰纲》一节，杨志押送生辰纲途中，有一个谢都管根本不把他放在眼里，原因就是谢都管是梁中书的妻子即蔡太师女儿嫁过来的陪房，在梁府他几乎可以代表蔡府。

攀附方案一定，刘姥姥家便选出两个最合适的"演员"——刘姥姥和板儿，一老太太一小孩子。这样的人马出场，首先能博得同情分，其次如刘姥姥所说的那样："你又是个男人，这么个嘴脸，自然去不得；我们姑娘，年轻的媳妇儿，也难卖头卖脚；倒还是舍着我这副老脸去碰碰。果然有好处，大家也有益。"（《红楼梦》第六回）

刘姥姥一进荣国府，完全是经过精心策划的攀附、乞食行为，而从刘姥姥的策划中可看出她对世情的洞察和人情的了解。剧本已经策划好，就看刘姥姥"撞木钟"的演技了。

"以丑事人"的小品演员

刘姥姥一进荣国府，受到的待遇是比较冷淡的，戏剧是不可能一次达到高潮，而刘姥姥的这番投石问路基本上达到了预想的目的，更主要是和豪门中断了二十多年的"线"又续了起来，接着要做的便是沿着这条线继续走下去。

周瑞家的为了显示自己在贾府的地位，至少让刘姥姥见到了贾府的主要人物——当家的凤姐，这比刘姥姥打秋风得来二十两银子要重要得多。有了这个开头，才有刘姥姥二进荣国府的种种殊遇。

刘姥姥虽然是一乡村老妪，但对办事的种种"潜规则"烂熟于心。当凤姐赏给刘姥姥二十两银子后，她转身拿出一块给周瑞家的，说让周瑞家的给孩子买糖果吃。尽管周瑞家的瞧不上这点银子婉言谢绝了，但刘姥姥必须有这样的表示，因为是周瑞家的的引荐之力才得以见着凤姐的，否则她就是不懂规矩，再想二进荣国府把路拓得更广就难了。

王熙凤对一进荣国府的刘姥姥冷淡是正常的，这位凤姐能于百忙之中拨冗一见这位贫婆子，已经很不容易了，主要是得给周瑞家的——自己的婶母兼姑妈王夫人陪房的面子，也是给王夫人的面子。对刘姥姥的关照，从另一层意思来说，是曲折地表达王家人在贾府不容置疑的地位。

刘姥姥二进荣国府，正是元妃省亲后不久，大观园内姹紫嫣红、一派兴旺气象的时期。再次来打秋风的刘姥姥更显出她的世故与精明，以及察言观色、见机行事的本领。首先她带着根本不值几个钱的乡土特产来到贾府，则是找了个再次打秋风的理由。刘姥姥对平儿说："这是头一起摘下来的，并没敢卖呢，留的尖儿孝敬姑奶奶姑娘们尝尝。姑娘们天天山珍海味的也吃腻了，这个吃个野意儿，也算是我们的穷心。"（《红楼梦》第三十九回）这一番话真是体现了刘姥姥拍马奉承的炉火纯青，该表达的都表达了，却一点也不肉麻拙劣。至于是否真的是头一茬瓜果摘下来孝敬贾府，只有天知道。

刘姥姥的杰出表现，终于获得了最大的回报。用周瑞家的话来说："可是你老的福来了，竟投了这两个人的缘了！"（《红楼梦》第三十九回）哪两个人的缘？贾府的实权派、掌握经济大权的凤姐和"最高领导人"、贾府精神领袖贾母史太君。投了这两个人的缘，刘姥姥在贾府就可以通吃了。

凤姐留刘姥姥住下来，把她郑重推荐给贾母，并非凤姐真的怜贫悯老，而是她了解贾母的爱好。贾母享尽荣华富贵，在大观园里百无聊赖，希望找点笑料，找个乡野的穷婆子解解闷而已，正如贾母第一贴心丫鬟鸳鸯说的那样："天天咱们说外头老爷们吃酒吃饭，都有凑趣儿的，拿他取笑儿。咱们今儿也得了个女清客。"（《红楼梦》第四十回）刘姥姥的角色，和整天陪贾政吟诗作对的读书人詹光、单聘仁一样，出卖自己的自尊与人格，以换取主人高兴从而获得奖赏。

当刘姥姥对凤姐千恩万谢时，因说话粗鄙，周瑞家的一再用眼色制止。可周瑞家的不知道，粗鄙正是刘姥姥的"卖点"之一。比如说一个进

刘姥姥二进荣国府

城开饭馆的农民要想立足，自然不能学大饭店搞豪华装修、请知名大厨，他只能走"乡土气息"的路子，用地道的乡野小菜来吸引吃惯了大餐的城里人。刘姥姥正是靠粗鄙、乡土博得了贾母的欢心。她一个从乡下来到公侯之门打秋风的老太太，到了贾府她要有所为，要达到事先预定的目标实在太难了。因为想依附贾府的人实在太多，有贾雨村这样科甲出身的读书人，有围绕着贾政的一帮清客，还有贾家宗族的一些子弟……

分析刘姥姥的客观条件，她实在太没有竞争力了。论关系远近，她女婿狗儿的父亲当年在京与王家联过宗，和贾府的关系简直比九曲黄河还要拐得更远；比奉承巴结的成本，她那点土特产哪比得上其他的财主；比重要性，她当然不如做官的贾雨村。

那么，刘姥姥能讨贾母和贾府上下高兴的，唯一的法子就是演一个丑角，以"女清客"的身份故意搞笑，甚至不惜作践自己，以娱乐大观园广大人民群众。

贾府的人，家里专门养着戏班子，什么样的正剧没看过？什么样的曲艺没欣赏过？完全比才艺，刘姥姥能比得上那些受过专业训练的龄官、芳官吗？所以，她只能以"土"取胜，以"丑"取胜，就如本山大叔演小品一样，卖点就是土得掉渣的东北乡土味道。

如果自己不把自尊当回事，那么自尊就什么都不是，就可以完全进入角色，演得淋漓尽致。刘姥姥何尝不知道这点呢？当吃饭时凤姐和鸳鸯一起捉弄刘姥姥，鸳鸯为此对姥姥说："姥姥别恼，我给你老人家赔个不是。"刘姥姥心里如明镜似的，早就知道自己在这场大戏中的科诨角色，她说："姑娘说那[哪]里话？咱们哄着老太太开个心儿，可有什么恼的！你先嘱咐我，我明白了，不过大家取笑儿。我要心里恼，也就不说了。"

（《红楼梦》第四十回）

刘姥姥演"小品"的水平不亚于本山大叔。她便是作践自己的形象，将一个快乐、惜财、爱热闹、满身土里土气的农村老太太那份本色戏演得活灵活现。

刘姥姥信口开河惹得宝玉刨根问底的那个小故事显出她"抖包袱"的本事：说到雪天听到屋外响动，以为有人来偷柴草时，便故意停顿，卖了个关子，惹得贾母的思维不得不跟着她往下走，不觉得入了戏，猜测是过路客人拿柴草烤火御寒。这时，刘姥姥将"包袱"抖了出来，说是一个十七八岁的标致小姑娘。

"包袱"抖出来后，因为大观园发生了小火灾，便戛然而止。当知道贾母因为失火而厌烦了这个故事时，刘姥姥知趣地打住。可是贾府另一个重要人物宝玉却不依不饶问到底，刘姥姥不敢得罪这个小霸王呀，便顺着宝玉的爱好信口编了一段凄婉的故事，惹动了宝玉怜香惜玉之心，傻傻地派茗烟去找那个子虚乌有的庙。这即兴创作的水平如何？

刘姥姥满口村话，却是那样幽默有趣，形象生动。夸大观园的气派美丽，她说："我们乡下人到了年下，都上城来买画儿贴。时常闲了，大家都说：怎么得也到画儿上逛逛。想着那个画儿也不过是假的，那[哪]里有这个真地方呢。谁知我今儿进这园里一瞧，竟比那画儿还强十倍。"（《红楼梦》第四十回）这段先抑后扬、先虚后实的赞美，胜过宝玉、黛玉等人的词赋。

当大伙儿给刘姥姥头上插满花，她自己打趣道："我虽老了，年轻时也风流，爱个花儿粉儿的，今儿老风流才好。"（《红楼梦》第四十回）

粗鄙的词汇、充满乡土气的动作正是刘姥姥打动大观园中诸人的根本

村姥姥是信口开河

原因，就如本山大叔的小品一样，只有充满东北黑土地的乡野气息，才博得了观众的喝彩。我们想象一下，如果刘姥姥假装斯文，说那些着三不着四的文辞，本山大叔改变戏路装城里的绅士，效果如何？肯定是东施效颦。

刘姥姥"演出"最成功的一幕是吃饭前，她高声说道："老刘！老刘！食量大如牛，吃个老母猪不抬头。"（《红楼梦》第四十回）说完，却鼓着腮帮子，两眼直视，一声不语。众人先是发怔，后来一想，上上下下都一起哈哈大笑起来。

曹雪芹用各人的不同的笑来衬托了刘姥姥的演出效果："史湘云撑不住，一口饭都喷了出来；黛玉笑岔了气，伏着桌子叫嗳[哎]哟；宝玉早滚到贾母怀里，贾母笑的[得]搂着宝玉叫'心肝'；王夫人笑的[得]用手指着凤姐儿，只说不出话来；薛姨妈也撑不住，口里茶喷了探春一裙子；探春手里的饭碗都合在迎春身上；惜春离了坐位，拉着他[她]奶母叫揉一揉肠子。地下的无一个不弯腰屈背，也有躲出去蹲着笑去的，也有忍着笑上来替他[她]姊妹换衣裳的，独有凤姐鸳鸯二人撑着，还只管让刘姥姥。"（《红楼梦》第四十回）能把黛玉这种尖酸多才的小姐和王夫人、薛姨妈这种注重仪表的贵妇逗成这样，可见其功力。

刘姥姥尽管在哄大观园所有的人，包括丫鬟们的开心，但她心中有谱，知道谁最重要，因此对这些人使出浑身解数来取悦。她看得很准，看出来贾府的重点人物是贾母、王夫人并凤姐姑侄、宝玉。书中写道："那刘姥姥虽是个村野人，却生来的有些见识，况且年纪老了，世情上经历过的，见头一个贾母高兴，第二见这些哥儿姐儿们都爱听，便没了说的也编出些话来讲。"（《红楼梦》第三十九回）

黛玉说刘姥姥是手舞足蹈的"牛"、是"母蝗虫"，而妙玉连刘姥姥喝过茶的杯子都要砸掉。其实，刘姥姥的出现，实质上刺激了她们。从根本上来说，她们和刘姥姥没有太大的区别，都是贾府的"乞食者"。作为一个村妇，刘姥姥早把"面子"两字给忘了，从从容容、直直白白地"乞食"，因而率真可爱；妙玉的乞食，偏要装出一副清淡高雅、独立不群的样子来，其实也势利得可以，比如对宝钗、黛玉和宝玉，她另眼相待。

乞食就要像刘姥姥这样，彻底放下来做个真正的乞食者，否则的话弄巧成拙。在大难到来的末世，像刘姥姥这样看透世情的穷人反而可以好好地活下来，而放不下一些"魔障"的妙玉，最后是"欲洁何曾洁？云空未必空。可怜金玉质，终陷淖泥中"（《红楼梦》第五回）。

刘姥姥二进荣国府满载而归，不仅仅是得到一百多两银子可以回去买地，更为重要的是贾府承认了和她家稳定的亲戚关系。平儿对她说："到年下，你只把你们晒的那个灰条菜干子和豇豆、扁豆、茄子、葫芦条儿各样干菜带些来。"（《红楼梦》第四十二回）隐含的意思就是，刘姥姥以后可常来常往了。有了贾府这棵大树，刘姥姥一家在当地肯定不敢有人欺负了。

刘姥姥三进荣国府时，她自己说："如今虽说是庄稼人苦，家里也挣了好几亩地；又打了一眼井，种些菜蔬瓜果。一年卖的钱不少，尽够他们嚼吃的了。这两年，姑奶奶还时常给些衣服布匹，在我们村里算过得的了。"（《红楼梦》第一百一十三回）

刘姥姥的"卖丑"，能获得读者的尊重，是因为她心里如明镜似的：知道贾家老太太就是喜欢自己的土气和滑稽，并非真的惜老怜贫；自己就是个请来演"小丑"的老太太，并非真的是侯门的贵戚。刘姥姥正因为有这份清醒，才有了三进荣国府报恩的可能。——真正的喜剧演员是智者，比如卓别林和赵本山。

曾经从清华、北大BBS走向全国媒体的网络超级红人芙蓉姐姐，其成功吸引广大年轻人目光的原因和刘姥姥在大观园引起轰动的原因很相似。要知道，想在网上出名的人如过江之鲫，有长得很漂亮的，也有才华横溢的。可是网络这个大平台上，单单的比拼才貌，是一种没有轰动效应的常态，就如贾府中戏班子的女孩老是比唱腔、比身段，有什么看头呢。但这个芙蓉姐姐，一个乡下进城的大姐，研究生多年考不上，貌寻常才艺更是寻常，可她自我感觉很好，孜孜不倦地上网贴自己的"艺术照"和舞蹈的视频，时间一长，便成了另类的风景。那些在网上已经疲惫的年轻人，就如宝哥哥、林妹妹一样，读唐诗宋词之余，一下子见到如此搞笑的"刘姥姥"——芙蓉姐姐，能不兴奋吗？

　　但芙蓉姐姐未必有刘姥姥的这份清醒，没准她还真以为自己的出名是因为才貌出众呢。因此，我以为刘姥姥这个祖母级的"芙蓉姐姐"，比网络时代的"芙蓉姐姐"聪明多了。

求乞者与施恩者的角色转换

　　高鹗续写《红楼梦》后四十回，凤姐向刘姥姥托孤一节应是曹雪芹本意，但写到刘姥姥做媒将巧姐儿嫁给一个土财主家，我以为是高鹗曲解了曹公原意，而凤姐的女儿巧姐儿应当是嫁给刘姥姥的孙子板儿。

　　其一，板儿和巧姐儿第一次见面是刘姥姥二进大观园时。板儿在探春的房里拿了个佛手，奶妈抱着大姐儿（即巧姐儿）来，大姐儿见着板儿的佛手，便哭着要。板儿将佛手给了巧姐儿，巧姐儿才止住了哭声。（参见《红楼梦》第四十一回）用佛家语来说，就是已经种下了"因缘"，这个场景预示着两个孩子有夫妻之分。

　　其二，巧姐儿的名字是刘姥姥起的。王熙凤让刘姥姥给自己的女儿起名，理由是："你就给她起个名字。一则借借你的寿；二则你们是庄户人家，不怕你恼，到底贫苦些，你们贫苦人起个名字，只怕压的[得]住。"（《红楼梦》第四十二回）这样的风俗，至今农村尚有，一些人让自己的儿子认高寿的盲人或乞丐做干爹，就图其贫贱、生命力强。王熙凤这话无意地在后来印证了，巧姐儿一身安危最后系于这个贫婆子。

　　其三，宝玉在太虚幻境看《金陵十二钗画册》时，有一荒村野店，一

忏宿冤凤姐托村妪

美人在那里纺织，判词是："势败休云贵，家亡莫论亲；偶因济村妇，巧得遇恩人。"（《红楼梦》第五回）如果巧姐儿嫁给一个土财主，不可能在荒村野店里纺织，只有她成为刘姥姥的孙媳妇才符合画中的本意。

俗话说，"小乱进城，大乱下乡"。此时贾府倒了，凤姐又得罪了许多人，巧姐儿最安全的栖身地就是荒村野店。

刘姥姥三进荣国府是有着报恩情结的，但我们也可以看成，此时"施恩者"和"求乞者"的角色进行了转移。此时，当年施舍刘姥姥的凤姐成了一个"求乞者"，而当年的"求乞者"刘姥姥在容留巧姐儿的同时，施恩让她恢复了人的尊严。

刘姥姥对贾家的施恩，远比当初贾家对她的施恩重得多，贾家当年对她无非是钱财上的资助，而她对贾家则是救命之恩。

在这个世界上，谁也不可能是永远的"求乞者"，谁也难以做永远的"施恩者"。比如说当年韩信能受胯下之辱，能"乞食"于漂母，终成伟业。因此，当人困窘时，不要舍不得放下身段去求人，求人没有什么大不了的。世道无常，没准来个乾坤大挪移，过两天人家来求你呢？

"红楼"的后门通梁山

甄士隐在《红楼梦》中第一回注解《好了歌》的歌词中有一句："训有方，保不定日后做强梁。"这句指谁？大多数研究者认为是指柳湘莲。

柳湘莲是《红楼梦》中一位心高气傲、疾恶如仇的奇男子。"原系世家子弟，读书不成，父母早丧，素性爽侠，不拘细事，酷好耍枪舞剑，赌博吃酒，以至眠花卧柳，吹笛弹筝，无所不为。因他年纪又轻，生得又美，不知道他身分[份]的人，都误认作优伶一类。"（《红楼梦》第四十七回）家道败落的柳湘莲，没有自甘堕落，在浑浊的世界上依然保持高洁的品质，和人的交往因意气相投而成为朋友，绝不趋炎附势、奉承拍马，这品德比念圣贤书出身的儒士贾雨村不知高贵了多少。

因为柳湘莲这样的品质，他能当着宝玉的面指责贾府除了大门口两个石狮子外没有干净的；对于呆霸王薛蟠的调戏，他感觉到受了奇耻大辱，不顾对方的权势将其痛打一顿；怀疑钟情于自己的尤三姐与贾珍父子有染，索回作为聘礼的鸳鸯剑，致使尤三姐"耻情归地府"。

从柳湘莲的行为举止来看，他显然在童年受过严格而正规的家庭教育，当得起"训有方"。中国的传统教育最重道德教化，柳湘莲显然是道德教化的成功者，在父母双亡、颠沛流离时还能保持一种自珍自爱的清醒。这样的人做强盗，更有命运无常的震撼力。

悲剧的力量就在于强烈的对比和反差。在"红楼"里，本想"厮配得才貌仙郎，博得个地久天长"，可造化弄人，竟然是"择膏粱，谁承望流落在烟花巷"。（参见《红楼梦》第五回、第一回）痴情相爱的，却劳燕分飞，乃至殉情而死，如尤三姐；高贵圣洁的，却让你堕入无边的泥潭里，如妙玉，连刘姥姥喝过水的杯子也要砸碎扔掉，可这样的人最后被强盗抢走做了压寨夫人。

柳湘莲在"红楼"的一帮子弟中，还有个做强盗最大的优势——武艺高强。在平安州的路面上，他尽弃前嫌，搭救了被强盗剪径的薛蟠——注意：这又是曹雪芹的反讽和对比。平安州上不平安，从强盗手中救人的英雄成了强盗。

曹雪芹写的《红楼梦》前八十回，写到了尤三姐自杀后，柳湘莲因尤三姐的刚烈而内疚，出家做了道士。高鹗的后四十回续写没有交代柳湘莲的最终命运，但他做强盗是可以根据前八十回的种种伏笔、暗示和情节发展，推导出来的一种合乎逻辑的结果。

《红楼梦》中数量最多的是什么人？是奴才。除了那些小厮、丫鬟、仆妇外，连贾雨村和贾政的数位清客，身上都有很重的奴性。不愿意做奴才的人，在"红楼"中生存是很艰难的：要么如黛玉、晴雯这般，被残酷的环境逼死；要么如宝玉这样遁入空门；要么就去做强盗。

柳湘莲先做道士，再遭变故去做强盗也是件自然的事情。在中国古代，空门和山寨有相似之处，它们都能最大限度地脱离现实体制监管和社会伦理约束。相对常态社会而言，空门和山寨是另外的世界。做和尚、道士和

冷二郎疑情索聘礼

情小妹耻情归地府

强盗都是一种对现实社会的逃避和反抗，只不过前者是消极的，后者是积极的。当空门都不能让现实反抗者得到最终的解脱和安宁，他们只有做强盗。比如说《水浒传》中的鲁智深、公孙胜、朱武等人，他们中的有些人在空门中完全是为了积蓄力量、寻找时机，然后再跨越一步去做强盗。

鲁迅曾说，中国历史只有两种时代：想做奴隶而不得的时代，暂时做稳了奴隶的时代。（参见《鲁迅全集·坟·灯下漫笔》）古代的中国百姓，大多数人生活在"大观园"里，企求好好地做奴才，被主子器重，如袭人等；另一部分人要么不想做奴才，要么连做奴才都不行，那么就只有上梁山了。

柳湘莲便是这样一个从"红楼"的后门走到梁山水泊前门的人，而道观只是二者之间歇脚的凉亭。

三个穷青年的"出头之路"

这里要说的《红楼梦》中的三个穷青年，指的是贾瑞、尤二姐、邢岫烟。他们三人，家境贫寒，都有着对富贵、安宁生活的向往，和公侯大族贾府有着七拐八拐的亲戚关系。

贾瑞和贾琏是同族远房兄弟，靠着爷爷贾代儒主持贾家的义学维持生活。同样是贾姓，但一富一贫，血缘关系又很远，祖孙俩无非是依附贾府而已。尤二姐的处境更加微妙，她名为宁府长房贾珍夫人尤大姐的妹妹，但她和尤三姐是随母亲改嫁来到尤家的，与尤大姐徒有姐妹之名而无姐妹之实，完完全全是寄食在宁府而已，且又和贾珍父子有着不明不白的关系，公关形象也不好。邢岫烟是邢夫人娘家的侄女，也是来投靠贾府的。

在三人中间，贾瑞的条件最好，因为他是贾家宗族的男丁。凭这个身份，只要他好好设计与经营，进可出仕做官，退可在贾府谋得一份肥差。可他也许是才子佳人的剧本看多了，幻想走终南捷径，一下子搞定荣府当家的二奶奶、出自名门的王熙凤。可他也不掂量掂量自己的轻重，要么如贾蓉那样是宁府的长孙，代表一方势力，凤姐用打情骂俏来笼络他——王熙凤一次和贾琏吵嘴时明确说过这个意思；要么如贾雨村那样，虽然穷

苦尤娘赚入大观园

困，但是个圣贤书读得不错的儒生，将来保不定名登黄榜，由科甲出身而做官，如此王熙凤也不敢太得罪。问题是"这贾瑞最是个图便宜没行止的人"（《红楼梦》第九回），像这样的边缘青年，必须处弱势、装孙子，一点点经营才是。同族中做得最好的是贾芸，他的条件尚不如贾瑞——贾瑞有个主持宗族义学的爷爷——贾芸是和寡母相依为命。但贾芸能忍辱负重，四处借贷买来礼物孝敬王熙凤，谋得了大观园"绿化科科长"的肥差。在对待男女之情上，贾芸也比贾瑞现实得多，知道凭自己的家境是不可能娶官宦家的千金，而把目标锁定为能干、要强的丫鬟小红。贾瑞不思前虑后而贸然调戏王熙凤，说明他太不了解王熙凤了。王熙凤这样的侯门之女，怎可能和他这样游手好闲、没啥出息的贫寒子弟偷情呢？凤姐毒设相思局，害死了贾瑞虽然见其毒辣，但根本上是贾瑞咎由自取。

尤二姐最大的优势是美貌动人，这也是她惹祸的根本。她苦于摆脱贾珍父子的控制，便想依附荣府的琏二爷。《采采女色》（海南出版社，2004年版）的作者雍容女士曾说尤二姐是"绵羊一样的女人"，楚楚可怜的样子博得了其他强者的同情和怜爱。但绵羊式的女人"以弱博强"是需要艺术的，也是件冒险的勾当，弄不好羊入狼口。尽管王熙凤容易醋海生波，但贾琏娶别人做妾她还可以容忍，因为做妾的大多是丫鬟出身，对她的地位没有威胁。但尤二姐算是正经人家的女子，她有可能为贾琏生个儿子，且性格温婉，有亲和力，这对王熙凤威胁太大了。更为险恶的是，尤二姐偷嫁贾琏，打破了宁、荣二府的权力构架。因为荣府的实力大于宁府，主要是王夫人姑侄娘家的实力和贾元妃增加了砝码。尤大姐虽然对王熙凤颇有微词，但也无可奈何，包括贾珍、贾蓉在内的宁府重要人物都要巴结王熙凤。现在将尤大姐名义上的妹妹给了琏二爷，很容易让人看成挖荣府的墙脚，因此王熙凤必须除掉尤二姐，而且能得到王夫人、贾母的支持。尤二姐凄惨死去后，贾母如此绝情，实则是因为这个老太太考虑到荣府的根本利益。

邢岫烟投靠在贾府，因其姑妈邢夫人在贾府是个"万人嫌"，别的人对她一开始就戴着有色眼镜，她也就受到了邢夫人的池鱼之殃。可是她虽然贫穷，但没有贪图俗利的小家子气，再加上有脱俗的才气，一下子博得了贾府上下的好感，连最厌烦自己婆婆邢夫人的王熙凤也对她"比别的姐妹多疼些"。宝玉不知道如何回复妙玉以"槛外人"名义投递的贺寿帖，邢岫烟能点拨他。邢岫烟这个才貌兼具的女孩偏生在穷家，这当然是她的不幸。芦雪亭联诗时，别人的避雪衣争奇斗艳，"邢岫烟仍是家常旧衣，并无避雪之衣"（《红楼梦》第四十九回）。一个妙龄少女，邢岫烟当时心中能无痛楚感？但邢岫烟与众姐妹们相处，举止不卑不亢，行为毫无轻浮气息。后来，由贾母提议，将其许配给了宝钗的堂兄弟薛蝌。这薛蝌用现在的话来说是个英俊、能干、上进、懂事的好青年，"倒像是宝姐姐同胞弟兄似的"（宝玉的评价，《红楼梦》第四十九回）。

这邢岫烟处静待时，不张扬、不急躁，反而真正改变了自己的命运。贾瑞和尤二姐两人的选择，如果视为投资行为，贾瑞的投资没有一点胜算的可能，完全是胡乱决策；尤二姐的投资收益大，但风险更大。

穷青年总在寻找自己的"出头之路"，这值得鼓励。但要审时度势，不能太着急，说符合自己身份的话，做符合自己身份的事，机会也许不知不觉就降临了。

尼姑道婆的“公关职能”

　　如今搞公关的大多是帅哥靓女，这当然可以理解。去办同一件事情，美女出马和一个老太太出马，效果是不一样的，所以有人说公关这份工作是吃青春饭的。但在《红楼梦》《水浒传》《金瓶梅》以及《三言二拍》等古典小说中，起穿针引线、联络关系的公关高手，多是一些看透人情世故的老婆子。

　　深究此现象的原因，我以为这是由农业文明为主体的中国传统社会结构决定的。你想想，那时候男人不是读书求仕进，就是耕田或做工匠、小买卖，城市里偶尔有些类似旧上海吃白相饭的男子，多被视为混混、泼皮，顶多是游走在边缘人群中；而年轻女人，除非是当妓女，使自己的身体具有公共性，才能周旋于男人中间，具备某种公关色彩，否则只能身居闺中，没有和外界交往的机会。

　　但老婆子特别是尼姑和道婆，因为年龄和性别的原因，能够出入大户人家内宅接触女眷，传播各类信息。又因为这类人物人生的经验非常丰富，见多识广，饱经人间炎凉，会察言观色又巧舌如簧，能够打动内当家的，做成某些重要的“公关”工作。因此，古代家教很严的人家，非常警惕这类"公关"老婆子——所谓"三姑六婆"。

《红楼梦》中有几个有名的老婆子，除了善良聪明且为了改变一家人处境来贾府打秋风的刘姥姥外，还有两个宗教人士——净虚师太和马道婆。因为，那时候的大户人家要祈福消灾，而尼姑、道婆便有了用武之地。

这净虚师太主持的馒头庵（又叫水月庵，贾府的家庙之一），怎么看都像个"公关公司"。当然，法事这类宗教事务也做，但这似乎只是个幌子，更多的则是依靠有权势的人家，干一些赚大钱的勾当。比如说"王熙凤弄权铁槛寺"（《红楼梦》第十五回）一节中，凤姐利用贾府的势力插手官司，最后逼死了两个青年男女，而牵线搭桥的正是净虚师太。

张家小姐原本许配给原守备的儿子，大约守备家败落了，张家想退婚攀高枝，将女儿再许给长安府知府的小舅子李衙内。无故撕毁婚约，这在中国古代是违反民间习惯法的，和现在撕毁合同一样。守备家状告张家一女许两家，若据事实判案，张家输掉这场诉讼是很正常的，但由于权力的介入，司法不公也成了家常便饭。因为种种司法不公，必然需要私下里运作官司的职业人士——净虚师太便是这类人士。从净虚师太求王熙凤的口气中可看出，她对当地大户人家的情况了如指掌。趁着"（凤姐）跟前不过几个心腹常侍小婢"，她对凤姐说："我正有一事，要到府里求太太，先请奶奶一个示下。"（《红楼梦》第十五回）她知道王夫人不怎么管事，整个荣府的内务由王熙凤说了算。做公关工作，最重要的是信息准确，若烧香找错了庙门，费再大的力气也是白搭。由此看出，净虚师太做这类事情，绝不是偶然为之，她太有经验了。

王熙凤通过插手官司赚了三千两银子，那么"中介人士"净虚师太赚多少呢？书中没有明言，留给读者自己去想象吧。

这净虚师太既然是"水月庵公关公司"的总经理，她养着的小徒弟自然不会是纯粹吃斋念佛的比丘尼，而是"公关小姐"。智能儿和秦钟私通，刚刚入港就被宝玉搅和，可见这水月庵养女尼兼有以色相诱人的目的。所以贾芹管了贾府的家庙后，和水月庵的一群小尼姑厮混，也就没什么可惊奇的。

养女尼和女道士，实则是养妓女来供男人享乐，这在中国古代不少见。唐代李白和许多女道士过从甚密，他的诗《江上送女道士褚三清游南岳》中写道："霓衣不湿雨，特异阳台云。"笔调中有那么点暧昧的味道。那时候，有些女道士周旋于男人之间，如同欧洲十八世纪沙龙里的女人，说她们是"高级妓女"也不为过。清末刘鹗的《老残游记》中，老残陪同德慧生和德夫人游泰山的一个尼姑庵，看到庵前的美景，德夫人开玩笑说她想到这里做姑子，德慧生则说"此地的姑子是做不得的"。为什么呢？因为这里许多尼姑就是妓女。

马道婆的"公关"能力比起净虚师太要差许多，她也就是装神弄鬼挣点香火钱，攀不上王熙凤这样的高枝，退而求其次和赵姨娘关系不错。这也是种投资，因为赵姨娘生了儿子贾环，一旦做了官赵姨娘就算熬了出来。她替赵姨娘作法，要害死王熙凤和贾宝玉，好让贾环独得这份家产，但赵姨娘没有现钱，打了五百两银子的欠条给她。马道婆这作为，和净虚师太包揽官司性质是差不多的。

《红楼梦》中没有几个正经的道家或佛门人士，因此妙玉遁入空门是否真能避世，我保持怀疑。她若不被强盗抢去，即使能在庙宇中终老，晚年成为另一个净虚师太也未可知。

芸哥儿的"文才"

　　大观园中，宝玉和众姐妹结诗社源于探春的提议，而诗社得名则因为管大观园"绿化工程"的贾芸向宝玉孝敬了两盆珍稀的白海棠。探春和贾芸的信笺，宝玉先后收到。贾芸的信，全是大白话，而且露出一股大老粗学文雅的搞笑效果。信（参见《红楼梦》第三十七回）不长，兹录如下：

　　　　不肖男芸恭请

　　父亲大人万福金安。男思自蒙天恩，认于膝下，日夜思一孝顺，竟无可孝顺之处。前因买办花草，上托大人金福，竟认得许多花儿匠，并认得许多名园。因忽见有白海棠一种，不可多得。故变尽方法，只弄得两盆。大人若视男是亲男一般，便留下赏玩。因天气暑热，恐园中姑娘们不便，故不敢面见。奉书恭启，并叩

　　台安。

　　　　　　　　　　　　　　　　　　　　　　　　　男芸跪书

　　和宝玉此前刚收到探春的信相比，芸哥儿这封信可说粗鄙无文。探春

信深得六朝文字精髓，"风庭月榭，惜未宴集诗人；帘杏溪桃，或可醉飞吟盏。孰谓莲社之雄才，独许须眉；直以东山之雅会，让余脂粉"（《红楼梦》第三十七回）。此等文字，其才情直追鲍照、庾信。

探春才、学、识都是贾府姐妹中首屈一指的，贾芸当然不可能与之比较。但是我们要考虑到，探春尽管是庶出，但毕竟是侯门之女，受到过良好的教育，而贾芸在贾氏宗族旁支子弟中，是身世最凄凉的。贾蔷和宁府贾珍父子有着说不明道不白的关系，处处得到照顾；贾芹的母亲周氏素来奉承凤姐；而贾芸父亲早亡，家境贫困，贾琏许下他管和尚尼姑的差事又被凤姐送给了贾芹，忍气吞声想去舅舅家借点银子做前期投资疏通凤姐，反而遭到奚落，幸亏醉金刚倪二仗义借给他银子，才谋得了管理大观园花草的差事。

这样的家境，没有条件接受良好的教育。贾芸能如此行文，虽然不可能像探春那样用词典雅、排比工整，但算得上叙事通畅、表达明白，而且暗合文章大家作文的起承转合，巴结宝玉并不显得下作，倒是情深意切，符合小辈的身份。"因忽见有白海棠一种，不可多得。故变尽方法，只弄得两盆。大人若视男是亲男一般，便留下赏玩"，这样说既让宝玉感动，也让宝玉没有办法拒绝。

尤其值得称道的是，贾芸知道自己的身份，与宝玉套近乎掌握好尊卑有别的分寸，和不知天高地厚想吃王熙凤豆腐的贾瑞相比，高出了不止一点半点。"因天气暑热，恐园中姑娘们不便，故不敢面见"，这样的自觉贾瑞没有，贾蔷、贾芹也未必有。

为文能准确表达自己的意思便是成功，因此芸哥儿这封信我以为相对他的教育程度来说，说明他是具备一定的写作才能，也能看出芸哥儿是贫寒子弟中较有智慧的一个。

芸哥儿信赠宝玉花

贾芸送礼请凤姐差

贾芸自己去谋职，先找到贾琏，最后得知凤姐是管事的——由此可见他家平时和荣府关系疏远，连这样的重要信息都不知道——便下了"舍不得孩子套不到狼"的决心，借钱去打通凤姐的关节。他送礼物给凤姐不傻乎乎地直说是送礼，编个理由说开香铺的朋友因为捐官了将名贵药材送给他，他想起婶子来，便来孝敬。这样的说法避免了让人感觉到是赤裸裸的贿赂，使凤姐脸上很好看，因此凤姐也称赞道："看着你这样知好歹，怪道你叔叔常提你，说你说话儿也明白，心里有见识。"（《红楼梦》第二十四回）

　　我国历史上送礼是一门高深的学问，远非一手交钱一手交货那样直白。前几年落马的一位军队中将级别的"大老虎"，送礼直接在汽车后备厢中装一箱黄金，这样的简单粗暴，古人不为也。古代官场的"炭敬"（冬天给上司送取暖的费用）、"冰敬"（夏天给上司送防暑降温费）、节敬（各种节日的孝敬），说起来都冠冕堂皇，颇为雅致。贾芸深得其中三昧。

　　对于男女之事，贾芸也有难得的清醒。他不会傻得像贾瑞那样去挑逗王熙凤，也不会像贾芹那样利用职权和尼姑厮混，更不会如贾蔷那样一方面和贾珍父子鬼混，另一方面又诱惑唱戏的龄官痴情于己，而是很现实地把眼光瞄上小红——丫鬟中的另一个贾芸。这两人无论从身份还是机灵劲，处事风格都很相配。高鹗续写的后四十回中没有写到贾芸、小红是否真的走在一起，反而写到了贾芸参与贩卖巧姐儿的阴谋，我以为这不符合前八十回的逻辑。根据一些红学家的研究，贾芸、小红两人最终成婚了，当贾宝玉在狱神庙落难时，所有的人都走了，包括袭人这样曾一门心思想做姨娘的人，只有贾芸、小红打通关节托人关照宝玉——我也以为，这才是曹雪芹的本意。贾芸聪明伶俐但心眼不坏，和贾蔷、贾芹相比，是良善之人。

门子犯了什么错？

　　贾雨村通过抱上贾府这个大腿得以起复，任应天府知府。上任碰到的第一桩人命官司，便是呆霸王薛蟠为争夺香菱（英莲）打死了冯渊，这雨村还想做一回秉公断案的清官来博取些名声。若非门子及时提醒，他差点得罪了巨室，结果将如何呢？正如门子所说，"一时触犯了这样的人家，不但官爵，只怕性命也难保呢"（《红楼梦》第四回）。

　　如此可见，门子是个聪明人。这样聪明机灵的小人物在生活中处处可见，他们生活在底层，见识了过多的世态炎凉和人情冷暖，生活的艰难使他们练就了察言观色、趋利避害的本领。这个门子原来在葫芦庙当小沙弥，估计是伺候方丈和大施主的小角色，庙宇失火后混进衙门当了一个公差，可见其钻营的水平还可以。

　　可惜，门子的这种聪明是小聪明，最终误了自己。与贾雨村这样饱读诗书、开口闭口"仁义道德"的伪君子相比，这类真小人玩的把戏只能是小儿科。

　　当贾雨村来到官府，门子认出了这堂上的老爷是当年栖身葫芦庙的穷书生，又看到贾雨村将犯官场上最严重的错误，便给他使眼色。到密室之中说明了自己的身份，并将"护官符"递给了贾雨村。旧时相识加上及时提醒的功劳，按一般的想法，贾雨村老爷应当重重感谢门子才对呀。门子如此为雨村着想，想必也有想成为老爷的心腹，为自己谋个好前程的考虑。可结果呢？"此事皆由葫芦庙内沙弥新门子所出，雨村又恐他对人说出当日贫贱时事来，因此心中大不乐意；后来到底寻了他一个不是，远远的[地]充发了才罢。"（《红楼梦》第四回）

在中国古代，书生寄寓在寺庙、道观是很正常的事情，但不忌讳当年的落魄的人很少，除非有如范仲淹这样有大智慧和大仁义的杰出人物。当年贾雨村落魄在葫芦庙里，估计上自大和尚下至小沙弥，没少给他白眼，因此他对甄士隐家的丫头娇杏偶一回顾是那样记在心上。

官场上，一般人发达后是不愿意别人知道自己贫贱时的情形，何况伪君子贾雨村？当年陈涉和伙伴们一起耕田，说了句大话"苟富贵，无相忘"，等到大泽乡起事后陈涉称王，前来串门的老伙计啧啧惊叹："夥颐！涉之为王沈沈[沉沉]者。"（《史记·陈涉世家》）这些人不知道天高地厚，还像过去一起耕田那样对待发达了的老伙计，结果陈涉怪罪他们轻慢自己，将这些人杀了。

除了门子知道雨村贫贱时的情形这个原因外，贾雨村不能容门子还有一个更重要的原因：贾雨村枉法裁判、忘恩负义这些不应该被外人知道的事情，恰恰门子知道了。甄士隐当年有恩于贾雨村，当贾雨村碰到恩人的女儿英莲（香菱）沦落，不但不施以援手，反而助纣为虐，将香菱（英莲）判给薛家。这要是传出去了，可是士林一大丑闻呀！即使门子能保守秘密，可贾雨村面对他，心中总有阴影，所以必须把他赶走。

当年朱元璋羽翼未丰满时，向龙凤王朝的小明王韩林儿称臣，这是他不愿意提及的往事。等朱元璋兵强马壮，已不需要小明王这块挡箭牌后，便派心腹廖永忠去迎接小明王，当小明王的船行到江中，廖永忠派人将船底凿穿，让小明王溺水而亡。——这事十有八九是朱元璋授意的，这廖永忠应当是大明的功臣吧。但朱元璋江山坐稳后，总觉得这样一个秘密让廖永忠知晓心里不爽，洪武八年（1375）到底找了个理由将廖永忠杀死了。

谁能否成为上司的心腹，这是需要机缘的，双方需要时间观察、取舍。贾雨村刚刚到了应天府，门子在对贾雨村老爷很不了解的情况下，急于立功去拍马屁，却犯了官场大忌。知道老爷过去的落魄和现在的枉法，这是"奇货"，但这样的"奇货"处理不好，结局就是"匹夫无罪，怀璧其罪"（《左传·桓公十年》）。门子这点小机灵，在那潜流汹涌的官场，弄不好反成了自取其祸的缘由。

做清客"帮闲"的学问

　　鸳鸯在戏弄刘姥姥以哄贾母、王夫人等当权派高兴之前，就明确是要把刘姥姥当成"女清客"。这刘姥姥若算清客的话，恐怕是一个精明而厚道的清客，比贾政身边那帮清客强多了，而与那个有官职在身而甘愿做贾府清客的人（贾雨村）相比，人品更是霄壤之别。

　　清客是用来干什么的？无非是富贵人家，在吃腻了山珍海味，玩够了姨太太们以后还是不过瘾，需要有一种文化上的声名，毕竟土财主总是不好听的。那时候没有高尔夫球场，也没有发明飞机，富贵人士很难漂洋过海去国际舞台上秀一把，除了玩玩票、捧捧戏子，比较高尚的爱好就是养一帮清客，没事在一起吟诗作赋，以显示诗礼之家的"文化底蕴"。

　　贾政自许为正人君子，显然不能如他的哥哥贾赦那般，与赌棍、色鬼混在一起，因此他和清客的交往最多，有名有姓的就能数出来几位：詹光、程日兴、胡斯来、单聘仁等。这些读书人大多是来帮闲的，心甘情愿给大户人家做富贵景象的点缀。比如贾府为迎接元妃省亲修了大观园，贾政把他们召集在一起，名曰群策群力来琢磨匾额如何题，实际上是让这些人来烘托宝二爷的。这些具有专业水准的清客，当然不会傻到去抢宝玉的风头，而是小心翼翼作铺垫，最后目的是要突出宝玉的才华。当年王勃应阎都督的邀请去参加滕王阁落成典礼，本来是让他做个清客的，写《滕王阁序》这样的风头是要让自己女婿出的，可王勃没有做清客的自觉，毫不客气地提笔写就《滕王阁序》——他是去交趾（今越南北部）看望父亲路过南昌，不需要巴结阎都督，因此可以不需要有清客的帮闲嘴脸。

古代文人有两类：一类是帮忙文人，一类是帮闲文人。所谓帮忙文人，是给主子出谋划策、起草文件的，位居重臣；而帮闲文人，则是献诗作赋，"俳优蓄之"，只在弄臣之列。正如鲁迅所言："那些会念书会下棋会画画的人，陪主人念念书，下下棋，画几笔画，这叫做帮闲，也就是篾片！所以帮闲文学又名篾片文学。"（《鲁迅全集·集外集拾遗·帮闲文学与帮忙文学》）

贾府中这些清客靠什么活，难道他们全家的生活完全由贾府包起来？我看未必。在"帮闲"的过程中，他们可能会得到一些物质利益，比如修建大观园，一些清客参加了施工的设计、管理，这当然是贾政老爷看他们"帮闲"有功，给一点差事让他们做做。但我以为最关键的是积累"无形资产"，长期出入公侯之门，这是张很管用的虎皮，很能吓住一些人的，比如他们有人作奸犯科，或者剽窃某位民间诗人的诗文东窗事发了，地方官要想动他们还得掂量掂量，因为人家和贾府老爷在一起喝过酒的。如果有一天，机缘巧合能进入官场，从"帮闲"变成"帮忙"，那么给贾府当过清客的历史则是一笔不小的财富。贾雨村的升迁，就是和当年给贾府的姑爷林如海家当过家庭教师很有关系。

古代中国是一个盛产清客的国度，这和科举制在中国的兴盛关系极大。一个帝国长期维持一支庞大的不做工、不务农、不经商而专门读书的

名園綠水環修竹

古調清風入碧松

故本先

賈政遊園同歸書房

人群，这些读书人能鱼跃龙门中举、中进士走进仕途的毕竟是少数，大部分人能混个秀才功名就谢天谢地了。这些人总要吃饭穿衣、娶妻生子，他们的出路在哪里？做师爷是一条出路，在地方包揽官司也是出路，当然做清客也是出路，而且清客是可以兼职的。一个给贾府"帮闲"的清客，如果揽了一个官司，恐怕打赢的概率比不做清客的讼师高得多。

对文人来说，"帮闲"只是一个手段、一个过程，他们最终是想进入权力中枢，名正言顺地"帮忙"。司马相如就不满于"帮闲"的地位，时常称病不到汉武帝面前去献殷勤，却躲在家里暗暗地作封禅文，以示自己有"帮忙"的本领。李白在自荐信中巴结人家——"生不愿做万户侯，但愿一识韩荆州"（《与韩荆州书》），这位谪仙诗人最终的清客生涯到了顶点，给皇帝和贵妃专写歌功颂德的诗文。"云想衣裳花想容"（《清平调·其一》），写得多美呀，看来李白做清客还是很有天赋的。可是李白不满足只是写写诗文，总想一展平生抱负。这样皇帝就不乐意了，人家本来就是让你来点缀太平盛世的，你还真把自己当根葱，好了，赐金归山，连专职清客的位置都没有了——缺你一个算什么，大唐帝国中想给皇帝做清客的，如果排队的话估计能从皇宫排到长安城外排到终南山下。

不要以为"帮忙"才是正道，"帮闲"不如"帮忙"，有时候"帮闲"比"帮忙"更重要。贾府的焦大，因为救过老太爷的命，方才有了贾府后来的富贵，这是大大的"帮忙"，可最后怎么样？不如陪着贾政闲谈的清客，也不如陪着贾母打牌的老仆。历朝历代，多少帮了老皇帝许多大忙的开国元勋，最后被老皇帝三下五除二杀掉，而那些专门吹捧"朝廷英明""皇帝万岁"的"清客"文臣，却享尽荣华富贵。明代嘉靖皇帝想长生不老，信奉道教，常常用"青词"祷告上苍。因此，内阁大臣们必须要写得一手好"青词"，才能得到重用，如当过首辅的夏言和严嵩都被称为"青词宰相"。你看看，要想做"帮忙"的大事，首先要帮好闲，否则的话连"帮忙"的资格都不可能取得。

焦大不读书，不知道"帮闲"的重要性，还想着当年"帮忙"的功劳，因此被灌了马粪；而刘姥姥同样不读书，可她很知道做清客去"帮闲"的学问，因而深得贾母欢心。看来学问并非是做清客的最重要素质，做清客最重要的素质是要了解主子需要什么，而且要有自轻自贱的心理素质，要知道自己给主子上了一首颂诗后被夸奖，哪怕主子还尊称自己为"某某先生"，并步韵和了一首，那都是主子在万机之暇跟清客们玩玩而已，而要是真以为主子把自己当回事，那么清客的日子也就到头了。

那些到处给官员们讲课，告诉官员们要如何治国爱民的学问家们，不要以为自己真的是"帝王师"，说穿了不过是一个写"青词"的清客而已，离真正入阁帮忙距离还远着呢，所以得意还为时过早呀！

从倪二谈 "仗义多从屠狗辈"

醉金刚是《红楼梦》中无数小人物中的一位，他生活在底层的底层，可能其社会地位还不如贾府中的仆人。——公侯之家的奴才出去后也威风得很。

就这样一个谁也瞧不起的汉子，却偶然成了贾芸的贵人。贾芸为了谋取大观园中管理绿化的肥缺，需要投资——买礼物孝敬管事的王熙凤。父亲亡故，母系亲属里面最亲近的当然是舅舅，所以贾芸去舅舅那里借这笔"原始资本"，应当是合于中国社会一般的规则。可是势利眼的舅舅舅母拒绝了他，真让芸哥儿感到世态炎凉、人情如纸。晚上归来时他不留意撞到了喝醉酒的倪二身上，这一撞撞出了机会，倪二了解到芸哥儿的困境后慷慨解囊，把自己刚收回的高利贷利钱无息借给了贾芸。

读到这里，大多数人会慨叹一声——"仗义多从屠狗辈"（明曹学佺联语）。在这件事上，倪二可以算得上仗义轻财，但他这种仗义不是无缘无故的。作为一个放高利贷的人，在中国人心中的形象和莎士比亚的剧本《威尼斯商人》中的夏洛克差不多，是贪婪凶狠而冷漠的。但不如此就难以从事此项职业，在具体的历史环境下，这种职业特点无可厚非。倪二也应当是这个样子，从被冲撞后马上发火握拳挥向贾芸就可知道。可这一刻为什么变得如此大度呢？可以从具体的情形和当时的社会背景来分析。

当贾芸碰到倪二时，正值倪二兴致不错喝了些酒，又从欠钱的人家索了利钱回来，那感觉颇有点飘飘欲仙，而这时候的人比往常可能会待人更亲切、更慷慨。此为第一个原因。

第二个原因则是帮助一个人能得到一种被尊重的成就感。倪二放高利贷，家境应当不错。但在中国传统社会里，一般人瞧不起，认为这是项下贱人士才从事的缺德职业。但只要是人，不论他的出身、受教育情况、从事何种职业，在吃饱饭这个最低要求满足后，总希望得到社会的尊重，而这恰好是倪二这类人最缺乏的。贾芸虽然穷，又和寡母相依为命，但毕竟是贾府的近族，社会地位比倪二清贵得多。此时，当自己的至亲拒绝借银子，一个街坊却主动帮助，贾芸肯定会对倪二心存感激。得到贾芸的感激，能满足倪二的自尊，所以倪二激贾芸："若说怕低了你的身分[份]，我就不敢借给你了，各自走开。"（《红楼梦》第二十四回）倪二心中最大的结就是怕人"看低"。

第三个也是最重要的原因，就是"义"乃倪二这类社会底层的边缘人生存于世必须坚守的最重要伦理。放高利贷和"黑社会"收保护费差不多，不是谁都能干的，要能拼命，要会耍泼皮，而一般的社会道德伦理对其束缚力很小。"原来这倪二是个泼皮，专放重利债，在赌博场吃闲钱，专管打架吃酒"（《红楼梦》第二十四回），这类不被主流社会所容的人，相互之间互相关照，为朋友两肋插刀之类的"义气"，是他们必须遵循的。因为他们可以利用的资源除了最原始的本钱——力气和拳头之外，就没有别的东西。力气、拳头之间的整合，可以抵御更大的风险，而整合需要的就是"义气"。但与"仗义多从屠狗辈"对应的读书人，有更多的资源可资利用，比如通过科举当官，或者当官不成给人做师爷、幕僚，凭借的是另外一种规则生存，所以不需要像"屠狗辈"那样讲义气，容易被人斥之为"负心"。

倪二这种"义气"也不是随便讲的，对他放贷的贫苦人家、赌场上欠债的赌棍，他是不能有恻隐之心的，否则就别吃这碗饭。这是他的职业行为，与"义气"无关，就如《水浒传》中那些讲义气的梁山好汉一样，在掠抢普通客商时不会半点"义"字，那些"义"只给可能对自己有用的人讲讲。

贾芸在接受倪二的银子之前思量了一番："素日倪二虽然是泼皮无赖，却因人而使，颇有义侠之名。"（《红楼梦》第二十四回）这"因人而使"说得好，说明倪二不是对谁都是"义侠"。首先，因为贾芸是邻居。在中国这个熟人社会里，"黑社会"成员对街坊一般也会很客气。其次，还有一点，这个贾芸年轻聪明，倪二很了解，而且又是贾府的近族子弟，虽然眼前落魄，没准什么时候发达。所以，倪二对贾芸一向客气，碰到他最困难时帮他一把，便是倪二这种江湖人士很容易做出的选择。这从某种意义上说便是一种投资。宋江刺配江州，第一次碰见李逵，因为李逵力气大、武艺高，将来可资利用，所以宋大哥给了他一些银子去赌博。清人金圣叹感叹这是宋江一生最成功的买卖，几两银子便买下了铁牛（李逵）一生。

如果贾芸是个弱智，或者是个扶不起的稀牛屎，倪二会如此仗义吗？

"醉金刚轻财尚义侠"和"痴女儿遗帕惹相思"搁在一回，可以对照看。贾芸短时间内得到倪二钱财的资助，又得到多情小红的青睐，是够幸运的。但贾芸的幸运不是天上掉下来的，倪二也好，小红也罢，对贾芸身上都有某种期许，"义"和"痴"都不是平白无故的。

　　我国的古典小说中有很多这类"义"和"痴"。唐代红拂女慧眼识李靖的故事流传到今天，人们津津乐道的是：一个相府侍妾因为买对了一只"潜力股"，改变了后半生的命运。戏曲里的落魄公子之所以容易得到青楼女子和江湖侠士的帮助，是因为这些人很可能金榜题名。《水浒传》中的宋江，一路只结交对自己将来有用的人。《三国演义》中的"桃园结义"是千古佳话，也是因为刘（刘备）、关（关羽）、张（张飞）三位才智不凡的"小商贩"，在天下动荡时需要相互帮助才能成就一番事业，所谓"意气相投"。孙悟空造反时，牛魔王这类和他相若的妖怪是他的同道者，等跟着唐僧取经后，和牛魔王的兄弟情谊也就不重要了，两人便成了敌人。那些成功的帝王，为什么江山底定后纷纷诛杀当年一起喝过血酒的兄弟？因为此时他的利益不是靠"义气"来维护的，而得按照别的游戏方式。所以，越是"屠狗辈"出身的人，此时对过去的兄弟越狠，比如刘邦、朱元璋。"义气"此时已经成为负值了，注定会被抛弃掉。

附一　演义红楼

迎省亲兴建大观园　恃权势强拆众民居

据考证，曹雪芹原稿中本有一回写为盖大观园如何夺取别人田宅之事，因事情有影射八旗入关后圈地之嫌，便以贾赦为夺古扇陷害石呆子代之。今砍柴钩沉探微，将原文演义补齐。博方家一笑。

话说贾元春才选凤藻宫后，贾府上下，一片欢腾。不久宫内总管夏公公亲自来贾府颁旨，言当今皇上极重孝悌之义，人伦之情，恩准贾妃回乡省亲。

一入宫门深如海，十数年来，贾母、王夫人无时不在牵挂宫中的那位娘娘，如今皇恩浩荡，允许贵妃省亲，真是百年未有的恩典。贾府上下，焚香叩谢后，就开始议论接驾的事情。虽然贾妃生性贤淑节俭，但贵为西宫，没有威仪何显皇家气度？贾母说，该省的可以省，而接驾之事，乃事关向万岁、贵妃表示忠心之大节，贾家世代沐受天恩，在接驾上断断不能省的。宁、荣二府房屋窄小，而人多口杂，不能让西宫在这样的地方驻驾，盖一个新园子，乃顶要紧的大事。

老祖宗钧令一下，贾政、贾珍及贾琏夫妇、贾蓉等一干人便忙乎起来了。找有名的地仙许大师勘探地脉后，说荣府西门一带，平畴千里，前靠城郭，后依青山，是盖省亲别墅的好所在。经请示贾母后，决定在此圈地一千亩，盖个园子。设计图不愁，贾政找到工部同僚，营造界有名的李郎中设计了图纸。

效果图一出来，贾母看得咂嘴赞叹。只见图中山环水抱，曲廊飞檐，柳掩绿径，惜春观后，也自叹弗如。

图纸有了，必得马上开工，因为明年开春就要接驾，工期不到一年，真是要紧得很。现最需办理的事情就是拆迁民居和筹银子。银子好筹，贾府虽然境况不如以前，但几百万两银子还是拿得出来，皇帝得知贾府要盖省亲别墅后，也令户部拨一百万两银子给贾府，其中二十万两银子用于原居地百姓的补偿。二百两一亩，固然不多，但还是够原来的农户做点小买卖。贾府接到户部咨文后，命贾琏上户部去领银子，可到了京城，就是见不着户部银库的总管。心急火燎的贾琏求教于世交北靖侯，北靖王闻之大笑说："世侄，你好不晓事，没撒鱼饵哪钓得上鱼？"如醍醐灌顶的贾琏当夜便拿了一张二十万两的银票，进了银库王总管的府邸。第二天辰初，便将那张一百万两的银票领了回来。

加上琏哥儿在京城的花费，如给夏总管送礼，请各位世家大族的子弟看戏、逛八大胡同，这一百万两银子只剩下了六十万两。回到贾府，凤姐又借了二十万两说去急用，实际上是放高利贷。现在只剩下四十万两，能用于拆迁补偿的只有区区五万两。

这一千亩地上有一个五十多户的村庄，其他都是上好的水田。现在不到五十两征一亩地，饶是凤姐、贾琏如何能干，也十分挠头，而贾赦、贾政等人每天都在催促快快动工。就在贾琏发愁之时，贾府清客詹光献了一条锦囊妙计。他对贾琏说："二爷，你发什么愁？修省亲别墅不是府上修私宅，这是为了接贵妃的驾，这就成了皇家的事情。替皇家办事，你还拘泥什么补偿多少银子？只要进京城将别墅列为皇家项目，还怕谁不滚蛋？"

贾琏和赦、政等人商量一番，又二度进京，找到工部尚书和大内总管，分别塞了五万两银子，于是省亲别墅便列入当年皇家十大重点建筑之中。拿着盖有朱红大印的公文，贾琏一回贾府，便把"奉旨营建省亲别墅督造处"的牌子挂了出来，贾母是名誉总管，正副总管是贾政和贾珍，执行正副总管是贾琏、凤姐。底下网罗了贾蓉、贾蔷、薛蟠、林之孝家的、周瑞家的、来旺夫妇等人。

这千亩地中有五百亩分属东庄三个土财主。这三家知道胳膊拧不过大腿，每亩地赔偿四十两银子，每人也就能得几千两，不如送个顺水人情。于是这三位财主分文不要，说是贾妃回乡，是全体官民的天大喜事，能为皇家和贾妃尽绵薄之力，无比荣幸，哪能要补偿？看到三家财主如此爽快，贾政也十分高兴，便行文礼部，为三家财主要回几个牌匾，上书"钦赐公忠体国自愿奉献奖"。三家于是鸣炮披红将匾额挂了起来。

其他一些小户人家，连蒙带吓，他们看到几家财主都不敢要如何，便一家拿了几十两银子搬家走人了。

正当贾琏庆幸进度如此之快时，碰到了一个"钉子户"。这村上有一户人家，家长叫吴祖荫，祖上在国朝定鼎之初当过一任知府，可为官清廉，留给子孙也就是一个小院落，二十亩水田，都在省亲别墅规划之内。传到吴祖荫，家境更是不堪。吴祖荫饱读诗书，可年过半百还未进学，耕读之余教几个蒙童为生。妻子早亡，留下一女名珍蕊，年方二八，长得容貌出众，琴棋书画，无所不通。此外还有一个远房侄子吴仁在家帮衬干活。

吴祖荫对贾府的人说，祖上所遗，变卖便是不肖子孙，坚决不愿意搬迁。贾琏先托人告诉他，拆迁费可以从一千两增加到一千二百两，被拒绝。再增加到一千五百两、二千两，依然被拒绝。甚至请出了联了宗的当地知府贾雨村，许诺给他捐个庠生。有了功名可以参加乡试，岂不很好？

谁知道这个迂腐书生对贾府来人说："任凭你搬来一座金山，哪怕皇帝赐同进士出身，决不能卖掉祖上的宅子和这些良田。"

眼看工期越来越近，贾赦、贾政大骂贾琏办事不力，而吴宅所在正是建省亲别墅的牌坊，是整个园子的中枢之地，他不搬如何开工。如是贾琏找来薛蟠、来旺等人商量一番。

第二天，吴祖荫出门就看见门前一条壕沟，路被挖断了，周围的邻居房屋已被拆平。大门前贴门神的地方张贴了一张大红公示，上书："丙寅科二甲三十六名进士出身应天县正堂刘，奉上旨为贾妃回乡省亲修建别墅，乃天意所准，万民之福，下官职责所在。此地已被官家征用，任何民宅耕地理应无偿征用，今上体恤下情，令户部用公帑补偿。然仍有刁民犹自贪心不足，对抗官威。即日起拆迁户自行搬迁，既往不咎。否则有司将强行拆除。"可吴祖荫毫不退却，已让吴仁买了一车粮食和蔬菜堆在院内，意欲和贾府僵持下去。

第三天，吴宅门前多了一条死狗和一条死猫；第四天，围墙多了一个大窟窿。可吴祖荫倒沉得住气，闭门不出，院内还传来珍蕊小姐的琴声。这下将贾琏、薛蟠激怒了。找到贾雨村商量对策，贾雨村派人将去集市上办事的吴仁抓回府衙。

先是一阵恐吓，然后贾雨村悠悠地从屏风后走出，告诉吴仁，只要和官家合作，不但性命无忧，反而富贵多多，并让衙役给他二百两银子。看到银子吴仁两眼发光，心中暗想，对抗官家是死路一条，识时务者为俊杰，立即点头答应合作。雨村令他将吴祖荫的诗稿偷出。两天后，吴仁偷出祖荫诗稿，交给雨村。雨村经一夜研读，大喜过望。诗稿中有《读阿房宫赋》："阿房巍峨势入云，曾是几多耕读村？万家流离齐落泪，祖龙东巡已断魂。"这是谤讪讥讽皇上大兴土木，诅咒今上，罪莫大焉。雨村立即派二十名如狼似虎的巡捕将吴祖荫抓进衙门。吴祖荫被抓后，第二天薛蟠、贾蓉率领五十名青壮汉子来吴宅拆围墙，上屋掀瓦片。珍蕊小姐在家，吓得花容失色，既而泪水滂沱。薛呆子一见她梨花带雨，楚楚动人，便双手叉腰大声吆喝："你还不走，不走我将你卖到窑子里去。"吴仁在一旁假惺惺地劝说珍蕊："小姐我们还是走吧，好汉不吃眼前亏。"看到满地狼藉，珍蕊只好在哭声中离开了家，投奔舅舅家去了。

　　十天后，吴祖荫被官家放出，回到家看到宅子已是一片废墟，一群工匠已在上面施工，祖上留下来的书籍、古画自然荡然无存。告官，谁理他？去找贾府理论，连大门都进不去。祖荫到内兄家和女儿告别后，决定进京告状。

　　到了京城，才知道告状是那样艰难。刑部、大理寺大小官员，谁愿意得罪贾家？大多是敷衍他一番，接下状子便杳无音信了。在午门前，他碰到了好些和他一样房屋、田地被豪家圈走的苦主，他才二十亩，有些人几百亩就不明不白地被占了。有人告诉他：屈死莫告状，和当今贾妃家打官司，不是自找苦头吗？

　　眼看盘缠已快用尽，而告状却无门。吴祖荫便借店家的笔墨写了一封遗书，又买来大剂量砒霜，穿一件后背书有大黑"冤"字的衣服，外面罩上外套。

到了午门前，吴祖荫将所有砒霜就水吃下，然后脱开长衫，大叫一声"冤"，"扑"地倒地。

"不好不好，有人自杀！"午门前站岗的兵士大叫。一位什长喊来几个兵士，上来抬着吴祖荫往太医院跑。可服下的砒霜太多，不到太医院，吴祖荫已撇下他唯一的女儿一命归西了。

这事惊动了朝廷，九门提督被降职，谁叫他看管不严，让如此自杀的人擅自来到午门前的禁地。吴祖荫随身携带的那份遗书被好事者抄出，立刻传遍京城，一时"洛阳纸贵"。

遗书中写道："祖荫虽出自寒门，然自受业以来，承圣人之教，知威武不能屈，富贵不能淫。以耕读自安，难求仕途显达，唯愿贱身苟全。今万岁英明天下太平之时，然世受国恩之贾府，勾结地方官府，以为贵妃盖省亲别墅之名，强拆民屋，强占良田。祖荫薄产二十亩，乃先祖所遗，亦乃父女活命之资。不愿为贾府所占，贾府运动官家，诬余题写反诗，捕将而去。余身陷大狱之时，贾府强行拆除我百年老宅。我五尺男子，难护祖业，有何脸面见九泉之下列祖列宗？只身进京，为求公道，然朗朗青天，竟无公道二字。如此世道，余不愿苟活。今服毒于九重宫阙之前，愿天子及王公百官知之：苛政之毒，甚于砒霜。"

这事被风闻言事的谏官知道后，一封奏书上去，万岁看了大惊："今如此可追尧舜超文景的盛世，还有这等事情？"龙颜大怒，令刑部侍郎会同江南按察使细细勘察此事，再来禀报。

这刑部侍郎，是王子腾的门生，这按察使呢，则是贾雨村的同年。二人到了当地，先被贾府接风洗尘，然后在盖省亲别墅的地方转了一圈，便由雨村的师爷捉刀，给皇帝递了一本奏折。说这吴家和贾家是世仇，到了吴祖荫这代，家道中落，看到贾府蒸蒸日上，十分嫉妒。自奉旨修建省亲别墅以来，他多次煽动乡民闹事。一品诰命史氏，乃吃斋念佛之人，与人为善，要求赦、政等人妥善处理。贾家愿意以四千两银子，赔偿吴家两亩薄地。可吴祖荫以此要挟贾家，知府雨村居中调停，被诬为官官相护，吴并再次带领暴民冲击府衙。另据调查，吴祖荫对我朝入关以来，国强民富视而不见，到处张贴文字，诽谤今日清明之政，并与地下组织"怀明会"多有联系。此次进京，乃受"怀明会"龙头老大指派，阴谋被我巡捕侦察到。眼看事败，便在午门前服毒，以此向朝廷施压，并为西洋夷人攻击天朝提供口实。

一封奏书便风平浪静。省亲别墅如期完工，贾妃省亲那天，道不尽的风流繁华之景，说不完的天伦骨肉之乐。于是贾妃大笔一挥，赐名"大观园"。

元春省亲回宫后，宝玉等人亦未尽兴，带领茗烟等小厮趁暮色出大观园，到郊外去遛马。在大观园南门外，宝玉看到一个白衣缟素的美女，正在烧纸钱，烧罢掩面而泣。宝玉寻思："这位妹妹为何如此伤心？"便令茗烟前去看个究竟。

这女子便是孤苦一人的珍蕊，由于邻贾府而居，她认得宝玉。见茗烟走近，递给他一块写有诗文的白绢，然后飘然而去。

宝玉看到白绢上写道："一家欢聚破千家，民怨多于恒河沙。今夜楼高宴宾客，他日回首如昙花。"

看罢此诗，宝玉望见正消失在夜色中的背影，一声叹息。

管理物业奴仆成主　维权无门贵胄为僧

　　且说元妃薨后不久，贾府遭受极大变故。御史参奏贾赦交通外官，恃强凌弱，贾珍行为不检、纵仆横行。圣意准参，并令锦衣卫查抄了宁、荣二府，革除贾珍、贾赦的爵位，充军云南。贾琏、宝玉、熙凤等一干人被抓进镇抚司大狱，日夜拷掠。

　　后经贾政等人活动，北静王、西平王伸出援手，皇上念贾家乃故妃至亲，决定法外开恩。贾府东凑西凑了二万两赎罪银，宝玉、贾琏关押了一年零三个月后，准予释放，而熙凤已经瘐毙在大狱里，一张草席卷起来，送到郊外化人场烧掉了。

　　不久，又有旨意。皇上让贾政袭了荣国公的爵位，并依旧在工部当差，任屯田司郎中。真是圣恩如天万物春，贾府老少战战兢兢磕头谢恩。

　　经过九死一生回到大观园的宝玉，仍居住在怡红院里。此时满院风光依旧，而人物全非。贾母史太君于忧患中寿终归天；黛玉、晴雯早已香消玉殒，潇湘馆内杂草丛生，两只乖巧的鹦鹉也不知落入谁人之手；迎春、探春出嫁已有时日，并无音信来往；惜春、芳官等人也削发为尼，陪伴青灯古佛去了；宝玉当初最为信赖的袭人嫁给了名伶蒋玉菡。每日守在宝玉身边的，只有麝月、柳五儿并两个粗笨丫头。宝玉每次从园里散步归来，睹物思人，想起当年和众姐妹结社吟诗的盛事来，不免伤心，索性不轻易出门了，每天待在怡红院长吁短叹，一天天消瘦下来了。宝钗看了，也无计可施，只能暗自着急。

凤姐死后，整个荣府的大小事务由贾琏一人管理起来，可亏空一天比一天多，除了变卖田产，便无他法。尤其是大观园占地数百亩，房屋几千间，奴仆众多，每天消耗的银两不少。特别是一些刁奴，看到贾府败落，有些自找门路，有些偷卖大观园的物件。一个月内，紫菱洲、蘅芜苑内接连失窃。贾府本来想将大观园变卖，一来因为贾政又官复原职，此时卖了贵妃省亲的园子，有负皇恩的嫌疑，害怕科道之臣再参；二来要卖这个园子，出价不能太低，且要连园中的奴才们一起接受，否则这些人失业后可能聚在官衙闹事，又可能为刚刚复苏的贾府添乱。为来之不易的安定团结的局面考虑，贾府只好勉力维持大观园。

一日，贾政奉旨进宫陛见，谢恩退下后，碰到了大太监夏忠。这夏公公是当年元妃省亲前来贾府宣旨的，算是贾府故交，现在已升任提督东厂司礼监掌印太监了。贾政的起复，曾给他送了五千两银子。他一见贾政，连道："恭喜政翁，贵府看来中兴有望了。"

两人闲谈了一阵子，贾政说："公公不是外人，贾府的家丑我也不瞒你了，如此一番风波后，已经元气大伤。"他说到了大观园已成了一个吃钱的包袱，每年的费用得一万两银子左右。

夏公公深表同情，告诉他现在有一种新的物业公司，可以替他管理园子，且服务周到，费用比自己管理低得多。贾政忙问何处有这样的公司。

夏公公笑呵呵地拿出一张名刺递给贾政，说："舍侄就开了这么一家公司，如政翁不弃，舍侄倒可以为贵府精诚服务。"

贾政一看名刺上印着几个宋体大字，"谐荣物业管理公司总裁：夏留丕"；左侧有两行小字，"谐荣做您忠实仆人，贴心服务尽在谐荣"。

回到府里后，贾政和贾琏商量一番，决定聘请谐荣物业公司前来管理大观园：一来每年可节省银子，二来照顾夏公公侄子的生意。

夏留丕总裁得知消息后，坐着绿呢八人抬轿子，带着两个随从及一个女秘书来到大观园，察看一番后，对贾琏说："鄙人叔父和贵府是世交，我们决定在物业费管理方面给贵府优惠。"

两造协议一番，订立了契约书：大观园内部一切花木房屋道路都属于贾府，谐荣公司的职责是维护、管理、保卫该园。为了服务更加方便，物业公司可对一些附属设施进行技术性改造。大观园内五十岁以上男仆、四十五岁以上女仆由公司买断工龄，谐荣公司一次性支付每人银子五十两，回到贾府另行安排；其余青壮奴仆聘为公司管理人员，与贾府毫无关系。管理费用每年贾府支付谐荣公司纹银二千两，合同期十年。

契约签订后，双方画押，长安府的尹师爷作为中人到场，亦签字画押。贾政和贾琏自此觉得一块大石头落地了。

第二天，谐荣公司就派来了十八位年轻力壮、膀大腰圆的男子进驻大观园，为首的是夏总裁第三房姨太太的弟弟王阿贵。王阿贵原来是贾府门外街上一个有名的小混混，元春省亲时，他还是一个少年，因为挤在人群里看热闹，越过了警戒线，被巡捕抓获后狠狠地抽了几鞭子，痛得叫爹喊娘，从那以后见到贾府的大门都绕着走。此番他骑一匹白马，歪戴着一顶锦帽，上面插一朵花，牛哄哄地进大观园了。

谐荣物业公司进来没一个月，就和大观园原来的人士产生了矛盾。凡是保卫、清道、绿化、清理房屋等事项的负责人全部由王阿贵带来的人充当，贾芸等人降为普通员工，薪水减掉三成。贾芸等到贾琏、宝玉面前哭诉，贾琏和宝玉只能劝慰他们，说你们已经是谐荣公司的人了，就要服从人家的章程，我等不便出面交涉，否则就有干涉人家公司内政的嫌疑。

贾芸气愤不过，便联合包勇等几位原来的贾府仆人，于端午节时举行罢工。可第二天，贾芸和三位为首的人被开除了，且扣发他们上个月的工资。为此，夏总裁专门来了一趟大观园，在石牌坊面前召开了全体员工大会。夏留丕腆着大肚子，唾沫星四溅地吼叫着："有人敢闹罢工，我夏某人决不姑息，立马让他走人。先头看在贾府的面子，把你们留用了，你们不知足，还捣乱。现在四乡闹灾荒，涌进'长安城'讨生活的农民多的是，用给你们一半的工钱，就可以随便雇人。你们要脑子放明白，屁股坐正确，现在你们是谐荣的人，不再是贾府的人了。还想在贾府那样不干活光拿钱，门都没有！"

被开除的几位去府衙里告状，说原来契约上说好留用他们。可尹师爷的解释是，留用你们没错，但并不等于你们可以不遵守公司章程，公司对违反章程的人有开除、扣薪的权利。

贾芸等人被开除后，留任的贾府原大观园工仆立刻老老实实，公司让他们指东他们不敢往西。对宝玉等原来的主人，他们也渐渐改变了恭顺的面貌，摆出一副公事公办的样子，让宝玉很是窝火。

可更窝火的事情还在后头。

半年后，谐荣公司大观园分公司的总经理王阿贵将蘅芜苑改成了物业办公室。苍翠的奇草仙藤被铲除，原来的地方拴上了两只大狼狗。屋里摆几张麻将桌，平时王阿贵和手下人日夜在此搓麻将。宝玉派人去交涉，王阿贵回复说："我们是来给宝二爷服务的，总得给在下一个栖身之地吧？我们长年累月在大观园待着，也得有点娱乐生活是不是？"

宝钗知道谐荣公司的来头大，劝宝玉说："蘅芜苑现在没人住，给他们住又何妨？他们又搬不走。"宝玉听此言只好作罢。

可谐荣公司的人占据了蘅芜苑后，开始得寸进尺。他们在东西南北门各派一人把守，凡进大观园的骡马、轿子一律按时间收费。骡子、驴和两人抬小轿一个时辰两文钱，高头大马和四人抬以上的大轿一个时辰五文钱，贾府的人长年停在院内的骡马、轿子每月按一两到二两银子不等收取费用。贾琏一听大怒，气冲冲地来找王阿贵，对阿贵说："开天辟地头一遭听说，在自己的地盘上停轿、拴马还要给别人交钱，你们这哪是物业管理，分明是光天化日之下抢钱。"

这王阿贵嬉皮笑脸对贾琏说："琏二爷息怒！收取车马费这是物业公司的惯例，我们也是为了规范管理，让我们员工引导马夫和轿夫不要乱停乱放，否则好好的一个大观园不成了骡马市场吗？再说了，已经给贾府优惠了物业管理费。我们养着这么多服务人员，不收点车马费，我们怎么养活手下的兄弟们？这叫取之于贾府，用之于贾府。"

碰到这样地痞般的人，平时自认为有些痞子劲头的贾琏也没办法，只好去找政老爷商量。贾政摆摆手，说："咱们别计较这几个小钱，息事宁人吧。我们还得仗着人家叔父夏公公关照呢。"

车马管理费收了几个月后，谐荣公司竟然开始在大观园内大兴土木。他们先在石牌坊面前盖了个大戏台，请名角前来演出，名曰"扶植传统戏曲，弘扬民族文化"。尔后从东门开始，搞了一项"元妃省亲游"招揽游客，其卖点是：沿着当年元妃回贾府的原路线游玩，感受皇恩浩荡、天下太平。景点有蘅芜苑、潇湘馆、缀锦楼、秋爽斋、蓼风轩、稻香村等，连宝二爷居住的怡红院也不放过。日日人声喧闹，更有一些大胆的游客在怡红院外观赏还不过瘾，抄录了宝玉一些诗文敲门让宝玉签名。此时宝钗已经身怀六甲，在此人来人往的环境中难以静养，不得已回到娘家去歇息。

尤其让宝玉生气的是，他们在稻香村开了一个"刘姥姥乡土菜馆"，每日杀鸡宰鸭，油烟味散布满园。食客吆三喝四，推杯换盏。有的醉鬼到处便溺，还有些附庸风雅人士，喝高了跑到海棠树下学史湘云醉酒。芦雪亭里则搞了个烧烤城，食客吃完烤肉，就把垃圾随便扔到水里，将沁芳闸都堵塞住了。大观园的水系迅速被污染，里面的游鱼全部死光，连岸边宝玉最喜欢的芙蓉花也枯萎了。他们把潇湘馆那些婆娑起舞的翠竹全部砍光，在里面搞了个"一代才女林黛玉生平事迹展览"，立了几个拙劣的雕塑，说那是黛玉、紫鹃、雪雁。游客们指着塑像说三道四，花上十文钱便可以和塑像合影，有浪荡子抱着黛玉的塑像故意做出亲昵的样子。宝玉觉得这是大大冒犯了高洁的林妹妹的在天之灵，急得在家里呕血。

宝玉实在受不了闹市般的环境和众粉丝的打扰，数次行文夏留丕提出抗议，可夏总裁不予回答。找到其叔父夏公公，夏公公说这是人家公司具体的经营策略，老身不便过问。

贾府忍无可忍时，召开了一个家庭会议，决定贾政出面与谐荣公司解除物业管理的合同。谐荣公司一口回绝，说合同期十年，现在刚刚过了一年半，公司已为大观园做了大量的前期投资，贾府若单方面撕毁合同，得赔偿谐荣公司经济损失纹银十万两——这真是狮子大开口。

贾府只好写了状纸，递交给长安府，本来想到府尹是曾深受贾府恩惠的同族贾雨村。贾府状告谐荣公司违反合同，无故收取车马管理费用，擅自改变大观园现状，污染大观园环境，影响贾府正常的生活，损害林黛玉的名誉权。

可案子判了下来，贾府输了官司。判词说，收取车马管理费是为了维持公司正常运转；对一些道路的改建和一些房屋的内部装修是技术性改造，不但没有损害贾府利益，还使贾府的固定资产增值；经长安府派出吏目对大观园水系进行勘测，水体并没有污染，尚达到二级饮用水标准；开设黛玉的生平展览，是为了宣传一代才女，说不上名誉侵权，再说黛玉没有配偶也没有子女，无人能主张其权利。

宝玉知道自家因为败落，官府又害怕夏公公的权势，再请官府出来主持公正几乎不可能了，于是只好将谐荣公司进驻大观园后的种种作为编成顺口溜，写成揭帖满"长安城"分发张贴，特别投递给那些和贾府一样有好宅名园的大户人家。

揭帖内容如下：

谐荣物业不可信，奴仆反跃成主人。
甜言蜜语进贾府，容易请神难送神。
占我园子收我钱，巧言辩说保运行。
糟蹋名园草木哭，引来游客乱如云。
雅村改做庖厨地，乌烟瘴气不可忍。
…………
引狼入室悔已晚，各位莫步吾后尘。

因为宝玉的名气，这些揭帖一传十十传百，不几日全长安城的人都知道了，一些公子哥儿、大家闺秀、小家碧玉纷纷应和声援宝玉。谐荣公司的生意顿时一落千丈，几十户正准备聘请谐荣公司来管理物业的人家纷纷停止签约，造成谐荣公司一个月内经济损失二十万两银子。

可宝玉哪料想到，他好好地待在怡红院里，竟然祸从天降。一日黄昏，他正在吟诵自己的旧诗："盈盈烛泪因谁泣？点点花愁为我嗔。"外面响起了敲门声，有人在喊："宝二爷，劳你开开门。"宝玉以为又是一些粉丝，慵懒地从炕上爬起，吩咐五儿去开门。门一开，闯进来四个蒙面大汉，一色的青衣小帽，脚穿黑靴，见着宝玉二话不说就围上来暴揍。片刻之后，吓傻了的麝月才想起走到怡红院外大喊大叫："有人打宝二爷了。保安，保安哪儿去了？"平时闲待在怡红院外的两个谐荣公司配备的保安蹊跷地不知去向。大约一刻钟，四个大汉将宝玉打晕后，割下他左手的大拇指，扬长而去。

等王夫人、贾琏等人来到宝玉房间后，行凶者早已不知去向。王夫人抱着宝玉大哭："老太太呀，你的孙子这样被人欺负，你在天有灵的话，得保佑我们抓住凶手。"

宝玉养了三个月，身体才恢复。贾府的人怀疑这是谐荣公司雇用"社会人士"所为，找到分公司总经理王阿贵，要求他解释为何行凶者可以堂而皇之穿过大门来到怡红院，怡红院的两位保安哪里去了？

王阿贵的解释是这些人可能混同游客进入大观园，而怡红院两位保安那天正好午饭吃了不合适的食品，当时拉肚子全去茅厕了。两位保安被扣发当月奖金以示惩戒，但公司对宝二爷被打不负责任，谁叫宝二爷对陌生人开门？

贾府的人找到"长安"府尹贾雨村和九门提督尤华，要求缉拿凶手，并认为谐荣公司有重大嫌疑。雨村说："我朝德化天下，凡事都得讲证据，贵府若没有证据就指控一个合法经营的纳税大户，当心人家指控你诽谤。"

尤华对贾府的人说："你们当时为什么不当场抓获凶手？而今'长安城'人海茫茫，让我们去哪里缉拿他们？你知道现在四乡灾民涌进'长安城'，发案率高，我手下的巡捕力量有限，办案经费又不够。这个事我看算了，宝二爷只要性命能保住就该庆幸了。"

在贾府的人再三要求下，根据麝月等人的描绘，官府总算描影绘图，行文州县要求缉拿四个凶手，可大半年过去了，没有一星半点有关凶手的信息。贾府数次去催促官府，官府只是说这样的无头案太难破了。但据薛家开设在平安州的店铺伙计说，有四个如官府通缉的大汉，日夜活跃在平安州的酒楼妓院，可等贾府的人通知官府去缉拿时，那些人早又不知道去了哪里。数次折腾，巡捕烦了，说贾府捕风捉影，害得兄弟们鞍马劳顿，却一点收获都没有，还问贾琏要了五十两银子的辛苦费。

宝玉知道夏公公权倾朝野，谐荣公司做下的案子在本朝几乎不可能破获，自己能苟活下来也真是万幸。想想先祖当年从龙开国，立下那么多的功勋，挣下偌大的一份家业，到了自己手中败落至此，甚至连自己的安全都不能保证，真是不肖子孙。他越想越心灰意冷，便萌生了出家的念头。

几年后，江湖上出现了一个九指诗僧，形容枯槁，却有飘飘欲仙的风范。他常常走在原野上，口里吟哦着："从前碌碌却因何？到如今，回头试想真无趣。"

附二　葬花人已去，我的青春不再来

2007年5月，电视剧《红楼梦》林黛玉的饰演者陈晓旭逝世，应《新京报》之约，写下了这篇悼念文字。

我少年时代的偶像陈晓旭，不，应该说是妙真法师，已脱离了病魔的折磨，魂归西天乐土。听到这个消息，我的心情有一点点忧伤，更多的是为晓旭祝福，祝福她真的如《红楼梦》中那株仙草，在人世间走了一遭后又回到了七宝琉璃世界。

"夫天地者，万物之逆旅；光阴者，百代之过客"（唐李白《春夜宴桃园序》），过客们的终点都是一样的。晓旭的去世，我宁愿看成是一个熟悉的朋友，暂时和我们分手，远足去一个不为我们所知的美丽新世界。电视媒体为了收视率，还在热热闹闹地聚起一帮红尘梦深的少男少女进行"红楼选秀"；一些红学家们为了证明自己有学问，还在争论黛玉的死法是"冷月葬诗魂"，还是"玉带林中挂"。这样的争论无非是执象而求，黛玉何种死法并不重要，她在尘世间的梦破了以后，已无再活下去的必要。

高鹗让黛玉在贾、薛大婚的锣鼓声中病逝，是一种很好的安排，比自已结束生命更能让人接受。黛玉来到世上碰到宝玉，为其流尽最后一滴泪而死，这一切似乎都是天定。

陈晓旭出家时，已经有许多议论说她是因为绝症而看破红尘，甚至还有些小人弄出一些让人恶心的话题。患病后参透人生，总比在死亡的恐惧中离开人世要幸运。黛玉焚稿断情时，看透世间的爱与恨，原都是那么虚无；而陈晓旭，出家的那一刻，我想应该就看透了这些，那么什么时候扔下这副皮囊，是早还是晚，又有多大的区别呢？

所谓"戏如人生，人生如戏"，在陈晓旭身上能找到最好的诠释。对我而言如此，也许对一些喜欢陈晓旭的人亦如此：陈晓旭就是为了林黛玉而降生在这个世界。她后来的婚恋如何，她后来的经商如何，甚至她怎样结下了佛缘，都用不着太去关心。她在二十年前（即1987年）给我们留下那样一个并非完美无缺但无可替代的林黛玉形象，就足够了，就值得我长久地记住这位女性。

其实，与黛玉融为一体不分彼此的陈晓旭，早就在二十年前那个闷热的夏季走进了历史，一如我留在南方某个偏僻小村的青春记忆。后来的她，只是一个叫陈晓旭的普通女商人，再后来的她，只是一个法号妙真的比丘尼，与《红楼梦》无关，与我的青春记忆更无关。送走陈晓旭时，我们刚刚纪念邓丽君（1953—1995）辞世十二年。"美女自古如名将，不许人间见白头"（清袁枚《随园诗话》），陈晓旭和邓丽君在红颜将老时离世，并不比她们成为一个老妪而逝更为残酷。反正，我不敢想象，林黛玉活到她外婆贾母那般年龄，在子孙满堂中仙逝，而这样的俗世圆满，黛玉不需要。对陈晓旭的去世，我亦作如是观。

"好花不常开，好景不常在。"花落人亡是不可避免的自然规律。花谢了，葬花人去了，但来年春天的时候，花还会开，还会有另一拨葬花人。不过，这些花和这些人已不再属于我这个中年男人曾有的青春季节，世上已无林黛玉，至于谁从"红楼选秀"中脱颖而出，用不着去关心。

代后记　看不完的"红楼"

2005年给《中国国土资源报》写了一年读《红楼梦》的专栏，此文为结语。

从春及冬，整整四季十二月，我和大家一起看"红楼"、话"红楼"，此时得说声再见了。

当然，我想不必有"三春去后诸芳尽，各自须寻各自门"（《红楼梦》第十三回）的凄楚，因为在一起话"红楼"总有结束的时候，而各自归家看"红楼"却永没有结束的时候。

曹雪芹写就《红楼梦》这部不朽的作品二百多年了，他并非是要靠这些文字名闻天下，从而赢得什么肥马轻裘，终其一生他没有脱离茅椽蓬牖、瓦灶绳床的生活。他生前是潦倒而孤独的，只有在自己的精神世界里，创造那么多美丽的生命，如宝玉、黛玉、宝钗、湘云、晴雯等，以抚慰自己。

二百多年来，多少王侯将相、巨贾大儒已在历史的尘埃中湮没不闻，而曹翁笔下那些虚构的人物，却有着比真正历史人物还要强大的生命力。

尽管书中的黛玉焚稿断痴情，晴雯也含恨病亡，但在许多读者心目中，这些美丽圣洁的生命还活着。当夜深人静之时，如果我们捧一卷《红楼梦》，对着孤灯独坐，我们似乎会真切地听到黛玉葬花的歌吟，会看到湘云醉卧芍药中的娇媚。

在寂寞中死去的曹翁，他创作《红楼梦》时，恐怕没想到要给后来一些人提供饭碗，而一些所谓"红学家"将曹翁和他的《红楼梦》存进银行吃利息，甚至在"学术规范"等的名义下，欲将一部属于全民族的文学作品当成某种要有入门资格才能研究品读的禁脔。我想，这非曹翁本意，亦非宝哥哥、薛姐姐、林妹妹之意吧。

在和大家一起闲话"红楼"的时候，窗外有关"主流红学家"和"在野红学家"笔战正酣，如此笔战干曹翁何事，又干"红楼"诸人物何事？无非是一些靠此吃饭的学者们，自说自话地要代替贾府的管家、仆人，把自己当成了大观园的守门人，凭他们的喜好来决定谁能进园子去看看林妹妹或薛姐姐。我们的祖先曾创造了许多美轮美奂的园林，如今被人圈起来，以保护的名义向游人收取不菲的门票；而这座只存在于曹翁笔下的园子，难道如今也有人想收取门票？

我想自己和许多喜爱《红楼梦》的人一样，从来没想到要当什么"红学家"，只是因为爱里面一个个美丽年轻、千姿百态的生命，便想亲近他们。我们只就《红楼梦》的文本发表自己的感想，至于林妹妹和宝姐姐的原型究竟是谁，她们真正的归宿如何，我想对大多数读者来说无关紧要。那么就文本发表自己的感想，哪个人又有资格来甄别谁是谁非呢？即使曹翁再世，恐怕也不会做此无聊之事吧。

那些谁代表正宗"红学"的争论与我和大多数读者无关，我们只想用